한시,
마음을 움직이다

| 중국의 한시외교 |

한시,
마음을 움직이다

| 중국의 한시외교 |

이 규 일 지음

리북

■ 일러두기
 − 지명은 모두 한국식 한자발음으로 처리했습니다.
 − 인명은 현대인의 경우 외래어 표기법에 따라 중국어 발음으로,
   고대인의 경우 한국식 한자발음으로 처리했습니다.
 − 부분 인용된 시들의 전문은 해당 장이 끝나고 해설과 함께 실었습니다.

이 책은 중국의 지도자들이 외교석상에서 시를 통해 자국의 입장을 전달한 사례들에 대한 이야기다. 이런 화법을 우리 언론에서는 한시외교라고 부른다. 그런데 이 한시외교라는 용어도 우리만 사용하는 용어일 뿐, 정작 중국에서는 이런 화법에 대해 통용되는 명칭이 없다. 아마도 말하면서 시를 인용하는 방식이 너무 당연하고 일반적이라 굳이 어떤 명칭으로 특정화시킬 필요가 없기 때문일 것이다.

필자는 전공이 중국 고전문학이다 보니 오래 전부터 이런 현상에 관심이 있었다. 중국에서 유학을 하면서 중국인들이 자신들의 전통문화를 깊이 사랑한다는 것을 알고 있었고 대화나 연설에서 고전의 한 구절을 인용하는 것을 자주 보았지만 외국 정상들과의 만남에서도 이런 화법을 구사하는 것은 특수한 현상으로 느껴졌다.

우리 언론들도 중국 지도자들의 한시외교를 간혹 소개하고 있지만 가장 인상 깊었던 일은 2010년 천안함 사건 당시 중국 외교부가 우리 외교통상부 관료에게 선물한 소동파의 문장이었다.

천하의 크게 용기있는 자는 갑자기 큰일을 당해도 놀라지 않으며 이유없이 당해도 노하지 않는다. 이는 그 품은 바가 심히 크고 그 뜻이 심히 원대하기 때문이다.

天下有大勇者, 猝然臨之而不驚, 無故加之而不怒. 此其所挾持者甚大, 而其志甚遠也.

한국 정부는 이 사건을 북한의 소행으로 규정하고 중국의 협력을 요청했었다. 그런데 중국은 천안함 사건의 책임에 대해서는 침묵하며 이 글귀만 액자에 담아 전달했다. 당시 중국 외교부에서는 좋아하는 글귀라 한국 친구에게 개인적으로 선물한 것일 뿐이라고 말했지만 대부분의 사람들은 글귀에 중국 외교부의 메시지가 담겨 있다고 생각했다. 한국이 이 사건을 확대하지 않기 바란다는 것이다. 게다가 책임 소재의 문제에 깊이 개입하고 싶지 않은 중국의 속내도 보인다. 고전을 인용하며 메시지를 전달하는 중국인들의 화법이 선명하게 표현된 사례라 할 수 있다.

시와 친한 중국인

이런 독특한 화법이 가능한 이유는 무엇보다도 먼저 중국인들의 사유방식이 은유적이고 시적이기 때문이다. 위에 인용한 소동파의 글귀는 산문이지만 이렇게 현실적인 상황에서 고전의 글귀를 전달하는 것은 시인의 사유방식이자 화법이다. 중국인들은 시와 참 친하다. 중국인과 한시의 관계를 생각하면 예전 중국에서 보았던 TV 프로그램이 떠오른다. 병원에서 외롭게 임종을 맞는 노인들을 위해 호스피스들이 봉사하는 내용이었는데 한 여성이 혼수상태인 노인의 귀에 당시唐詩를 암송해 주는 장면이었다. 그 때 그녀가 암송했던 시는 왕유王維의 〈송원이사 안서送元二使安西〉였다.

위성의 아침 비는 촉촉이 먼지를 적시니
객사의 버들잎은 푸른 빛 새로워라
그대에게 다시 한 잔의 술 권하나니
서쪽으로 양관을 나서면 벗이 없으리

渭城朝雨浥輕塵, 客舍青青柳色新. 勸君更進一杯酒, 西出陽關無故人.

어렴풋한 의식으로 병상에 누워 있던 노인이 눈물을 흘리던 장면이 생각난다. 이 노인에게 이 시는 어린 시절 익혔던 당시 중의 한 수였을 것이다. 이 시는 중국 소학교 어문교과서에도 수록되어 있다. 우리의 상식으로는 호스피스나 노인이나 상당히 교양있고 수준있는 사람인 것 같지만 그렇지 않았다. 필자는 그 장면을 보고 중국인에게 인생과 시의 거리는 매우 가깝다는 인상을 받았다.

중국인들은 일상생활에서도 시에 가까운 언어를 자주 사용하고 일부러 시를 패러디해서 말하는 것도 즐긴다. 보통의 가정에서도 아이들이 말을 배우고 글을 익힐 때 성어成語와 시를 함께 외운다. 그렇다 보니 배움이 많지 않은 사람들도 유명한 당시 정도는 친숙하게 암송한다. 신문의 머리기사도 시구를 변용하여 만들고 정부에서 제작하는 공익광고나 사기업의 제품 광고에도 유명한 시의 한 구절이 심심찮게 등장한다. 심지어 화장실에서 물을 잘 내리라는 안내문도 벽의 낙서도 고전을 패러디한다.

중국의 공중화장실에 자주 붙어있는 내용 중에 "올 때는 급했지만 갈 때는 물 내리기來也匆匆, 去也沖沖"라는 글귀가 있다. 앞의 "총총匆匆"은 급하다는 뜻이고 뒤의 "총총沖沖"은 물로 씻어내린다는 말이다. 두 말은 발음이 거의 같다. 한국식으로 읽자면 "올 때 총총, 갈 때 총총" 정도의 어감이 될 것이다. 글자 수를 네 자씩 맞추었고 '올 때'와 '갈 때', '총총'과 '총총'처럼 의미와 발음에 댓구도 맞추었다. 재치있는 시적 표현이다.

또 중국의 화장실 낙서 중에는 전국적으로 유명한 낙서도 있다.

사람 위에 사람 있고
살 속에 살이 있네
상하로 움직이니
쾌락이 무궁하네

人在人上, 肉在肉中. 上下推動, 快樂無窮.

적나라한 음담패설이다. 화장실 낙서가 음란한 것은 우리도
마찬가지라 황지우 시인의 시 〈숙자는 남편이 야속해—KBS
2TV · 산유화(하오 9시 45분)〉에서도 "어느 날 나는 친구집엘
놀러갔는데 친구는 없고 친구 누나가 낮잠을 자고 있었다"라는
화장실 낙서를 인용했다. 모르긴 해도 이 낙서는 전국적으로
유명한 낙서일 것이다. 그런데 한국의 낙서가 산문에 가까운
반면 중국의 낙서는 시에 가깝다. 위의 낙서시는 댓구도 맞추었
고 압운까지 했다. '중中'과 '궁窮'은 다 [ong]계열의 발음이라
'동東'자 운에 속한다. 이 낙서시는 수준이 높아 전국적인 지명도
가 있는 낙서다. 북방의 화장실에도 등장하고 남방의 화장실에
도 등장한다. 지극히 사적인 공간에서도 시로 자신의 욕망을
배출한다는 것은 그들의 생각과 표현방식이 시에 가깝다는 것
을 보여준다.

논리보다는 직관과 감성

한중수교 초창기에 중국을 소개하는 출판물들이 나오면서
'중국인은 화가 날수록 웃는다', '겉과 속이 다른 중국인'과 같은
성격의 제목이 많이 등장했다. 주로 체험담 위주의 내용이었는
데 중국인들은 속마음을 알 수 없더라는 에피소드가 많았다.
저자들이 중국인들과 교류하면서 가장 강렬하게 받은 인상이

이런 부분이었던 것 같다. 그런데 한편으로 생각해 보면 이러한 특징들은 한자의 원리와도 닮았고 시의 원리와도 닮았다.

중국의 문자인 한자는 그림에서 출발했다. 형체가 있는 것과 없는 것 모두 그림으로 표현했고 그 그림을 조합해서 새로운 그림을 만들었다. 그 과정이 한자의 형성원리인 육서六書다. 상형, 지사, 회의, 형성, 가차, 전주를 우리는 육서라고 부른다. 한자 사용의 초기단계는 그림으로 의미를 전달하는 방식과 큰 차이가 없었을 것이다. 글자 하나가 그림 한 장이다. 누가 그림을 그려서 보여주면 보는 사람도 그림을 보며 혼자 이해하는 것이다. 이미지에 의존하다 보니 정교하고 섬세한 표현은 전달이 어려웠을 것이다. 그림 문자는 읽는 입장에서도 상상과 추론이 필요하고, 감성으로 이해할 여지가 많다.

예를 들어 '귀머거리 롱聾'자가 있다. 우리가 청각장애인을 농아라고 부를 때 쓰는 그 글자다. 이 글자는 '용 롱龍'과 '귀 이耳'가 결합한 글자다. 한자들이 처음 생겨나던 시절을 상상해 보자. 귀머거리 현상을 지칭하는 글자가 없으니 새로 만들어야 하는데 왜 하필 이 두 글자를 결합했겠는가. 귀야 당연히 들어갈 수 있지만 용은 애매하다. 이 글자에 대한 해석 중에 가장 설득력있는 해석은 귀머거리를 용의 귀를 가진 사람으로 이해했다는 설이다. 귀머거리도 귀는 있지만 들리지 않는다. 그의 귀는 용의 귀라서 인간세계의 소리는 안 들리기 때문이다. 그럼 용들의 소리는 들을 수 있을까. 용은 실재하는 동물이 아니니 알 수 없다. 이런 생각과 발상은 시비를 논할 수도 없다. 논리에

바탕을 두지 않았기 때문이다. 한자는 영감과 예술적 상상력에 바탕을 두고 있다. 그래서 한자는 글자 자체가 예술이 되기도 한다. 서예나 전각처럼 글씨를 쓰고 조각하는 행위는 예술의 영역이고 예술적 생산활동이다.

또 예를 들면 1930년대에 〈바람과 함께 사라지다Gone with the Wind〉라는 영화가 있었다. 동명의 원작 소설이 있었고 소설이 히트친 후에 영화가 만들어졌다. 이 소설과 영화는 중국에 번역되면서 두 개의 이름으로 소개되었다. 하나는 〈난세가인亂世佳人〉, 또 하나는 〈표飄〉다. 소설 번역본의 제목은 〈표〉였는데, 영화가 개봉될 때의 중문 제목은 〈난세가인〉이었다. 이 두 개의 제목은 두 가지 경로의 메시지 전달방식을 보여준다. 〈난세가인〉은 소설의 여주인공이 남북전쟁이라는 격동기 속에서 파란만장한 인생을 살았다는 내용을 압축하고 있다. 메시지의 내용에 충실하게 지어진 제목이다. 그런데 〈표〉는 좀 더 예술적 방식으로 지어졌다. 이 '飄'자는 바람에 무언가가 나부끼며 떠가는 모습을 의미하는 글자다. 정처없이 떠도는 모습을 우리말에서도 '표표하다'고 한다. 이 글자는 저 아득한 하늘에 먼지처럼 떠가는 어떤 것을 연상시킨다. 너무나 직관적이고 시적인 제목이다. 이 제목을 보고 이 소설이나 영화의 구체적인 내용은 알 수 없지만 파란만장, 바람, 방랑, 불행 등의 느낌을 통해 작품의 전체적인 분위기를 감지할 수 있다. 상상과 직관과 감성이 발동하는 것이다. 지금 이 두 제목은 하나로 통일되지 않고 모두 사용되고 있는데 중국인들은 〈표〉라는 제목을 더 선호한다.

이미지로 의사를 전달하는 방식이 더 자신들의 취향에 맞기 때문이다.

시로 메시지를 전달하는 것도 마찬가지다. 시의 언어는 논리적 치밀함과 정확성이 중요하지 않다. 알 듯 모를 듯한 말 속에 메시지만 전달되면 그만이다. 때로는 애매할수록 예술성이 뛰어난 경우가 많다. 중국의 시학이론 중에 이런 얘기가 있다.

영양이 뿔을 걸고 있어 흔적을 찾을 수 없다.

羚羊挂角, 無迹可求.

뿔이 굽은 영양은 자신을 보호하기 위해 뿔을 허공의 나뭇가지에 걸고 매달려 잔다. 그러면 영양의 냄새를 맡고 찾아온 사냥개는 영양을 찾지 못하고 주변만 헤맨다는 것이다. 냄새는 나는데 실체는 찾지 못하는 것. 송나라 때의 엄우는 이 이야기를 통해 훌륭한 시의 기준을 제시했다. 언어의 아름다움이 독자의 가슴을 울리지만 메시지의 정확한 실체는 보이지 않아야 명작이 된다. 독자의 상상력을 자극하는 단서는 제공하지만 핵심은 감춰야 한다는 것이다.

중국인이 속마음을 감춘다면 그것은 그들의 사유방식이 논리보다 직관을 중시하기 때문일 것이며 이미지로 의사를 전달하는 시적 표현방식에 친숙하기 때문일 것이다.

한시외교의 전략성

이 책을 쓰면서 중국 지도자들이 한시외교를 펼친 사례를 살피다보니 후진타오 정부의 한시외교는 이전 시기의 사례와 다소 성격이 다르다는 느낌이 들었다. 마오쩌둥이나 쟝쩌민은 한학 교육을 받으며 성장한 사람들이라 고전에 대한 소양이 높다. 그래서 외교에서 인용하는 구절들도 즉흥적인 면이 강하다. 하지만 후진타오는 이들과 성장배경도 다르고 성격도 달라 국내에서 하는 연설에서도 한시를 거의 인용하지 않는다. 하지만 외국을 방문할 때는 곧잘 한시외교를 구사한다. 후진타오는 정상회담의 바쁜 일정 중에도 해당 국가의 공자학원이나 화교 학교를 방문하면서 그 때마다 한시를 활용하여 중국의 문화전통을 선전한다. 이런 점들은 후진타오 정부 이후 중국의 위상이 G2로 격상되며 대내외적으로 문화적 국력을 강조하는 것과 같은 맥락이다. 중국이 높은 문화적 수준과 정신문명을 갖고 있다는 점을 부각시키면서 경제력, 군사력 외에 문화 대국으로서의 면모를 과시하는 것이다. 한시는 중국이 폭력적 국가가 아니라 평화와 우호를 중시하는 문화국이라는 이미지를 만들기에 적합하다. 후진타오의 한시외교는 중국이 최근 강조하는 소프트파워 전략의 일환으로 시도되는 이벤트의 일종이라 생각된다.

한시외교라는 중국 지도부의 화법이 외교무대에 유명해지다보니 세계 각국의 지도자들도 중국에 우호적인 제스처를 표현하기 위해 중국 고전을 준비한다. 최근 오바마를 비롯한 미국 관료들이 한시외교를 구사하는 사례가 많아졌다. 과거에는 연회에서의 축사로 등장하는 정도였는데 이제는 고전 구절에 의미심장한 메시지를 담아 한시외교를 펼친다. 오바마가 인용하는 중국 고전은 주로 〈맹자〉, 〈관자〉 등 고대 사상서가 많다.

또 2006년 이후 중국과 일본의 정상회담을 둘러싸고 펼쳐진 한시외교는 양측이 모두 상당히 정교하게 연출한 모습이다. 상호방문을 할 때마다 '얼음을 깨는 여행破氷之旅', '얼음을 녹이는 여행融氷之旅', '봄맞이 여행迎春之旅', '따뜻한 봄 여행暖春之旅'이라는 주제를 지어냈고 서로 건넸던 한시도 이 스토리라인의 구축에 일조를 했다. 이제 중국을 상대하는 주변국가가 더 적극적이고 전략적으로 한시외교를 연구하고 시도하는 양상이다.

금년 2월 미국을 방문한 시진핑 부주석도 "산에 막히면 길을 내고/ 물을 만나면 다리를 세운다逢山開路, 遇水搭橋", "청산도 막을 수 없나니/ 필경 강물은 동으로 흐른다.靑山遮不住, 畢竟東流去."같은 고전의 문구로 중국과 미국의 현안을 비유했다. 한시외교는 중국과의 외교에서 반드시 만나게 되는 문화현상이며, 이미 실재하는 외교적 화법이 되었다. 앞으로 이런 한시외교의 전략은 더욱 다양한 형태로 전개될 것이다.

필자는 한시에 대한 관심으로 한시외교에 관심을 갖고 이 책까지 쓰게 되었지만 중국외교 전공자가 아니기 때문에 실제 외교현장에서의 구체적이고 깊숙한 맥락까지는 이해하지 못한다. 이 원고를 준비하며 수집하고 뒤진 자료들로 스스로 많은 공부가 되었음에 만족할 따름이다. 한시에 관련된 서적들은 주로 고대의 전통과 문사들에 관련된 내용이라 이 책의 내용이 한시에 대한 새로운 이야깃거리가 될 수 있다면 좋겠다. 부족함을 절감하다보니 주변에 조언을 자주 구했다. 다행히 외교를 전공한 아내 김애경이 옆에서 많은 도움을 주었다. 진심으로 감사한다. 좋은 책으로 만들어주신 리북출판사 이재호 대표께도 감사를 드린다.

또 한 가지 첨언하고 싶은 이야기가 있다. 중국이나 외국의 지도자들이 인용하는 구절이 모두 한시인 것은 아니지만 이 책에서는 한시외교라는 말을 대표적 명칭으로 사용했다. 왜냐하면 이런 방식의 외교적 화법을 달리 표현하는 용어가 없기 때문이다. 한시외교라는 말은 한국 언론에서 만든 말이다. 중국인들은 한시외교라는 말을 쓰지 않는다. 앞서 얘기한 것처럼 고전을 인용하여 의견을 전달하는 것이 그들에게는 너무나 당연하기 때문이다. 사실은 고전시문외교라고 하고 싶지만 말이 길어 불편하고 기왕 한시외교라는 말이 사용되고 있으니 그대로 따르기로 한다. 게다가 인용된 문장이 산문이라도 그 화법 자체는 시적인 것이라 한시외교라는 말도 큰 무리가 없을 것이다.

2012년 5월

이 규 일

■ 차례

■ 서문

1장

남자의 자존심 한시에 담다: 마오쩌둥

만리장성과 중소 영토 문제

마오쩌둥毛澤東은 중국의 역대 지도자 가운데 누구보다도 독서광이었고 장소와 상황에 따라 수시로 고전의 글귀를 읊었다. 이런 글귀들은 대개 국내외적인 정치 상황에 대한 메시지가 적절히 담겨 있다. 본인이 워낙 고전에 해박했기 때문에 고시의 원문을 그대로 암송할 때도 있었지만 몇 글자를 의도적으로 고쳐 인용할 때도 있었다. 문학작품을 감상하는 마음으로 시를 읽을 때도 행간의 의미를 잘 파악해야 하는데 정치적 메시지가 담겨 있다면 인용자의 상황, 시의 의미, 시 속에 담긴 일화 등을 잘 살펴야 한다.

'여섯 자 골목'의 미담

마오쩌둥은 1956년 11월 30일 재중국 소련대사 유진Paul

Fedorovich Yudin을 접견한 자리에서 아래와 같은 시구를 읊었다.

> 만리장성은 지금도 여전히 건재한데
> 그 옛날 진시황은 어디에서 만나리
>
> 萬里長城今尙在, 哪見當年秦始皇.

이 시는 청나라 장영張英이 지은 시의 일부분으로 원문은 다음과 같다.

> 담장 때문에 천리길 보내온 편지
> 석 자쯤 양보하면 또 어떠리
> 만리를 뻗은 장성 여전히 건재하나
> 그 옛날 진시황은 사라지고 없다네
>
> 千里修書只爲墻, 讓他三尺有何妨. 長城萬里今猶在,
> 不見當年秦始皇.

장영 외에 하소기何紹基, 정판교鄭板橋 등도 이 구절의 몇 글자를 고쳐 시를 쓴 적 있다. 이 시는 장영이 고향집에 편지삼아 쓴 글이기 때문에 따로 제목이 있지 않고 그저 첫 줄을 따 〈천리수서지위장千里修書只爲墻〉이라고 부른다. 이 시가 유명해진 것은 담벼락 때문에 싸우던 두 집안이 이 시로 인해 화해를 한 일화가 있기 때문이다.

장영은 안휘성 동성桐城 사람이다. 문화전 대학사를 지냈고 예부상서를 겸했으니 상당히 고위관료였다. 그가 북경에서 벼슬을 하고 있을 때 고향집에서 편지가 왔는데 저택을 수리하다가 이웃과 분쟁이 났다는 소식이었다. 장영의 집안이 담장을 새로 지으려는데 옆집에서 항의를 했다. 옛날이라 토지의 경계가 분명하지 않다보니 이런 일이 생긴 것이다. 양쪽 집안이 피차 양보할 마음이 없다보니 결국 관가에 소송을 냈다. 편지를 보낸 사정이야 장영이 높은 관직에 있으니 관련자를 찾아 이 일을 잘 처리하라는 것인데, 장영은 가족들의 편을 들지 않고 위의 시를 써 보냈다. 담장 때문에 분쟁이 났지만 얼마간의 땅은 양보해도 되지 않냐는 마음이 담겨 있었다. 담장으로 치자면 진시황의 만리장성이 최고의 담장이지만 긴 세월이 지나고 보니 진시황은 죽고 없지 않느냐는 것이다. 장영의 집에서는 편지를 받고 그의 생각을 받아들였다. 결국 장영의 집안은 옆집에 세 자의 땅을 양보하고 담을 지었다. 사정을 알게 된 옆집에서도 감동하여 세 자를 양보하여 담장을 지었다. 그러다 보니 두 집 사이에는 여섯 자 폭의 골목이 생겨났다. 이 골목에 대한 사연이 알려져 사람들은 이 골목을 '여섯 자 골목六尺巷'이라고 부르게 되었다. 이 시는 '여섯 자 골목'의 일화 때문에 유명한 시가 되었다.

영토에 대한 복잡한 심사

그런데 마오쩌둥은 왜 소련대사 유진을 만난 자리에서 이 시를 읊었을까. 영토에 대한 마오쩌둥의 복잡한 마음과 관계가

22

있을 것이다. 유진은 1949년 신중국 건립 이후 네 번째 재중화인
민공화국 소련대사로 임명된 사람이다. 마오쩌둥이 러시아어판
〈모택동선집〉을 출판할 때 스탈린의 소개로 알게 되었는데 마
르크스 이론에 대해 자문을 구하면서 친해졌다. 그래서 흐루쇼
프가 정권을 잡자마자 중국과의 관계 개선을 위해 유진을 특임
전권대사로 중국에 파견한 것이다. 마오쩌둥에게 유진은 반가
운 손님이었고 유진이 소련대사로 부임한 것은 흐루쇼프의 우
호적인 배려라고 볼 수 있었다.

중화인민공화국 건립 이후 중국은 소련의 국경침범과 내정간
섭을 두려워했고 이 문제는 초기 중소관계의 걸림돌로 작용했
다. 중국이 국제사회와 처음 접촉한 것도 러시아와의 국경문제
때문이었다. 중국과 러시아는 세계에서 가장 긴 국경을 접하고
있는 사이인데 아편전쟁 이후 중국이 열강들의 침탈을 받을
때 러시아 역시 중국 영토 내에서 상당한 정치적, 경제적 이권을
가져갔다. 특히 1860년 중러조약으로 인해 중국은 연해주 지역
(블라디보스톡)을 러시아에게 양도해야 했다. 두 나라의 국경
문제는 1969년 우수리강의 전바오섬珍寶島을 둘러싸고 군사적
충돌이 벌어질 때까지 계속 크고 작은 분쟁을 일으켰다. 때문에
마오쩌둥은 소련 측에 우호적인 자세를 보여주기 위해 '여섯
자 골목六尺巷'의 미담을 만들어낸 장영의 시를 읊었던 것이다.

그러면 실제로 마오쩌둥은 위 시의 내용처럼 영토경계를 양
보하고 소련과의 분쟁을 아름다운 미담으로 마무리했을까. 어
느 정도는 사실이라고 할 수 있다. 이 시를 유진 대사에게 읊기

6년 전인 1950년 2월, 마오쩌둥은 스탈린과 중소우호동맹상호원조조약을 체결했다. 그리고 이 조약을 위해 영토도 양보했다. 스탈린이 이 조약을 원치 않았다는 후일담을 보자면 사실 이 조약의 체결은 중국이 자존심을 굽혀가며 얻어낸 결과라 할 수 있다.

자존심과 경제적 실리

중국은 건국 이후 미국의 반공정책에 맞서며 '소련 일변도'의 외교정책을 유지했다. 그런데 소련의 입장에서는 중국이 그다지 편한 상대가 아니었다. 왜냐하면 중국 같은 잠재적 강대국이 세계 공산주의 운동에 참여했다는 것은 언제라도 소련의 주도권에 도전할 적수가 생긴 것이기 때문이다. 더구나 마오쩌둥의 공산주의 노선이 스탈린의 사상과 달랐던 것도 영향을 주었다. 스탈린은 중국이 소련과 동등한 지위에서 조약을 하는 것도 불쾌했고 동유럽의 국가들처럼 위성국가가 되길 희망했다. 때문에 이 조약의 체결을 위해 마오쩌둥은 자존심을 굽히지 않을 수 없었다.

중국은 조약을 통해 3억 달러 상당의 차관을 제공받았다. 그리고 그 대가로 위 시의 내용처럼 만주 지역의 두 개의 주요 항구와 중국동방철도의 운영권을 넘겨주었다. 또 중국 서부지역의 천연광물을 개발하기 위해 중소 합자회사를 설립하기로 했다. 물론 이 합자회사의 관리권은 소련에게 있었다. 이웃과의 우정을 위해 '여섯 자 골목六尺巷'을 만든 것이 아니라 영토와 자존심을 내주고 경제적 이권을 얻은 것이다. 이 조약에서 양도했던 항구와 철도의 운영권, 합자회사의 관리권은 1954년 소련의 새로운 지도자 흐루쇼프가 중국을 방문했을 때 되돌려 받았다.

이러한 정황으로 보자면 마오쩌둥이 진심에서 우러나는 우정과 화합을 위해 이 시를 인용했다고 보기는 어렵다. 시의 내용은 더없이 아름답고 선한 마음을 담고 있지만 외교는 현실적인 실리를 추구하기 때문이다. 마오쩌둥은 영토를 양도했다가 되돌려 받은 복잡한 마음을 소련 대사에게 포장할 필요도 있었다. 영토 문제는 양보하는 마음으로 처리할 수 있다고 말이다. 당시 중소관계에서의 주도권은 소련이 쥐고 있었다. 중국은 원조를 받는 처지이고 향후에도 원조를 기대하는 입장이지만 지나치게 저자세로 소련을 상대하고 싶지는 않았다. 중국 언론이 이 일을 영웅적인 배포와 기개를 보여주었다고 높게 평가하는 것도 같은 맥락이다. 강대국을 상대하며 기죽지 않으려는 마오쩌둥의

안휘성安徽省 동성시桐城市에
있는 여섯자 골목

기질이 드러난 사례라 할 수 있다. 시를 읊으면서 자연스럽게 만리장성도 언급할 수 있었다. 아마 원문의 '장성만리'를 '만리 장성'이라 고쳐 말했던 것도 중국이 자랑하는 명품 브랜드 만리 장성을 더 강조하고 싶은 마음이었는지도 모른다.

마오쩌둥의 독서 취향

독서광 마오쩌둥

마오쩌둥은 평생 대단한 독서광으로 살았고 좋아했던 분야도 상당히 광범위하다. 역사, 철학, 자연과학, 군사 등 다방면의 지식을 책을 통해 습득했고 자신의 참모들과 공유했다. 북경대학 도서관에서 사서로 근무하며 읽었던 책들이 훗날 사상적 기초가 되었다고 그는 회고했다. 또 장정長征 기간에도 볶은 보리를 먹으며 누워 책을 읽었다는 일화도 있다. 이런 이야기들은 마오쩌둥의 지적 취향을 말해 준다. 마오쩌둥은 일생 중 가장 큰 취미가 독서였다. 그는 이런 말도 했다.

밥은 하루 종일 안 먹을 수 있고 잠은 하루 종일 안 잘 수 있다. 하지만 책은 하루라도 읽지 않을 수 없다.

우리가 안중근 의사의 글씨로 자주 보는 문구 "하루라도 책을 읽지 않으면 입에 가시가 생긴다"는 말에 필적할 만하다. 마오 쩌둥의 개인 서재의 이름은 국향서옥菊香書屋이다. 국화꽃 향기라니 참 고풍스럽고 단아하다. 정치가가 아니었다면 문인이 되었을 것이다. 그는 중화인민공화국의 주석이 된 후 이 서재에 수만 권의 책을 모았다. 제자백가, 당시, 송사 등 중국 고전부터 마르크스, 엥겔스, 레닌을 비롯하여 〈사고전서四庫全書〉, 〈영락대전永樂大典〉 같은 대규모 총서도 있었다. 그리고 죽기 직전까지 읽었다던 〈용재수필容齋隨筆〉도 그 속에 함께 있었다.

〈용재수필〉은 남송 문인 홍매洪邁가 독서 감상을 적은 수필집으로 요즘으로 치면 '홍매의 독서일기'라 할 수 있다. 독서에 애정이 깊어지면 다른 독서가의 감상에도 흥미가 생기는 법이니 이해가 간다. 그는 숨지기 직전까지 책을 읽었다고 한다. 1976년 마오쩌둥이 책을 읽다 의식불명 상태가 되자 비서가 다급하게 의사를 불렀다. 응급처지를 받아 겨우 숨이 돌아오자 그는 다시 책을 잡았고 7분을 더 읽다 사망했다. 그의 도서관리 전문비서의 증언이다. 이 책이 〈용재수필〉이었다. 그에게 독서는 그야말로 생명의 일부분이었던 것 같다.

마오쩌둥의 독서경력은 8세부터 고향의 서당에서 익힌 전통 학문에서 시작되었다. 즉 문사철文史哲이다. 일반적으로 문은 문학, 사는 역사학, 철은 철학이라고 하는데 중국의 전통학문은 이 세 분야가 융합되어 있는 형식이다. 왜냐하면 중국의 지식인들은 끊임없이 역사 속의 석학, 위인들을 학문의 모범으로 삼으면서 자신이 체득한 사상과 철학을 정형화된 문체에 담아 글을 썼기 때문이다. 그래서 중국의 고전은 문학과 역사와 철학을 함께 아우른다. 마오쩌둥은 어린 시절 〈천자문〉, 〈천가시〉 등을 익히고 사서삼경을 거쳐 〈삼국연의〉, 〈수호전〉 등 대중소설도 탐닉했다고 한다. 17세 때 상급학교에 진학하려고 고향을 떠났는데, 주된 이유는 일찍 결혼하여 집안의 농사를 돌보라는 부친의 강요 때문이었다. 아래는 그가 당시 고향을 떠나며 지은 시이다.

> 아들은 뜻을 세워 고향을 떠나니
> 학문으로 이름을 얻지 못하면 맹세코 돌아오지 않으리
> 뼈를 묻을 곳 어찌 꼭 고향 뿐이리
> 세상은 청산이 아닌 곳 없다네
>
> 孩儿立志出鄉關, 學不成名誓不還. 埋骨何須桑梓地,
> 人間無處不靑山.

자작시라고 알려져 있지만 사실은 일본 메이지유신 때의 무관 사이고 다카모리西鄕隆盛의 시를 개작한 것이다. 제목은 〈개서향륭성시증부친改西鄕隆盛詩贈父親〉이다. 시의 내용으로 보아 고향을 떠날 때 학자로서 성공하고 싶은 마음이 컸던 것 같다. 훗날 자신이 혁명가가 되어 중국의 최고 지도자에 오르리라고는 당연히 예상하지 못했을 것이다.

서양서적을 읽기 시작한 것은 호남성 성립제1사범학교에 진

학한 이후인데 다윈의 〈종의 기원〉, 몽테스키외의 〈법의 정신〉 등을 이 때 읽었다. 이후 북경대학 도서관에서 사서를 할 때와 연안에 공산당 본부를 두었던 시절 집중적으로 사회주의 서적을 읽었다. 그가 관심있게 섭렵했던 분야는 유물론, 경제사, 세계사 등이었다. 특히 연안 시절, 독서와 저술에 깊이 매진했는데 시기적으로 공산당의 상황이 비교적 안정적이었던 이유도 있지만 당면한 정치적, 군사적 문제들과 중국의 미래에 대한 해답을 찾으려는 이유이기도 했다.

모든 책들이 그의 인생에 영향을 주었겠지만 특히 마오쩌둥은 중국 고전에서 현실적인 문제에 대한 지혜를 구하려는 경향이 많았다. 2011년 국내에 번역 출판된 〈마오의 독서생활〉에는 그의 독서와 관련된 일화가 많이 소개되어 있다. 그는 〈자치통감〉을 17번 읽었다고 하고 〈24사〉도 여러 차례 통독했다고 한다. 〈24사〉는 〈사기〉, 〈한서〉를 비롯하여 〈청사고〉까지 중국의 고대 역사서 24권을 말한다. 분량으로도 4천만 자에 달하는 역사총서다. 〈24사〉에 대한 그의 총체적인 감상은 "왕후장상의 이야기만 있을 뿐 인민들의 이야기가 없다"는 것이었다. 인민이 역사발전의 원동력이라고 생각한 그의 입장에서는 주관적이지만 매우 당연한 생각이다.

마오쩌둥과 유방

마오쩌둥은 역사서를 읽을 때 인물을 중심에 두고 읽었다.

그가 눈여겨 본 것은 인물의 성격과 인간관계, 상황에 대한 판단과 선택의 문제였다. 그는 역사 인물에 대해 이야기하는 것을 좋아했는데 유방劉邦과 항우項羽도 빠질 수 없다. 그는 유방을 '고명한 정치가'라고 평가했다. 유방이 항우를 물리치고 승리자가 될 수 있었던 가장 큰 이유는 그의 출신 성분에 있다고 보았다. 항우는 귀족 가문의 자제였던 반면 유방은 미천한 농민 출신이다. 유방은 부역에 끌려갔다가 인부들을 규합하여 자신의 세력으로 만들고 장량, 한신, 소하 등 참모들의 조력으로 한漢나라를 세웠다. 마오쩌둥은 유방이 미천한 출신이었기 때문에 밑바닥 생활의 체험을 바탕으로 대중들의 심리를 꿰뚫어 자기편으로 만들 수 있었다고 한다. 유방이 '고명한 정치가'로서 참모들의 의견을 받아들이고 적재적소에 사람을 기용하는 능력도 이러한 출신성분에서 나왔다고 보는 것이다.

마오쩌둥은 사실 유방과 많이 닮았다. 농민 출신으로 중국의 최고 권력자가 된 사람은 단 세 사람인데 한나라 황제 유방, 명나라 황제 주원장 그리고 마오쩌둥이다. 천하의 패권을 놓고 유방과 항우가 대결한 역사는 마오쩌둥과 쟝제스의 대결과 자주 비교된다. 특히 1945년 10월 10일 마오쩌둥이 중경重慶에서 쟝제스와 회담을 하고 돌아온 사건은 유방과 항우의 홍문연鴻門宴과 너무나 닮았다.

항우의 40만의 군사가 홍문에 있었고 유방의 10만 군사가 패상에 있을 때였다. 군사력의 열세를 의식한 유방은 항우를 찾아갔다. 항우가 도착할 때까지 관중을 잘 관리했으니 이제

헌납하겠다고 자신을 낮추었다. 이날 홍문에서 열린 두 진영의 연회를 홍문연이라고 한다. 항우의 참모 범증范增은 유방을 죽일 수 있는 절호의 기회라고 생각하고 술자리에서 유방을 죽이려는 계획을 세웠다. 범증이 여러 차례 눈짓을 주었으나 항우는 망설였다. 범증은 다시 항장에게 검무를 추는 척 하다가 유방을 찌르라고 명했으나 항백이 일어나 함께 검무를 추며 항장을 막았다. 항백은 항우의 부하였지만 유방의 참모 장량에게 신세를 진 사람이었다. 장량을 위해 유방을 보호한 것이다. 상황이 급박하자 장량은 번쾌를 불렀다. 번쾌는 백정 출신으로 죽음도 두려워하지 않는 용장이었다. 항우가 범상치 않은 기운의 번쾌를 보고 함께 술을 마시는 사이 장량은 유방을 도망치게 하고 술에 취해 돌아갔다고 알렸다. 계획이 실패로 돌아간 것을 안 범증은 "애송이와 대사를 도모할 수 없다. 항왕의 천하를 빼앗는 자는 유방일 것이다"라며 한탄했다. 항우는 유방을 죽이고 천하의 비웃음을 살까 염려했다. 항우의 자존심 때문에 유방은 살았다. 항우와 유방의 운명이 갈리는 순간이었고, 훗날 유방은 결국 항우를 물리치고 천하를 차지했다.

마오쩌둥은 1945년 8월 28일 장제스 정부가 있는 중경을 방문했다. 일본의 패망 후 통일 정국을 논의하자는 장제스의 초청을 받아들인 것이다. 미국과 소련도 마오쩌둥이 중경을 방문하도록 강하게 압박했다. 이 회담을 피하면 평화적 통일을 거부했다는 비난을 받기 때문에 마오쩌둥에겐 매우 곤혹스러운 제안이었다. 공산당의 군사력은 국민당에 비해 크게 열세였다. 살아올 수 있다는 보장도 없는 방문이었다.

중경에 도착한 마오쩌둥은 홍문에서의 유방처럼 철저히 몸을 낮췄다. "쟝졔스 위원장 만세"를 몇 번이나 외쳤고 회담에서도 많은 양보를 했다. 자신은 하루에 두 갑 이상 담배를 피우는 골초지만, 담배를 피우지 않는 쟝졔스와 회담하며 8시간 동안 한 개피도 피우지 않았다. 쟝졔스는 이 때 마오쩌둥의 의지력이 매우 강인하다고 감탄했다. 함께 간 저우언라이周恩來는 그림자처럼 마오쩌둥을 경호했다. 음식도 먼저 시식했고 만찬에서는 마오쩌둥의 술을 대신 받아 마셨다. 만의 하나 발생할 수 있는 위험요소를 사전에 차단한 것이다. 당시 실제로 국민당 비밀정보기관의 암살계획도 있었던 것으로 훗날 밝혀졌다.

유방이 죽을 고비를 넘기고 홍문에서 살아남은 것처럼 마오쩌둥도 쟝졔스의 진영에서 살아 돌아왔다. 군사력의 열세를 딛고 민심을 기반으로 최후의 승리자가 되었다는 점도 두 사람의 공통점이다. 마오쩌둥도 항우보다는 유방에게 동질감을 느꼈을 것이다. 그래서 더욱 유방의 성공비결을 절실하게 체감했는지도 모른다.

마오쩌둥이 역사 속 인물 유방과 동일시되었다면 그의 정적 쟝졔스는 유방의 정적 항우에 비견된다. 이러한 역사적 은유가 잘 드러난 영화가 있다.

2009년 중국에서 개봉된 〈건국대업建國大業〉은 중국의 건국 60주년을 기념하기 위해 제작된 영화다. 이 영화의 기획, 제작,

상영의 과정에는 위대한 건국의 역사를 선전하고 중국에 대한 자긍심을 높이려는 국가주의가 담겨 있다. 중국의 건립 과정이 사실 공산당과 국민당의 대결의 역사이기 때문에 쟝졔스에 대한 묘사가 빠질 수 없다. 대만을 평화적으로 포용해야 하는 정치적 상황을 고려하면 무턱대고 쟝졔스를 흉악한 군벌의 수뇌로 표현할 수도 없었다. 그래서 영화에서는 곳곳에서 항우의 캐릭터를 빌려 쟝졔스를 묘사했다. 항우가 미련하게 힘만 센 장사는 아니었다. 천하의 대의를 생각했고 부하들을 사랑했으며 인간의 도리를 알았다. 사마천 〈사기史記〉의 〈본기本紀〉편은 한나라 제왕들의 일대기를 기록하는 편장인데 항우의 이야기가 유방보다 먼저 나오는 이유도 이 때문이다. 덕분에 영화 속의 쟝졔스는 항우처럼 진중하게 오직 천하를 위해 고민한다.

영화는 1945년 중경의 국공회담부터 시작된다. 쟝졔스가 초청을 했고 마오쩌둥이 참모들의 만류를 뿌리치고 중경으로 갔다. 그리고 평화유지를 골자로 하는 쌍십협정(10월 10일)이 체결된다. 쟝졔스는 말없이 고민만 하고 긴박하고 은밀한 논의는 부하들의 몫이다. 영화의 막바지에도 항우를 닮은 쟝졔스의 모습이 등장한다. 북경의 공산당이 활기차게 건국 행사를 준비할 때 광주에서는 국민당이 전투기로 북경을 폭격할 계획을 세웠다. 하지만 전투기가 부산에서 주유하는 것을 미국이 거절했기 때문에 한 번 이륙하면 다시 돌아오지 못하는 상황이었다. 쟝졔스는 깊은 한숨을 쉬고 임무를 취소한다. 그리고 또 먼 산을 보며 말한다. "운명이다. 국민당이 자기 손바닥에서 망하는구나."

항우의 죽음도 비장하기 짝이 없다. 하늘이 버렸다며 자결했다. 실패는 자신의 탓이 아니다. 운명 때문이고 하늘 때문이다. 강을 건너 강동에서 재기하라는 권고도 뿌리쳤다. 자신에게 자식을 맡긴 강동의 부형들을 볼 낯이 없다며 말이다. 영화 속에서 쟝페스의 말로는 항우와 닮았다.

마오쩌둥과 당태종

마오쩌둥은 1958년 대약진 운동이 실패하면서 경제난에 봉착하자 스탈린의 〈소련 사회주의 경제문제〉와 소련과학원 경제연구소의 〈정치경제학 교과서〉를 읽고 또 읽었다. 본인만 읽은 것이 아니라 독서토론팀을 조직하여 두 달 동안 집중적으로 분석하고 연구하며 한 단락씩 심도있게 토론을 했다. 지도자와 참모진의 독서토론회는 놀라운 발상이지만 사실 중국 역사 속에 그 선례가 있었다. 우리에게도 친숙한 인물인 당태종이 그 주인공이다.

당태종 이세민李世民은 아버지를 도와 당나라를 건국했고 형제들을 죽이고 황제에 등극했다. 창업과 수성의 어려움을 체득한 인물이다. 그는 황제가 된 후 위증, 방현령 등 공신들과 끊임없이 역대 왕조의 성공과 실패에 대해 토론했고 인사, 정책, 상벌 등 국정 현안에 대해 의견을 들었다. 그 내용이 담겨 있는 책이 〈정관정요貞觀政要〉이다. 국내에도 번역본이 이미 출판되었다.

마오쩌둥과 당태종은 창업과 수성을 경험했다는 점에서 닮았다. 마오쩌둥은 대장정을 할 때도 〈정관정요〉를 갖고 다니며 읽었다. 그의 은사였던 쉬터리徐特立와 〈정관정요〉의 내용에 대해 이야기를 나누기도 했다. 마오쩌둥은 당태종이 신하들의 의견을 경청했던 점을 높이 평가했다. 아마 그의 독서토론팀 역시 〈정관정요〉의 역사토론팀에서 지혜를 빌렸을 것이다.

마오쩌둥은 모든 중국인이 사랑하는 소설 〈홍루몽紅樓夢〉에 대해 얘기하면서도 소설의 복잡한 인물 캐릭터를 자신의 관점으로 재구성하여 분석했다. 예를 들면 가보옥은 대혁명가, 유씨 할머니는 농민계급으로 이해하는 식이다. 마오쩌둥의 독서 방식은 책과 나의 관계에서 주도권을 나에게 둔 방식이라 할 수 있다. 책 속에서 필요한 것을 찾으려면 철저히 나의 관점에서 책의 내용을 받아들이고 재구성해야 한다. 책 속의 상황에 나를 대입하여 그 속의 일을 나의 경험으로 만들려는 생각에서 나온 독서 방식이다.

고전을 현실로 받아들여 재활용하는 그의 태도는 정적을 공격하는 무기로도 사용되었다. 1975년 중국공산당은 마오쩌둥의 지시로 〈수호전〉에 대한 대대적인 비판운동을 진행했는데 이때 마오쩌둥은 〈수호전〉의 108명 호걸들을 수정주의라고 비판했다. 원래 〈수호전〉의 108명 호걸들은 관청의 횡포에 저항하여 봉기한 사람들이라서 계급적 모순 때문에 봉건제도가 붕괴한다는 공산주의의 역사발전론과 맥락이 통한다. 그래서 중국식으로 말하자면 인민영웅들이라 할 수 있다. 그러나 마오쩌둥이 이들을 비판한 것은 이들이 탐관오리에 대항하기는 했지만 황제 제도를 부정하지 않았고 나중에 정부에 투항했다는 점이다. 마오쩌둥은 이러한 행동을 수정주의라고 비판했다. 이 비판은 당연히 국민들의 독서열기를 고취하려는 의도가 아니었다. 저우언라이와 덩샤오핑鄧小平을 비롯하여 자본주의 요소의 도입을 주장하던 반대파들이 비판의 대상이 되었다.

물론 그가 말년까지 참모들의 의견을 경청하고 민심을 살핀 현명한 지도자는 아니었지만 고전은 그에게 평생 '치국평천하治國平天下'의 책략을 제공한 지혜의 샘이었다.

부수고 섞어 새로 빚은 진흙 보살

인도 부통령에게 진흙 보살 이야기를 건네다

1957년 9월 인도 부통령 라드하크리슈난Sarvepalli Radhakrishnan
이 마오쩌둥을 만났을 때다. 두 사람은 '평화공존 5개 원칙'이
란 외교적인 문제부터 철학, 불교까지 다방면의 이야기를 나누
었다. 마오쩌둥도 워낙 학술적인 면에 조예가 깊었지만 라드하
크리슈난 역시 정치가이기 전에 철학자였기 때문에 이야기가
통했다. 그는 전통적인 힌두교 집안에서 태어나 크리스챤 학교
에서 대학교육을 받았고 인도의 여러 대학에서 철학과 교수를
하면서 옥스퍼드 대학의 동방종교윤리학 객좌교수도 지냈다.
정신문명을 중시하는 인도인들에게 깊은 존경을 받아서 인도
가 독립한 후 초대 부총리가 되었다. 그렇다보니 마오쩌둥도
라드하크리슈난와 만난 자리에서 자연스럽게 한시를 읊게 되
었다.

두 개의 진흙 보살을
함께 부숩니다
물을 붓고 하나로 섞어
다시 둘로 만듭니다
내 몸속에는 당신이 있고요
당신 몸속에는 내가 있습니다

兩個泥菩薩, 一起都打碎. 用水一調和, 再來做兩個,
我身上有爾, 爾身上有我.

진흙으로 만든 보살이니 눈사람처럼 언제든지 부수고 다시
만들 수 있다. 두 개의 진흙 사람을 부수어 함께 반죽을 하고
다시 두 사람으로 만들면 두 진흙 사람은 그야말로 몸을 나눈
사이가 된다. 좋아하고 사랑하는 정도가 아니다. 아예 네 몸이
내 몸이고 내 몸이 네 몸인 사이다. 그렇다. 원래 이 시는 부부의
사랑을 비유한 시다. 아내가 남편에게 건넨 시다.

시로 건넨 아내의 질투

이 시의 원작은 원나라 초기 관도승管道昇의 산곡散曲 〈아농사
我儂詞〉이다. 산곡은 원나라 때 연극에서 배우가 부르는 노래의
가사이다. 멜로디가 있는 노랫말이지만 원대 문인들은 시를 쓰
는 마음으로 산곡을 썼다. 그들에게 산곡은 시와 마찬가지였다.
관도승의 남편 조맹부趙孟頫는 당시 유명한 화가이자 서예가
였다. 그의 글씨체를 '조체'라고 불렀고 '신품'이라 칭했다. 그는

원래 송나라 때의 신하였는데 조국을 멸망시킨 원나라 조정에서 또 관직을 했다. 그래서 그는 세상 사람들에게 변절자라 비난받았다. 조맹부가 송태조 조광윤의 후손이었기 때문에 비난은 더욱 심했다. 아내 관도승은 남편이 관직에서 물러나기를 원했다. 그녀의 생각은 분명했지만 남편의 심기를 건드릴까봐 〈어부사漁父詞〉를 지어 마음을 전했다. 날선 직언을 피하고 완곡한 암시를 시에 담아 전한 것이다. 〈어부사〉의 내용은 왕후가 되고 부귀를 얻어도 진정한 행복과 자유를 얻을 수는 없으니 아름다운 산수를 벗 삼아 일엽편주를 띄우며 음풍농월 하자는 내용이다. 조맹부는 결국 은퇴를 하고 강호로 돌아갔다.

관도승은 남편을 만나기 전부터 서예, 회화로 당대에 이름난 여성이었다. 조맹부도 관도승의 그림을 먼저 보고 그녀에 대해 호감을 가졌다고 한다. 〈어부사〉를 쓴 일화를 보면 예술에만 조예가 있었던 것이 아니라 인생의 처세에 대해서도 주관이 뚜렷했던 것 같다. 두 사람은 평생 시서화詩書畵를 함께 하며 두터운 정을 나눈 사이였지만 조맹부가 첩을 두려고 관도승에게 허락을 구한 적이 있다. 예술에 조예가 깊은 탓인지 두 사람은 시와 문장으로 의사를 교환했다. 조맹부가 먼저 문장을 건넸다.

나는 학사고 당신은 부인이요. 도학사에게 도엽桃葉, 도근陶根 두 여인이 있었고 소학사에게 조운朝雲, 모설暮雪 두 여인이 있었던 것을 듣지 못했소. 나는 오희, 월녀

같은 첩을 몇 두려하오. 당신 나이 이미 마흔을 넘었으
니 정실부인의 자리나 잘 지키면 좋겠소.

왕안석과 소동파 같은 사람도 두 명의 여자를 얻었고 당신도
나이 40이 넘었으니 자신을 독점하지 말라는 말이다. 관도승이
남편의 글을 읽고 답가를 지은 것이 위에서 인용한 진흙 사람
이야기 〈아농사〉이다. 어려운 시기를 함께 지냈고 성공의 기쁨
도 함께 지낸 부부, 세상의 비난을 함께 견디며 인생의 쓸쓸한
길을 함께 지나온 두 사람. 내 속에 당신이 있고 당신 속에 내가
있다는 그 말은 사랑 말고도 많은 회한과 추억을 두 사람이
공유했다는 의미일 것이다. 그리고 너무나 여성적인 사랑의 맹
세를 말미에 적었다.

살아서 당신과 한 이불을 덮었으니
죽고는 당신과 같은 관에 누웠으면

我與爾生同一個衾, 死同一個槨

조맹부는 이 글을 읽고 첩을 얻으려던 생각을 접었다. 나는
삶과 죽음을 당신과 함께 할 생각이니 젊은 여자 생각은 포기하
라는 무언의 압박이다. 한바탕 부부싸움이라면 부부싸움이고
여인의 질투라면 질투다. 하지만 문학적인 싸움이고 예술가적
인 질투이다. 산곡이라는 장르가 배우가 부르는 노래의 가사라
표현은 문학적이지만 언어는 구어체다. 감정이 직접적으로 전

달된다. 같은 내용의 또 다른 버전인 〈쇄남지鎖南枝〉에는 "오라버니 몸속에는 누이가 있고요 누이의 몸속에는 오라버니가 있네요"라고 되어 있다. 물론 이 오라버니와 누이는 남매가 아니라 연인 사이다.

원작에는 "진흙으로 당신을 만들고 나를 만듭니다"라고 되어 있는데 마오쩌둥이 인용한 보살이란 말은 없다. 아마도 중국 속담에 '진흙 보살이 강을 건너는 것처럼 제 몸 간수도 어렵다'는 말이 있다 보니 마오쩌둥이 이렇게 시를 변용했는가 보다. 어쩌면 인도 철학자를 만났기 때문에 보살을 비유로 들었는지도 모른다.

중국과 인도는 1954년 영토와 주권의 상호존중, 상호불가침, 상호내정 불간섭, 평등 및 호혜, 평화공존을 골자로 하는 '평화공존 5개 원칙'에 합의했다. 중국은 건국 이후 소련 일변도의 외교 정책을 고수하며 미국 중심의 국제질서를 거부했다. 특히 한국전쟁에 참전한 이후에는 미국의 중국 봉쇄정책으로 외교적인 고립상태가 되었기 때문에 대외적으로 과격한 혁명노선을 수정할 필요를 느꼈다. 그러다 보니 우선적으로 인도처럼 국경을 접하고 있는 인접국가와 접촉했고 '평화공존 5개 원칙' 체결로 안정적인 안보환경에서 경제발전을 도모하는 방향을 설정하게 된 것이다. 중국은 이 협정으로 인도의 중립노선을 인정하고, 티베트에 대한 기득권을 인정받았다. 현실적 이익이 적지 않은 협정이었다. 네 속에 내가 있고 내 속에 네가 있다는 사랑의 맹세를 인용할 만큼 인도는 당시 중국에게 중요한 파트너였던 것이다.

모스크바에서 다시 인용된 진흙 보살 이야기

1957년 11월 마오쩌둥은 모스크바에서 개최된 세계공산당대회에 참가했다. 그는 폐막식에서 64개국 공산당대표가 참석한 가운데 다시 한 번 진흙 보살 시를 인용했다. 그가 전하고 싶었던 메시지는 사회주의 국가들이 소련을 중심으로 단결하여 서방의 제국주의에 맞서자는 내용이었다.

1957년은 소련이 대륙간 탄도미사일 실험에 성공하고 최초의 인공위성인 스푸트니크Sputnik호를 발사하여 우주항공 분야에서 미국에 앞섰음을 증명한 해이다. 마오쩌둥은 이 사건에 크게 고무되어 사회주의 진영이 세계의 주도권을 쥘 수 있다고 믿었다. 하지만 이 때 동구권의 사회주의 국가들은 소련의 지도력에 대해 확신하지 못했다. 1956년 소련 공산당 20차대회에서 흐루쇼프가 스탈린을 비판한 비밀연설이 동구권의 지도자들에게 충격과 혼란을 주었기 때문이다. 이 때 흐루쇼프는 스탈린의 통치를 '의혹, 공포, 테러' 체제였다고 비판했다. 30년간 소련을 통치하면서 자신을 숭배하도록 했고 권력유지를 위해 잔혹한 숙청과 처형을 했다고 비판한 것이다. 동구권 국가의 스탈린주의자들은 위기감을 느끼면서 소련의 행보를 주시했다. 그러나 마오쩌둥은 소련의 스탈린 격하운동에 동조하면서 전세계 공산진영이 소련을 중심으로 단결해야 한다고 역설했다. 그는 미국이 종이호랑이에 불과하며 소련의 군사력은 미국의 기습을 예방할 수 있다고 확신하며 동구권 국가들이 소련의 지도적 지위를 인정해야 한다고 생각했다.

마오쩌둥이 협력과 단결을 말하면서 이 시를 애용하는 것은 '우리가 한 몸'이라는 의미가 쉬운 말로 잘 비유되어 있는 탓이기도 하지만 그가 생각하는 변증법의 이론을 담고 있기 때문이다. 변증법은 세상의 모든 현상이 지속적인 모순의 생성과 지양을 통해 변화, 발전한다는 논리이다. 마오쩌둥은 변증법적인 부정에 대해 이렇게 설명했다.

한 칼에 두 동강을 내거나 싹쓸이로 섬멸하는 것은 변증법적인 부정이 아니다. 부정을 통해 그 다음 과정이 올 수 있다. 오라버니 몸에 누이가 있고 누이의 몸에 오라버니가 있다.

무엇인가를 부정한다는 것은 어떤 현상이 발전하는 과정이다. 예를 들면 인간관계에서 상대방과 문제가 생겼을 때 그 사람과의 관계를 단번에 단절하는 것은 변증법적인 발전이 아니다. 상대의 문제를 지적하고 두 사람의 만족점을 찾는 과정이 필요하다. 그래야 새로운 관계로 접어들 수 있다. 상대방과 나의 모순을 찾는 것, 그것이 발전과정의 시작이다. 모든 개체에는 대립적인 두 가지의 속성이 있다. 상대방과 협력하고 결합할 수 있는 이유는 애초에 내 속에 상대방의 모습이 있었기 때문이다. 마오쩌둥은 진흙 보살 이야기를 매우 좋아한다. 그리고 이 시가 만들어낼 수 있는 메시지를 매우 깊이, 매우 오래 생각한 듯하다.

중국인에게 격조있게 우호와 협력을 말하고 싶다면 이 시를 인용하면 좋겠다. 2007년 당시 중국대사였던 김하중 대사는 베이징의 한 강연에서 이 시를 언급했다. 그 해 설립된 중앙일보 중국연구소의 홈페이지 첫 화면에도 이 시가 소개되어 있다. 모두 진흙 보살 이야기로 한중관계를 설명한 것이다. 그 때의 한중관계는 '전면적 협력동반자 관계'였고 지금은 '전략적 협력동반자 관계'로 격상되었다. 한국과 중국 역시 서로에게 필요한 상대가 되어 깊은 관계로 발전하고 있으며 두 나라의 많은 유학생과 교민들이 상대 국가에서 살고 있다. 내 몸속에 당신이 있고 당신 몸속에 내가 있다는 말이 딱 맞다. 진흙 보살이 관도승과 조맹부의 사이에서는 질투의 한 표현이었지만 마오쩌둥과 한국 외교관을 거쳐 국가간 협력을 강조하는 외교적 수사가 되었다.

마오쩌둥과 쟝졔스의 신경전

드라마 〈연개소문〉과 〈심원춘·설〉

마오쩌둥은 정치가일 뿐 아니라 직접 시와 사를 지어 발표했던 시인이기도 하다. 발표된 것만 68수이니 실제로는 그보다 많을 것이다. 그 중에서도 〈심원춘沁園春·설雪〉은 마오쩌둥의 낭만적이고 호탕한 기질이 표현된 수작으로 평가받는다. 1972년 미국대통령 닉슨이 중국을 방문했을 때도 마오쩌둥을 이해하기 위해 그의 시를 읽었다고 밝힌 바 있다.

북국의 풍광을 보라
천 리에 얼어붙은 빙벽
만 리를 날리는 눈발
만리장성 안팎엔
오직 망망한 설원 뿐

얼어붙은 황하는
출렁임을 멈추었다
산맥은 춤추는 은빛의 뱀
들판은 달음질치는 하얀 코끼리
하늘과 높이를 겨루고 있다
눈 그쳐 날 개이면
붉은 단장 고운 자태는
더없이 어여쁘리
이처럼 아름다운 강산이 있어
수많은 영웅들이 다투듯 허리를 굽혔구나
애석해라 진시황과 한무제는 글재주가 부족하고
당태종과 송태조는 시인이 아니었네
천하를 호령한 징기즈칸도
독수리를 향해 활쏠 줄만 알았네
아, 모든 것은 지나간 일
천하의 풍류인물을 찾으려면
지금의 세월을 보아야 하리

北國風光, 千里氷封, 萬里飄雪, 望長城內外, 惟餘莽莽,
大河上下, 頓失滔滔. 山舞銀蛇, 原馳蠟象, 欲與天下公
試比高. 須晴日, 看紅粧素裹, 分外妖嬈. 江山如此多嬌,
引无數英雄競折腰. 惜秦皇漢武, 略輸文采, 唐宗宋祖,
稍遜風騷. 一代天驕, 成吉思汗, 只識彎弓射大雕. 俱往
矣, 數風流人物, 還看今朝.

이 작품은 일전 우리나라의 SBS에서 방송된 사극 〈연개소문〉에서 수양제의 병풍에 적혀 있던 글로 중국 네티즌들에게 항의를 받기도 했다. 당시 〈연개소문〉이 중국의 동북공정에 대한 반감으로 제작되었다고 알려진 터라 이 드라마에 대한 중국의 여론이 좋지 않았다. 어떻게 수나라 시대극에 현대 작품이 등장하느냐, 그 정도 고증도 안 하고 드라마를 만드느냐 하면서 〈연개소문〉을 공격하는 좋은 빌미가 된 셈이다. 더구나 수양제는 중국에서도 폭군의 이미지가 강한 황제였기 때문에 이 장면이 마오쩌둥을 폭군으로 묘사했다고 비난했다. 수양제의 병풍에 있던 〈심원춘·설〉은 중국인에게 친숙한 마오쩌둥의 친필 글씨체였고 글씨의 왼쪽에 毛澤東이라는 이름까지 적혀 있었기 때문에 눈에 띌 수밖에 없었다.

이 작품은 장르상 시가 아니라 사詞다. 시나 사나 짧은 말로 운율에 맞게 짓는다는 점에서 모두 운문이지만 사는 원래 노래의 가사로 지었던 글이다. 당나라 후반부터 짓기 시작했는데 주로 기방에서 술자리의 여흥을 돋우기 위해 많이 지었다. 예전부터 전해지는 노래의 악보가 있고 그 악보의 멜로디에 가사를 맞추다보니 '사를 쓴다寫詞'는 것을 '말을 기입한다填詞'고도 했다. 위 인용 작품의 제목은 〈심원춘沁園春·설雪〉이다. '심원춘'이란 말은 해석하자면 '정원에 깃든 봄'이라는 의미지만 작품의 내용과는 무관하다. 마오쩌둥이 붙인 제목이 아니라 예전부터 전해지는 노래의 제목이기 때문이다. 뒤에 붙은 '설'이 주제를 전달하는 제목으로 지은이가 짓는 진짜 제목인 셈이다. 사는 구절의 장단이나 평측平仄같은 음악적 요소들이 중시되고 음률

과 기존 작품들에 대해 조예가 깊어야 창작이 가능하다. 자신만
의 스타일을 작품에 표현하는 것은 더욱 어려운 일이다.

천하의 주인은 나

〈심원춘·설〉은 마오쩌둥이 1936년 2월에 창작한 후 1945년
에 발표했다. 9년에 달하는 시간 동안 마오쩌둥도 이 작품에
대해 말한 적이 없었고 아는 사람도 거의 없었다.

1935년 10월에 공산당 홍군은 대장정을 끝내고 연안延安에
근거지를 마련했다. 그리고 이 작품을 창작했던 1936년 2월은
일본군과의 전투를 위해 황하를 건너 하북 지역으로 이동할
때였다. 2월 5일 새벽, 부대는 섬서성 청간현에 주둔했는데 이
지역에는 며칠째 폭설이 내리고 있었다. 마오쩌둥은 낯선 북방
지역에서 맞이한 이국적인 풍광을 보며 역사와 운명이라는 무
거운 감회를 사로 적었다.

마오쩌둥은 남방 사람이다. 그의 고향인 호남湖南 지역은 위
도 28도에 걸쳐 있다. 서울에서 제주도까지의 거리만큼 제주도
에서 더 남쪽에 위치하고 있으니 겨울도 짧고 기후도 온난하다.
그런 환경에서 자란 그가 북방의 얼어붙은 절벽과 눈 덮인 들판
을, 그것도 전쟁 중에 마주했으니 감회가 특별했을 것이다. 보통
의 경우에는 이런 상황에서 장엄한 풍광에 압도당하기 마련이
다. 그의 부하들 중에는 자연의 위대함과 자신의 초라함을 느낀
사람도 있을 것이다. 어떤 병사는 고향과 어머니를 생각했을

것이며 어떤 병사는 인생의 고단함과 생명의 위기를 비관했을 것이다. 국민당 동북군의 포위작전에 맞서 대대적인 전투를 치르고 얼마 지나지 않은 때였기 때문에 더욱 그러했을 것이다.

하지만 마오쩌둥은 날 개인 후에 드러날 아름다운 강산의 모습을 상상했고 천하의 주인이었던 황제들과 칭기즈칸을 떠올렸다. 그리고 그들은 풍류와 낭만이 없었던 인물들이라고 폄하했다. 이 말을 바꾸어 말하면 이런 상황에서 문학적인 감성으로 자연과 운명을 노래하는 자신이 그들보다 위대하다는 것이다. 그는 천하의 풍류인물을 보려면 지금의 세월을 봐야 한다고 말했다. 이 시대의 주인공은 자기 자신이라는 확신에 가득 차있다. 그가 자연을 묘사하면서 사용한 만리장성, 황하, 은빛의 뱀과 코끼리 같은 이미지들은 남성적이고 강인한 그의 스타일을 보여준다. 그리고 그는 실제로 훗날 이 황제들과 마찬가지로 중국 최고의 권력자가 되었다.

마오쩌둥의 기백에 열광한 중경 문화계

이 작품이 세상의 빛을 본 것은 1945년이었다. 일본이 패망한 후 국민당의 쟝제스와 공산당의 마오쩌둥이 중경에서 회담을 할 때였다. 쟝제스의 초청을 받고 마오쩌둥이 중경으로 왔다. 마오쩌둥으로서는 호랑이 굴속에 들어온 셈이다. 국민당이 마오쩌둥을 죽이기는 너무나 쉬웠다. 또 자신을 중경에 묶어두고 국민당이 공산당을 공격할 수도 있는 있기 때문에 마오쩌둥은 자신의 유고시 류사오치劉少奇를 중심으로 한 5인이 공산당을 이끌도록 당부했다. 혹시 모를 상황을 준비한 것이다. 군사력도, 미국과 소련의 지지도 국민당에게 유리했다. 협상을 해도 마오 쩌둥에게 유리한 카드는 별로 없었다. 마오쩌둥의 중경행은 목숨을 건 비장한 방문이었다.

당시 마오쩌둥은 중경에서 43일간 머물렀는데 틈틈이 중경의 명사들과 자주 만났다. 대표적인 사례가 당대의 애국시인 류야쯔柳亞子와의 만남이었다. 류야쯔는 마오쩌둥과 1차 국공합작 때 알게 된 사이로 평생 5천 수의 작품을 쓴 시인이자 혁명과 민주를 위해 왕성한 애국활동을 한 활동가였다.

중경에 도착한 지 이틀 후에 마오쩌둥은 류야쯔를 초대해서 함께 식사를 했는데 류야쯔는 이 때 자신의 칠언율시 한 수를 전했다. 이 작품은 며칠 후 〈신화일보〉에 〈증모윤지노우贈毛潤 之老友〉라는 제목으로 발표되었다. 윤지는 마오쩌둥의 자字이 다. 그리고 일주일 후 마오쩌둥은 다시 저우언라이, 왕뤄페이王 若飛 등과 류야쯔를 방문했다. 류야쯔는 마오쩌둥의 시 〈칠율七 律 장정長征〉을 〈민국시선民國詩選〉에 싣겠다고 요청하며 몇 편 더 싣고 싶다고 원고청탁을 했다. 그래서 〈심원춘·설〉이 류야 쯔에게 건네지게 된 것이다. 〈심원춘·설〉을 받은 류야쯔는 감탄을 거듭하며 곧바로 화답사를 한 편 지었다. 그리고 두 작품 을 함께 중소문화협회가 주관하는 전시회에 출품하면서 〈신화 일보〉에 원고를 보냈다. 그런데 마오쩌둥의 작품은 본인의 동 의가 필요했기 때문에 발표가 늦어졌고 류야쯔의 화답사만 먼저 실리게 되었다. 마침 그 날은 마오쩌둥이 중경을 떠나는 날이었다. 원작품은 없는데 화답사만 알려지다 보니 마오쩌둥의 작품은 입소문을 타고 유명해져 버렸다. 더구나 미리 읽어본 문인과 출판인들이 '기백이 대단하다'거나 '천고절창千古絶唱'이라는 등의 평론을 했던 터라 더욱 그러했다. 결국 한 달 후 마오쩌둥의 작품은 〈신민보〉의 자매지 〈서방야담〉에 발표되면서 세상에 알려졌다.

〈심원춘·설〉에 대한 중경 문화계의 반응은 뜨거웠다. 많은 문인들이 화답사를 짓고 평론을 발표했다. 물론 호평 일색이었다. 그 해 발표된 화답사는 약 50편에 달했고 평론도 20여 편이었다. 중경 문화계 인사들이 마오쩌둥의 작품에 열광한 것은 작품 자체도 수준이 높았지만 마오쩌둥이라는 인물이 갖고 있는 영웅적 매력 때문일 것이다. 절반의 중국을 차지한 정치지도자가 죽음을 각오하고 상대의 진영을 방문했으니 마오쩌둥을 보는 중경 지식인들의 시각은 이념을 떠난 것이었다.

장제스의 질투

하지만 장제스의 입장은 달랐다. 장제스도 얼마 후 이 작품을 보았다. 그에게 마오쩌둥은 필생의 라이벌이자 천하의 권력을 획득하기 위해 반드시 꺾어야 하는 적이었다. 그런 마오쩌둥에게 민심이 몰리고 자신의 세력권인 중경에서도 그의 작품이 인기를 끌자 본능적인 위기를 느꼈다. 음악과 시는 사람의 마음을 움직인다. 사람들은 음악과 예술을 머리가 아니라 마음으로 받아들이기 때문이다. 더구나 쟝졔스는 마오쩌둥처럼 문학에 조예가 있었던 사람이 아니었고 평생을 엄격한 규율 속에서 살아온 군인이었다. 그의 마음속에는 자신에게 없는 능력으로 대중의 열광을 받는 라이벌에 대한 질투도 있었을 것이다.

쟝졔스는 작품을 보자마자 자신의 참모인 천부레이陳布雷에게 이 작품이 어떠냐고 물었다. 천부레이는 문학적 소양과 학식을 갖춘 인물로 쟝졔스의 연설문 작성을 전문적으로 담당하고 있었다. 그는 〈심원춘·설〉이 기세가 산하를 삼킬 듯 힘있는 작품이라고 호평했다. 그러나 이 말은 쟝졔스가 원하는 대답이 아니었다. 쟝졔스는 천부레이에게 화를 냈다.

> 마오쩌둥이 야심을 드러냈다. 다시 황제가 되어 천하의 패권을 차지하고 싶은 것이다. 과거로 돌아가자는 것이며 역사를 후퇴시키는 것이다.

그는 맹렬하게 마오쩌둥을 비난했다. 고대 황제에 대한 언급을 마오쩌둥이 다시 황제 제도를 부활하여 그들보다 더 위대한 황제가 되겠다는 야심으로 해석한 것이다.

쟝졔스는 천부레이에게 속히 마오쩌둥을 비판하는 글을 발표하도록 지시했다. 곧 쟝졔스의 진영에서는 문학평론 조직이 꾸려져 그해 12월부터 〈심원춘·설〉을 공격하는 평론기사가 〈중앙일보〉 등의 언론에 발표되기 시작했다. 〈중앙일보〉는 국민당의 중앙기관지였다. 총칼로 전쟁을 하는 것이 아니라 말과 글로 싸우는 선전전이었다. 이들은 문학으로 선전전을 한 것이다. 연안의 마오쩌둥 진영에서도 반격했다. 당시 최고 문인 궈모뤄郭沫若가 화답사를 두 편 썼고 평론도 썼다. 그는 평론문에서 마오쩌둥의 〈심원춘·설〉을 "기세와 법도가 어우러진 격조높은 작품"이라고 극찬했다. 장군 시인으로 유명한 천이陳毅과 황치생黃齊生, 덩퉈鄧拓 등 명사들도 〈심원춘·설〉의 운에 맞춰 화답사를 썼고 마오쩌둥을 칭송하는 내용을 적었다.

공방이 오가다가 쟝졔스 진영에서 새로운 작전이 등장했다. 국민당 당원들 중에 문학적 소양이 있는 사람들은 모두 〈심원춘〉 제목으로 사를 지으라는 지시가 내려왔다. 이 지시는 국민당 핵심 간부의 명의로 공식 발표되었다. 마오쩌둥의 작품보다 뛰어난 작품을 지어 마오쩌둥에 대한 관심을 분산시키려는 의도였다. 너무 유치하고 치사한 작전이었지만 그만큼 쟝졔스는 다급했고 〈심원춘·설〉의 위력이 컸다. 국민당 당원들의 작품이 다 보잘 것 없자 급기야 남경, 상해의 외부 문인을 영입하여 몇 편을 만들었다. 그러나 결국 마오쩌둥의 작품을 뛰어넘는 명작은 나오지 않았다. 실패로 돌아간 이 작전은 1980년대 국민당 출신 인사의 회고로 세상에 알려지게 되었다. 문학이 중국인에게는 책 속에 글자로 갇혀있는 존재가 아니라 세상과 민심을 움직이는 힘이라는 것을 보여주는 사례이다.

겨울날 구름에 비유한 국제정세

눈보라 속에서 맹수를 쫓는 영웅

1962년 12월 마오쩌둥은 〈동운冬雲〉이라는 제목의 시를 썼다. 이 시에는 복잡한 국제정세와 중국의 위기 그리고 이를 돌파하려는 마오쩌둥의 고민과 의지가 담겨 있다. 고대의 선비들도 자신이 처한 정치적 상황을 자주 시로 읊었으니 전통 학문에 조예가 깊은 마오쩌둥이 국제정세를 시로 논한 것은 놀라운 일이 아니다. 미국과 소련이 등장한다는 점이 다르다면 다를까. 시의 내용은 이러하다.

눈, 겨울구름을 누르며 솜털처럼 흩날리고
꽃들은 분분히 시들어 한순간에 사라졌다
높은 하늘엔 굽이치는 차가운 물결
대지엔 가녀린 온기가 불어오네

오직 영웅이 있어 호랑이와 표범을 쫓고
호걸은 곰을 무서워하지 않는다
매화는 하늘 가득한 눈발을 반기나니
얼어죽은 파리 신기할 것도 없네

雪壓冬雲白絮飛, 萬花紛謝一時稀. 高天滾滾寒流急, 大
地微微暖氣吹. 獨有英雄驅虎豹, 更無豪傑怕熊羆. 梅花
喜歡漫天雪, 凍死蒼蠅未足奇.

이 시는 중국 외교사를 다루는 서적에서도 자주 인용된다.
중국 주변 정세에 대한 최고지도자의 인식이 담겨 있기 때문이
다. 미국 학자 주디스 F. 컬버그, 존 파우스트가 쓰고 이진영,
민병오, 조혜경이 옮긴 〈중국외교정책〉에서도 이 시를 인용하
며 호랑이는 미국 제국주의, 곰은 소련을 의미한다고 설명했다.

이 시는 제목에 칠률이라고 적혀 있다. 칠언율시七言律詩라는
말이다. 한 구가 일곱 글자로 되어 있으니 칠언이고 총 여덟
구의 정형시이니 율시이다. 네 구가 기-승-전-결을 이루면
절구絶句라 하고 여덟 구가 두 구씩 기-승-전-결을 이루면
율시라 한다. 여덟 구라고 해서 모두 율시인 것은 아니다. 격률
이 맞아야 한다. 율시는 수백 년 동안 시인들이 격률을 연구하고
실험하면서 완성된 시체이다. 두보에 와서 율시체가 완성되었
다고 말한다. 한자는 한 글자마다 성조聲調가 있고 평측이 있어
서 어떤 글자는 평에 해당되고 어떤 글자는 측에 해당된다. 칠언
율시는 '평평측측평평측'처럼 평과 측이 배치되는 순서가 구절

마다 정해져 있다. 그래서 칠언율시를 지으려면 어떤 글자가 평이고 어떤 글자가 측인지 하나씩 외워야 한다. 게다가 시의 원문에 있는 高天-大地, 寒流-暖氣, 英雄-豪傑, 虎豹-熊羆처럼 같은 성격의 단어를 배치하여 대구시켜야 하는 규칙이 있다. 때문에 율시를 짓는다는 것은 대단히 높은 수준의 교양이다. 시에 정신을 담는 것은 차후의 문제다.

눈 덮인 들판. 대지는 얼어붙어 풀 한 포기, 꽃 한 송이 보이지 않는다. 첫 줄 '눈이 겨울 구름을 누른다'는 표현에서 사용한 '누를 압壓'자는 시인의 마음을 압축적으로 잘 묘사한다. 누른다는 것은 무거운 것이 덜 무거운 것 위에 올려져 있을 때 쓰는 말이다. 가벼운 것이 올려져 있다면 얹혀있다고 했을 것이다. 눈이 내리는 낭만적인 풍경을 보면서 눈이 구름을 누른다고 한 것은 시인의 마음이 무겁기 때문이다. 하늘에는 차가운 바람이 물결처럼 거세게 분다. 그리고 땅에는 가녀리게 피어오르는 온기 속에서 맹수를 쫓는 한 남자가 있다. 마오쩌둥은 이 사내를 영웅이라 부르고 호걸이라 불렀다. 영웅은 사나운 맹수의 위협을 두려워하지 않는다. 영웅은 난세에 태어난다고 했던가. 시 속의 상황은 이 사내에게 녹녹치 않다. 날은 춥고 꽃들은 시들었다. 눈발을 헤치며 나아가는 사내는 맹수와 만나 생존의 사투를 벌일 것이다. 그렇다. 이 사내는 가난한 중국을 이끌며 미국과 소련이라는 강력한 적수와 상대하고 있는 마오쩌둥 자신인 것이다.

1962년의 소련과 미국 그리고 중국

이 시를 쓴 1962년, 객관적으로 중국이 처한 국제적 상황은 그리 희망적이지 않았다. 1957년 모스크바에서 열린 세계 12개국 공산당대회에서 자본주의 진영과 평화공존한다는 선언문이 발표되면서 중국은 소련과의 이념적 차이를 확인했다. 중국은 사회주의 진영의 보스라 할 수 있는 소련이 미국에게 유화적인 태도를 취한다는 점이 불만이었다. 소련과 미국의 결탁이 중국과 같은 사회주의 후발국가에게는 이롭지 않다는 판단 때문이었다. 하지만 중국의 입장에서 볼 때, 소련은 여전히 든든한 우방국이었고 협력이 절실한 상대였기 때문에 드러내고 반소정책을 펼칠 수는 없었다. 대외적으로도 대만과의 통일을 위해서는 대만을 지원하는 미국과 상대해야 했고 소련의 도움이 필요했다.

그런데 1958년 대만해협에서의 대치로 군사적 긴장감이 고조될 때 미국은 직접 군사력을 동원해 대만을 지원했지만 소련은 중국을 위해 실질적인 지원을 제공하지 않았다. 특히 소련이 중국에게 핵기술을 제공하기로 한 핵 원조계획을 폐기한 사건은 중국의 기존 군사계획을 수포로 돌아가게 했다. 또 1958년 중국과 인도가 국경문제로 충돌했을 때 소련이 인도의 입장을 지지한 것도 중국이 소련에 대해 배신감을 느끼기에 충분한 사건이었다. 소련의 입장에서는 중국이 자꾸 제3세계 국가들의 리더 역할을 하려는 시도에 위협을 느꼈고 자신들의 주도권을 지키기 위해서는 중국의 성장을 막아야 한다는 생각이었다.

소련이 미국에 대해 유화적인 태도를 취하고 중국의 폭력적 성향에 등을 돌리면서 중국 역시 소련을 수정주의 노선이라고 비판하기 시작했다. 하지만 이때까지 중국과 소련의 대립은 이념적인 성격이었고 주변 정세에 따른 간접적 대립이었다. 그런데 대립이 격화되면서 소련이 중국에 대한 경제원조까지 철회하면서 양국은 직접적인 대립 양상으로 접어들었다. 1960년 7월 소련은 중국에 파견했던 기술자 1,390명을 전원 소환하겠다고 통보했다. 중국의 발표에 따르면 기술원조에 따른 343건의 계약이 취소되고 257건의 기획이 취소되었다고 한다. 시설물들은 남아있었지만 모든 청사진과 설계도는 소련 기술자들이 가지고 돌아갔다. 경제부흥을 위해 기술개발이 절실한 중국으로서는 크나큰 타격이었다. 또 1962년 중국과 인도가 국경문제로 충돌했을 때 소련은 다시 인도를 지지했다. 양국 관계의 악화를 분명하게 보여주는 사건이라 할 수 있다. 중국으로서는 뼈저린 고통을 느끼며 절치부심했겠지만 약소국으로서 실제로 취할 수 있는 대책은 없었다. 중국, 인도의 국경충돌과 거의 동시에 쿠바 핵미사일 사건이 발생했다. 미국과 소련이 쿠바에서 핵미사일을 설치하고 대립하다가 미국의 강경한 입장에 굴복해 소련이 철수한 것이다. 핵전쟁 일보직전의 긴박한 상황이었다. 중국은 이를 소련의 '항복주의'라고 비난했으며 전세계 사회주의 국가를 배신하는 행위라고 공격했다. 소련과의 결별을 선언하는 것과 마찬가지였다.

영웅과 매화

마오쩌둥의 시에서 영웅은 왜 맹수를 쫓고 있는지, 왜 그 맹수를 미국과 소련이라고 해석하는지 알 만하다. 1962년의 중국은 미국과 대적하면서 사회주의 진영 내부에서 소련과도 상대해야 했다. 또 강대국에 기대지 않고 발전할 수 있는 중국의 독자적 노선을 찾아야 했다. 맹수를 쫓아 외롭고 힘든 길을 걷는 영웅의 형상에 자신의 고민과 의지를 담은 것이다.

스스로를 영웅에 비유한 마오쩌둥은 매화를 이야기하며 다시 자신의 의지가 결연하고 숭고한 것임을 밝힌다. 매화는 '설중매雪中梅'라는 말처럼 한 겨울에도 꽃을 피우기 때문에 전통적으로 인내, 고결, 지조를 상징한다. 모란이 부귀를 상징한다면 매화는 고난을 이겨내는 정신의 비유이다. 그래서 고려의 이색李穡도 국운이 쇠망하는 시절에 "반가운 매화는 어느 곳에 피었는고"라고 하지 않았는가. 1961년 12월 마오쩌둥은 〈영매詠梅〉라는 사작품도 쓴 적이 있다. 서문에서는 육유 작품을 읽고 같은 제목으로 화답한다고 적었다. 정치적인 의미없이 순수하게 매화의 아름다움을 적었다. 눈보라 속에서도 봄을 맞이하는 매화를, 벼랑 끝 얼음장 속에서도 꽃을 피우는 매화의 고결함을 찬양했다.

육유陸游는 평생 만 수의 시를 지었다고 자부했던 남송 때의 대시인이다. 그는 조국의 수도가 금나라에게 함락되어 남쪽으로 쫓겨 온 것을 평생 치욕으로 생각했다. 그래서 죽을 때 아들에게 남긴 시 〈시아示兒〉에서는 북벌 소식을 듣거들랑 자신의 제사에 알려달라고 말을 남겼다. 육유의 애국심과 결연한 의지를 마오쩌둥이 좋아하지 않을 수 없었을 것이다. 그래서 마오쩌둥은 1961년 돌파구가 필요한 국제정세 속에서도 비바람과 눈보라 속에서 꽃을 피운 매화의 모습을 사에 담았다. 혹 국가지도자가 한가롭게 음풍농월했다고 비난할 수도 있겠지만 중국인에게 시를 쓰는 것은 정신을 되새기는 행위였고 자신의 의지를 세상에 전달하는 방식이었다.

삼장법사, 요괴, 손오공

마오쩌둥이 1961년에 쓴 〈화곽말약동지和郭沫若同志〉라는 시도 소련과의 관계에 대한 중국의 입장이 담겨 있는 작품이다.

대지에 거센 폭풍우 몰아치고
요괴들 백골 더미에서 살아난다
삼장법사 어리숙해도 가르칠 수 있지만
요괴는 마귀가 되어 재앙이 되었네
손오공 분노의 여의봉을 휘둘러
우주 만리 티끌은 깨끗하게 사라진다
오늘 손오공을 환호하는 것은
요괴들의 안개 다시 몰려오기 때문이라

一從大地起風雷, 便有精生白骨堆. 僧是愚氓猶可訓, 妖爲鬼蜮必成災. 金猴奮起千鈞棒, 玉宇澄淸萬里埃. 今日歡呼孫大聖, 只緣妖霧又重來.

갑자기 웬 손오공과 삼장법사 이야기인가 의아하겠지만 배경이 있다. 1961년 절강성의 한 극단이 〈서유기〉의 한 대목을 북경에서 공연했을 때 궈모뤄가 연극을 보고 마오쩌둥에게 보낸 시에 화답한 것이다. 연극의 내용은 우리에게도 잘 알려진 이야기다. 요괴가 삼장법사를 잡아먹기 위해 소녀로, 아낙으로 거듭 변신하면서 삼장법사를 현혹시켰다. 손오공은 정체를 알아채고 요괴를 공격했는데 삼장법사가 만류하며 손오공을 내쳤다. 결국 삼장법사는 요괴에게 잡아먹힐 뻔하다 다시 돌아온 손오공에게 구출되었다. 삼장법사는 눈물을 흘리며 자신의 어리석음을 뉘우쳤다.

궈모뤄와 마오쩌둥은 이 내용을 당시의 외교적 정세로 받아들였다. 요괴는 미국이고 어리석은 삼장법사는 소련의 흐루쇼프이다. 삼장법사가 요괴의 정체를 알지 못하고 그의 편이 되어준 것을 소련이 미국과 결탁하는 상황과 같다고 본 것이다. 그렇다면 주인공 손오공이 상징하는 것은 당연히 중국이다. 삼장법사와 손오공은 사제관계이지만 또 같은 운명의 배를 탄 동반자이자 동지이다. 사회주의 혁명의 선구자와 후발주자인 소련과 중국의 관계와도 유사하다. 때문에 혁명 동지인 궈모뤄와 마오쩌둥이 이 내용을 시에 담았고 소련의 변절과 배신을 대중들에게 선전했다. 덕분에 〈서유기〉의 이 대목은 이념성이 짙은 문예작품이 되어버렸고 소련의 수정주의를 풍자하는 선동적인 장면으로 유명해졌다.

2장

노회한 정치인의 한시외교:
장쩌민

한시로 호소하는 형제의 정

1990년 2월, 대만의 중국통일연맹 대륙방문단이 중국을 방문했을 때 중국 공산당 중앙총서기 쟝쩌민江澤民이 인민대회당에서 그들을 맞았다. 이즈음 중국은 '일국양제一國兩制'를 제시하며 기존의 무력통일 방안을 고수하지 않을 것이라는 유화적 제스처를 취하는 상황이었다. 중국은 대만에 대해 사회주의를 고집하지 않으며 대만은 기존의 자본주의 체제를 계속 유지할 수 있을 것이라는 것이 한 나라의 두 체제, 즉 일국양제의 골자였다.

대륙과 대만은 콩과 콩대

대만의 방문단을 맞이하며 쟝쩌민이 읊은 시는 조식曹植의 〈칠보시七步詩〉였다. 말 그대로 일곱 걸음을 걷는 동안 지어낸 작품이다.

콩을 삶아 국을 만들고
삶은 콩으로 즙을 우려낸다
콩대는 솥 아래에서 불타고
콩은 솥 안에서 울어댄다
본래는 한 뿌리에서 났는데
서로 졸여댐이 어찌 이리 급한가

煮豆持作羹, 漉菽以爲汁. 其在釜下燃, 豆在釜中泣.
本是同根生, 相煎何太急.

콩대를 태워 콩을 삶는다는 것은 콩을 삶으려고 밑에서 불을
때는데 하필이면 또 콩대를 태운다는 말이다. 불을 지피는 사람
의 입장에서야 아무렇지도 않은 상황이지만 콩의 입장에서 보
자면 딱하기 그지없다. 먹히려고 삶아지는 처지도 불쌍한데 자
기를 삶는 불도 콩대가 지피고 있다. 한 뿌리에서 태어나 함께
햇볕을 받으며 자란 사이에 누구는 불을 지피고 누구는 그 불에
삶기고 있다. 서로가 한 몸이고 한 형제인데 빨리 익어라, 빨리
익어라 하면서 콩대가 콩을 졸여대고 있다. 쟝쩌민이 이 시를
읊은 의도는 한 형제인 중국과 대만이 '서로 원수처럼 지내지
말자'라는 메시지를 전하고 싶었던 것이다.

이 시는 삼국지에 나오는 조조曹操의 아들 조식이 지은 시다.
조조는 후계자를 고르며 끝까지 조비曹丕와 조식을 놓고 고민했
다. 조식은 어려서부터 천재 소리 들으며 자랐고 아버지 조조의
총애를 한몸에 받았다. 재능으로 치자면 당연히 조식을 지목하
고 싶었지만 큰 아들 조비가 마음에 걸렸다. 신하들도 조언했다.

장자가 없으면 모를까. 형이 있는데 동생이 후계자가 되면 틀림 없이 우환이 생긴다고. 결국 조조는 조비를 후계자로 낙점했고 조비는 황제의 자리에 올라 위문제가 되었다. 조비는 황제가 된 후, 조식을 제거하는 일이 무엇보다 급한 일이었다. 그도 그럴 것이 조식은 후계자 1순위였고 그를 따르던 세력이 적지 않았다. 조식이 황제가 되지는 못했지만 그 세력들을 제거해야 만 권력을 안정적으로 유지할 수 있었던 것이다.

조비는 조식의 측근들을 하나씩 죽이기 시작했고 조식은 압 박감과 위기, 죽음에 대한 공포를 느꼈다. 야심만만하고 재기발 랄하던 청년이 우울하고 피해의식에 가득찬 환자처럼 변했다. 결국 조비는 조식을 처단하려고 도성으로 소환했다. 하지만 마 음이 약해진 조비가 조식에게 마지막 조건을 제시한 것이 일곱 걸음을 걷는 동안 시를 한 편 지어 자신의 마음을 움직인다면 살려주겠다는 것이었다. 〈칠보시〉는 이렇게 지어졌다. 조식의 마음은 이런 말을 하고 싶었을 것이다. "형, 형과 나는 한 핏줄로 태어났는데 우리가 지금 콩과 콩대처럼 삶으려고 불을 지피는 사이가 되었소. 이 얼마나 안타까운가요." 좀 더 정확하게 표현 하자면 삶아지는 콩은 조식 자신이고 불을 때는 콩대는 조비다. 형이 나를 태우고 있다는 말을 차마 하지 못하고 있는 것이다. 그만 조비의 마음이 움직였고 결국 조식은 죽음을 면했다.

분열과 대립

중국과 대만의 관계는 양안관계라고 부른다. 양안兩岸은 물을 가운데 두고 있는 두 개의 언덕을 말한다. 폭 180㎞의 대만해협을 사이에 둔 양측을 지형적으로 표현한 말이다. 1949년 쟝제스 국민당 정부가 대만으로 건너간 이후부터 1970년대 초반까지 양안관계는 계속 긴장 상태였다. 중국은 한국전쟁에서 미국과의 대결로 출혈이 막대했음에도 1950년대 중후반 대만의 영토인 금문도에 대대적인 포격을 가하기도 했다. 중국에게 대만은 해방과 정복의 대상이었다. 반면 대만은 자신들이 대륙 마오쩌둥 정권의 지방정부가 아니라 독립된 하나의 국가라는 점을 강조했다. 국호도 신해혁명 이후 1912년 수립된 정부의 명칭 '중화민국'을 사용했고 국력 역시 1912년을 원년으로 표기했다. 즉 1950년이면 민국 39년, 이런 식으로 표기한 것이다. 대만이 중국의 위협을 견딜 수 있었던 것은 미국의 지원이 있었기 때문이었다.

그런데 냉전이 종식되면서 미국과 중국의 관계에 변화가 왔다. 1971년 4월 마오쩌둥의 요청으로 미국의 탁구 선수단이 중국을 방문한, 이른바 핑퐁외교가 시작이었다. 미국의 국무장관 키신저는 중국을 오가며 관계 개선의 물꼬를 텄고 1972년 닉슨 대통령까지 중국을 방문하여 정상회담을 했다. 미국과 중국이 가까워지면서 대만은 불안해지기 시작했다. 미국은 중국의 위협으로부터 대만을 보호해 줄 가장 큰 후원국이었기 때문이다. 중국이 국제사회로 진출할수록 대만은 국제사회로부터 소외되어갔다. 한국도 중국과 수교하면서 동시에 대만과 단교하지 않았는가. 당시 대만 대사관 직원들은 울면서 귀국행 비행기를 탔다. 역시 이즈음 중국은 유엔 안보리 상임이사국이 되었고 대만은 유엔에서 축출되었다. 이런 상황은 1979년 미국과 중국의 수교, 미국과 대만의 단교로 이어졌다.

대립에서 화해로

미국과 중국의 수교 당시 중국의 실권자는 덩샤오핑鄧小平이었다. 덩샤오핑은 개혁개방을 실시하며 국제사회에 진출하기 시작했고 무력을 사용하는 나라, 깡패국가의 이미지를 벗기 위해 노력했다. 외국의 투자를 유치하고 경제교류를 활성화시키기 위해서는 그간 중국의 폭력적 이미지를 탈피하는 것이 급한 일이었다. 동시에 대만정책에 있어서도 무력통일의 방침을 버리고 평화공존, 교류협력의 방향을 선택하게 되었다. 대만에 대한 정책의 변화를 보여주는 사건은 1979년 1월 1일 중국정부가 발표한 〈대만동포에게 고하는 글〉이다. "친애하는 대만 동포 여러분"으로 시작하는 이 글은 말 그대로 대만을 향해 건네는 서신이었으며 이 서신에서 중국은 통일을 염원하는 동포애를 자극하며 평화통일의 뜻을 분명히 밝혔다. '일국양제一國兩制' 정책은 대만을 정복하는 것이 아니라 장기적인 시각으로 대만을 포용하겠다는 의지를 보여주는 선언이었다.

하지만 대만 정부는 이런 중국의 입장 변화를 정치적 음모로 받아들였다. 역시 흡수통일을 노리는 포석이라고 생각하면서 중국의 접촉 제의에 응하지 않았다. 그러다 1980년대 후반부터 대만도 차츰 중국의 유화적 포즈에 호응하기 시작했다. 대만

정부 내부에서 너무 피동적으로 중국 관계를 풀어가는 게 아니냐는 이야기가 나오기 시작했고 교류협력 제안을 받아들이자는 쪽으로 가닥이 잡혔다. 1987년 대만에 거주하는 대륙 출신들의 친척방문이 허용된 것이 첫 물꼬였다. 대만 사람들의 대륙방문은 양측의 인적교류가 확대되는 계기가 되었다.

대만 내부의 권력구조에도 변화가 생겼다. 대만의 절대권력 쟝졔스의 아들 쟝징궈蔣經國가 1988년 사망하면서 리덩후이李登輝가 후계자가 된 것이다. 리덩후이는 집권 초기 자신의 대륙정책을 명확히 표현해야 할 필요가 있었다. 그는 하나의 중국 원칙을 견지했다. 대만도 중국의 일부분이고 대륙도 중국의 일부분이라는 것이다. 다만 통일의 방식이 삼민주의에 기초해야 한다고 밝혔다. 삼민주의는 손문이 제기한 민족주의, 민권주의, 민생주의의 정치강령이다. 삼민주의에 의한 통일을 전달하기 위해서는 우선 교류와 접촉이 필요하다는 논리가 힘을 얻었다. 그는 정치적인 분야와 비정치적 분야를 구분하여 대륙정책을 실시했다. 정치적인 분야는 정부가 주도하고 비정치적인 분야에서 민간적 교류를 시행되었다. 1990년 대륙을 방문하여 쟝쩌민을 접견한 대만의 중국통일연맹 대륙방문단은 이런 배경에서 구성된 것이었다. 인솔자 천잉쩐을 포함하여 모두 27명이었다.

시로 전하는 형제의 정

비록 인적 교류가 시작되었다고는 하지만 양측은 여전히 군사적으로 대립하고 있는 상황이었고 군사훈련을 명목으로 한층 더 긴장감이 고조되는 분위기였다. 대만은 중국이 무력 사용을 포기했다는 확신이 없었고 이런 상황에서 평화통일을 강조하는 것은 모순이라 생각했다. 대만의 중국통일연맹 방문단을 맞이하며 쟝쩌민은 중국 정부의 진정성을 보여줘야 했다. 그가 선택한 방식은 우리가 원래 한 가족이라는 정서적 호소였다. 쟝쩌민이 읊은 조식의 〈칠보시〉는 그에 대한 분명한 메시지였다. 전통문화에 대한 교육을 강조하는 중국인에게 이 시는 매우 친숙한 작품이었다. 조비가 조식을 차마 죽이지 못한 극적인 형제애에 모두 공감했고 쟝쩌민의 의사는 분명하게 전달되었다. 그리고 쟝쩌민은 조국의 통일이 양안 양측에 모두 이로울 것이라는 점과 '일국양제' 정책을 일관성있게 추진할 것이라고 설명했다.

며칠 뒤, 대만 교육부는 공립학교 교직원들의 고향 방문이 방학 기간 외에도 허용될 것이라고 발표했다. 고향을 찾아 성묘하는 청명절은 4월이라 방학이 아니었기 때문에 이 발표는 정부가 대만 사람들의 대륙 방문을 권장하는 뉘앙스를 풍겼다. 방문단의 단장이었던 천잉쩐도 귀국 후 소감을 밝히며 통일은 막을 수 없는 시대적 조류이며 양안의 냉전은 사실상 끝났다고 말했다. 쟝쩌민의 〈칠보시〉 외교는 이런 화해 무드 속에서 나왔고 그 해 대만의 중국투자액은 10억 달러를 넘었다는 대만 〈중국시보〉의 보도가 있었다. 그리고 다음 해인 1991년 3월 대만에서는 총통부 직속의 '국가통일위원회'가 설립되었고 양안관계는 교류, 협력, 통일문제 등 다방면에서 새로운 국면으로 접어들었다.

이후에도 쟝쩌민은 몇 차례 더 대만 방문단을 맞이하면서 한시외교를 펼쳤는데 1993년 입법위원회 방문단을 접견하면서는 당나라 왕지환王之渙의 〈등관작루登鶴雀樓〉를 읊었다.

해는 서산에 기대어 저물고
황하는 바다로 흘러간다
천리 밖을 한눈에 담으려면
다시 한 층 올라야 하리

白日依山盡, 黃河入海流. 欲窮千里目, 更上一層樓.

관작루는 중국 산서성에 있는 명승지로 3층의 누각 형태이다. 워낙 유명한 곳이다 보니 많은 문인들이 이 누각을 시로 읊었는데 가장 유명한 것은 왕지환의 〈등관작루〉이다. 그 중에서도 특히 명구로 알려진 구절은 3, 4구의 "천리 밖을 한눈에 담으려면 다시 한 층 올라야 하리"이다. 인생을 비유한 내용이다. 2층에 올라도 멀리 보이지만 더 멀리 보려면 한 층 더 오르라는 의미이다. 리처드 바크가 〈갈매기의 꿈〉에서 전한 말 "높이 나는 새가 멀리 본다"의 중국식 버전인 셈이다. 한 층 더 높이 올라야 더 먼 곳의 광경을 눈에 담을 수 있는 것처럼 이 말은 어떤 일이 더 높은 경지로 발전한다는 명언으로 통한다. 쟝쩌민은 양안관계가 한층 더 진전되기를 바라는 메시지를 이 시에 담아 전달했다. 이 구절은 그 후에도 여러 지도자들에게 인용되었다.

형제여 돌아오라

저 달 속에 그리운 형제의 얼굴이

장쩌민이 대만의 방문단을 맞으며 펼친 한시외교는 주로 〈칠보시〉처럼 가족애, 형제애를 호소하는 내용이었다. 1995년 대만의 기업인 가오칭웬高淸愿의 방문단이 왔을 때 장쩌민은 소동파의 사 〈수조가두水調歌頭·명월기시유明月幾時有〉 중에서 한 구절을 읊었다.

인생엔 슬픔과 기쁨, 헤어짐과 만남이 있고
달에는 흐림과 맑음, 참과 기울어짐이 있으니
이는 예부터 온전하기 어려웠네
다만 원하나니 인생 오래오래 이어져
천리 먼 곳에서도 저 달을 함께 바라보기를

人有悲歡離合, 月有陰晴圓缺, 此事古難全.

但願人長久, 千里共嬋娟

　이 시는 중국의 대문호 소동파가 취흥에 달을 보며 쓴 작품이다. 차고 기우는 달처럼 기쁨과 슬픔, 만남과 헤어짐이 반복되는 인생의 애환을 노래했다. 만나고 헤어지는 일, 미워하고 화해하는 일, 이런 심각한 세상사도 아름다운 달을 바라보면 사소하고 구차한 인생의 한 부분으로 느껴진다. 그러니 다만 멀리 떨어져 못 만나는 사이라도 오래오래 저 달을 함께 보며 서로 그리워하자는 마음이다. 쟝쩌민은 이 중에서 마지막 두 구절을 읊었다. 그리운 가족과 친구에게 애틋한 마음을 전하는 메시지로 알려진 구절이다. 두보의 시에도 전쟁 통에 가족과 떨어져 객지에서 달을 보는 〈월야月夜〉라는 시가 있다. 두보도 말했다. 아내도 눈물 흘리며 저 달을 보겠지. 날이 추우니 아내의 어깨가 시릴꺼야. 애틋한 마음이 슬프다.

　이 구절에 등장하는 '천리'라는 말에 눈이 간다. 앞서 소개한 〈등관작루〉에서도 천리라는 시어가 등장한다. 어쩌면 쟝쩌민은 대만의 빈객들을 맞으며 천리라는 말을 먼저 떠올리며 이 시들을 준비했는지도 모른다. 실제로 북경과 대만의 거리는 4천 리가 훨씬 넘지만 한시에서 천리는 아득히 먼 곳을 상징하는 시어이기 때문에 듣는 이나 말하는 이나 어색하지 않다. 어쨌거나 멀리 떨어진 곳에서 서로를 그리워하는 애틋한 마음이니 말이다. 또 어쩌면 대륙의 일국양제 정책이 오랫동안 유지될 것이라는 의미도 있을 것이다. 상황의 필요에 따라 일시적으로

하는 것이 아니고 천리길처럼 한 걸음 한 걸음 차근차근 계속 진행될 것이라는 메시지다. 대만이 의심하는 것도 이 점이었기 때문이다.

전쟁이 끝나면 우정이 되살아나

또 1996년 4월 대만의 전 입법원장 량쑤룽梁肅戎을 접견하면서도 쟝쩌민은 한시로 형제애를 강조했다. 이번엔 노신魯迅의 시다.

거센 고난을 넘어 살아남은 형제
웃음 속에 만나 은혜와 원한 날려보낸다

渡盡劫波兄弟在, 相逢一笑泯恩仇.

이 시는 노신이 1933년에 지은 〈제삼의탑題三義塔〉의 마지막 구절이다. 노신이 이 시를 적은 시대는 일본의 중국 침략이 고조되던 때다. 원래 이 시는 노신이 한 일본 생물학자와의 우정을 쓴 내용이다. 이 일본인은 전쟁을 반대하는 인도주의자였다. 그래서 일본이 중국을 침략할 때 이 일본인은 구호단체를 이끌고 상해에 와서 피해자들을 돌봤다. 그러다 귀국하면서 다친 비둘기를 데려가 '삼의三義'라 이름을 붙이고 정성껏 키웠는데 그만 죽고 말았다. 이 생물학자는 비둘기를 땅에 묻으며 작은 탑을 하나 지었다. 그리고 비록 일본이 중국을 침략했지만 자신은 이 비둘기를 양국 인민의 우정의 상징으로 생각한다고 노신에게 편지를 썼다. 이 시는 노신이 이 일본인의 마음에 감동하여 지은 것이다. 그래서 이 시에서 말하는 형제는 원래 중국과 일본의 인민들이다. 국가끼리는 전쟁을 했지만 개인 간에는 우정이 남아있다는 내용이다.

그런데 여기서 쟝쩌민이 말한 형제는 대륙의 공산당 정권과 대만의 국민당 정권을 가리킨다. 공산당과 국민당은 힘을 합쳐 일본군에 대항했던 사이이고 또 대륙을 차지하기 위해 서로 싸웠던 사이다. 서로에게 은혜도 있고 원한도 깊다. 그러나 모진 세월이 다 지나고 보니 서로 만나 반갑게 웃을 수 있다. 형제는 그런 것이다. 형이나 아우나 남자답게 호탕한 웃음 속에 지난 세월의 복잡한 감정을 날려 보내자는 말이다. 대만을 끌어안기 위해 논리적 설득보다 정서적 교감을 선택한 쟝쩌민. 한시외교의 효과는 정서적 교감을 고급스럽게 포장하는 데 있었다.

대학입시에 필요한 시

1999년 마카오 반환 경축기념식에서도 쟝쩌민은 당시를 읊어 형제애를 호소했는데 시의 뉘앙스가 묘하다.

> 홀로 객지에서 나그네가 되어
> 명절이 오면 친지들 생각 더하네
> 고향의 형제들 높은 산에 오를 때
> 산수유 머리에 꽂으며 한 사람 적다 하겠지

獨在異鄉爲異客, 每逢佳節倍思親. 遙知兄弟登高處,
遍揷茱萸少一人.

이 시는 당나라 때 왕유王維의 〈구월구일억산동형제九月九日憶
山東兄弟〉라는 시이다. 중양절에 산동의 형제를 그리워한다는 제
목이다. 산동은 산동성이 아니라 왕유의 고향인 산서성 포현蒲縣,
지금의 영제현永濟縣을 말한다. 화산의 동쪽이라 산동이라 불렀다.
9월 9일은 양기가 두 번 겹치는 날이라 중국에서는 중양절이라
부른다. 이날은 산에 오르는 풍습이 있다. 이를 등고登高라 부른
다. 왕유는 중양절에 고향에 있지 못하고 객지에서 산동의 친지
들을 그리워하고 있다. 그리운 형제들이 모여 왁자지껄 산에 오
르며 즐거울 광경을 홀로 쓸쓸히 상상하는 것이다. 산수유 머리
에 꽂는다는 말이 있는 걸 보니 이런 풍습도 있었던 모양이다.
형제들은 머릿수를 세어 산수유를 꺾었을 것이다. 그리고 산수유
를 머리에 꽂다가 '아, 금년엔 우리 형제들 중에 한 명이 못 왔구
나'라 할 것이다. 왜? 이 시를 쓴 시인이 타향의 나그네가 되어
있기 때문이다. 명절인데 고향에 못 가면 서럽다. 그런데 내가
없어도 다른 사람들은 즐겁고 행복하다고 생각하면 그 마음도
서럽다. 남의 일처럼 덤덤히 말하는 왕유의 마음이 더 쓸쓸하다.
  쟝쩌민은 이 시의 마지막 두 구, 그러니까 경련과 미련을 읊었
다. 북경에서 열린 기념식에서 읊었고 마카오에서 열린 기념식
에서도 읊었다. 마카오 반환을 기념하는 데는 이 시가 딱이라는
생각이었을 것이다. 홍콩과 마카오는 1840년 아편전쟁 이후 서

양 군대의 침략에 굴복해 내준 땅이다. 대륙과 마찰이 생겨서 독립한 것도 아니고 힘이 약해서 뺏긴 땅이다. 세월이 흘러 홍콩은 1997년에, 마카오는 1999년에 반환되었다. 중국으로서는 당연히 기쁘고 경사스러운 일이다. 공연도 하고 폭죽도 터뜨렸다. 집 나가 객지에서 남의 집 더부살이하던 자식이 고향으로 돌아와 가족의 품에 안긴 것이다. 홍콩도 돌아왔다. 마카오도 돌아왔다. 그런데 신나게 놀다보니 아들 하나가 부족하다. 아직 못 돌아온 것이다. 대만이다. 그렇다. 이 시는 대만에게 들으라고 읊은 것이다. 대륙은 고향의 부모이고 대만은 집 나간 자식이다. 돌아와도 되고 안 돌아와도 되는 것이 아니라 반드시 돌아와야 하는 곳이다. 절묘하다.

이 시는 이 상황에 너무 잘 맞는다. 아마 쟝쩌민은 참모들과 이 시를 고르면서 무릎을 쳤을 것이다. 한 번 쓰기 아까워 기념식마다 읊었다. 이 시는 중국 초등학교 3학년 어문교과서에 수록되어 있고 대학입시를 준비할 때 필수적으로 암기해야 하는 작품이다. 2000년엔 대학입시에 출제가 유력한 문제로 거론되었다. 쟝쩌민 주석이 마카오 반환 경축기념식에서 대만 동포를 생각하면서 읊은 구절은 어떤 구절인가 하고 말이다. 중국 대학입시의 어문 과목에는 유명한 시의 한 구절을 주관식으로 적는 문제가 출제된다. 그렇지 않아도 이 시는 유명한 시였는데 최고지도자가 국가적 행사에서 읊었으니 출제될 가능성이 몹시 높다고 본 것이다. 원작자인 왕유도 이 시가 천 년이 넘는 시간이 지난 후 이런 상황에서 다시 사용될 줄은 몰랐을 것이다.

노신 〈제삼의탑題三義塔〉

우뢰같은 폭격이 인가를 덥치고
무너진 우물과 담장에 굶주린 비둘기 한 마리
대자비의 은인을 만나 화마를 피하고
높은 탑으로 남아 일본을 생각하네
정위는 꿈에서 깨어 여전히 돌을 나를까
투사의 마음은 굳세어 악의 세력에 저항하네
거센 고난을 넘어 살아남은 형제
웃음 속에 만나 은혜와 원한 날려 보낸다

奔霆飛熛殲人子, 敗井殘垣剩餓鳩.
偶値大心離火宅, 終遺高塔念瀛洲.
精禽夢覺仍銜石, 鬪士誠堅共抗流.
渡盡劫波兄弟在, 相逢一笑泯恩仇.

1932년 1월 일본군이 상해 일대를 공격하던 당시, 일본의 생물학자 니시무라 마코토西村眞琴 박사는 전쟁의 피해자를 돕기 위해 구호단을 이끌고 상해로 왔다. 그는 상해 교외의 삼의리三義里라는 마을에서 굶주린 비둘기 한 마리를 발견하고 일본으로 데리고 돌아가 삼의라는 이름을 짓고 정성껏 돌보았다. 비둘기가 죽은 후 탑을 하나 짓고 그 사연을 노신에게 편지로 알렸다. 노신은 그 마음에 감동하여 이 시를 지었다. 시에 나오는 정금精禽은 중국의 신화집인 〈산해경〉에 나오는 정위精衛라는 새를 말한다. 정위는 바다를 메우려고 날마다 돌을 입에 물고 바다에 던졌다고 한다. 노신은 일본학자가 키운 비둘기를 정위에 비유해 침략전쟁의 시대에 저항하는 마음을 표현했다.

중미관계에 대한 자신감

1997년 3월의 일이다. 미국 클린턴 행정부의 부통령 앨 고어가 중국을 방문했고 쟝쩌민이 그를 맞았다. 1979년 중국과 미국이 국교를 수립하고 약 20년이 되어가는 동안 양국의 관계는 분명 그 이전 시기와 확연하게 구분되는 교류와 협력이 있었다. 만리장성과 자금성으로, 디즈니랜드와 맨해튼으로 양국의 관광객들이 왕래했고 교역량도 폭발적으로 증가했다. 중국은 미국과의 무역에서 최혜국대우를 받으며 대규모 흑자를 올렸다.

하지만 그와 동시에 우려스러운 상황도 함께 진행되었다. 미국은 여전히 대만에 무기를 팔고 있었으며 대선 시즌이 되면 국내 보수파 세력을 의식한 대통령 후보들이 강경한 목소리로 중국을 비판했다. 레이건이 그랬고 부시가 그랬다. 클린턴 대통령 역시 임기 초반에 중국의 인권상황을 강하게 비판했다. 또 중국의 대미 무역흑자가 수백억 달러에 달하자 중국의 무역관

행이 불공정하다는 여론이 일기 시작했다. 이러한 미국의 태도에 중국 역시 불쾌한 반응을 감추지 않았다. 특히 인권문제에 대한 비난은 내정간섭이라고 강경하게 대응했다. 1994년 베이징을 방문한 크리스토퍼 국무장관은 거의 푸대접을 받고 돌아갔다. 1996년 미국과 일본은 안전보장공동선언을 발표했고 중국은 미국이 중국을 아시아에서 고립시키려는 전략이라고 비난했다. 1997년 중국과 미국의 관계는 이렇게 썩 순탄하지는 않은 상황에 있었다.

뜬구름을 넘어

미국의 부통령 고어를 맞이한 쟝쩌민은 양국의 관계가 건강하고 안정적인 모습으로 21세기를 맞이하자는 말을 건네며 시를 인용했다.

뜬구름 내 시야를 가릴까 두려워하지 않나니
나 자신 가장 높은 곳에 있기 때문이라

不畏浮雲遮望眼, 自緣身在最高層.

이 시는 송대 왕안석王安石의 〈등비래봉登飛來峰〉의 마지막 두 구절이다. 칠언절구로 모두 네 줄짜리 시인데 앞의 두 구절은 비래산 정상에 서면 일출을 볼 수 있다는 내용을 적고 뒤의 두 구절에서는 정상의 높고 넓은 경지와 감회를 읊었다. 한시에서는 기-승-전-결이라는 용어 대신 수-함-경-미라는 용어를 사용한다. 수首은 머리, 함頷은 턱, 경頸은 목, 미尾은 꼬리, 즉 시 한 편의 흐름을 새의 모양에 비유한 것이다. 여덟 줄짜리 율시라면 두 줄씩 수-함-경-미이고 네 줄짜리 절구는 한 줄씩 수-함-경-미이다. 그러니까 쟝쩌민이 인용한 왕안석의 마지막 두 구절은 전체 시의 경련, 미련인 것이다. 이 구절은 또 2005년 미국 부시 대통령의 중국 방문 때 원쟈바오 총리가 건넨 시구로 유명하다.

왕안석은 북송 시기의 시인이자 정치가였다. 이 시는 30세 때 쓴 작품으로 청년 시절의 패기가 묻어난다. 사람들은 왜 높은 산, 높은 봉우리에 오르는가. 산이 그 곳에 있어서 오르는가. 맹자는 산에 올라 호연지기를 기른다고 말했다. 호연지기는 하늘과 땅 사이를 가득 메워 강하고 굳센 성품을 갖게 하는 에너지이다. 넓고 넓은 기상, 무엇에도 얽매이지 않고 무엇이라도 포용할 수 있는 배포와 아량이다. 많은 사람들이 산에 올라 호연지기를 얻을 것이다. 그런데 뜬구름이 내 시야를 가려 드넓은 천지의 경관을 볼 수 없다면 이것도 참 애석한 일이다. 오직 뜬구름도 따라오지 못하게 더 높은 곳으로 오르는 수밖에 없다. 등반가들에게 이 말이 과학적으로 맞겠냐고 물어보면 글쎄라고 답하겠지만 왕안석의 생각은 시적인 논리이다. 뜬구름은 한시에서 부정적인 의미이다. 부귀공명이 뜬구름같이 허무한 것이라는 말도 있었고 임금님의 은덕을 가로막는 간신배의 의미로도 자주 사용되었다. 이 시에서도 뜬구름은 부정적인 의미이다. 더 넓은 세상을 보고 더 넓은 시야를 키우려는 청년 시인을 방해하는 대상이다. 그래서 시인은 더 높은 곳에, 뜬구름도 어쩌지 못하는 높은 곳에 서고자 했다.

왕안석은 개혁적 성향의 정치가였기 때문에 보수적인 기득권 세력들의 공격에 평생 시달렸다. 그가 살았던 송나라는 북송과 남송으로 나뉜다. 수도가 북방에 있다가 남방으로 이전했다. 북방 이민족들의 군사적 위협을 견디지 못했기 때문이다. 왕안석은 수도가 북방에 있던 북송 시절에 살았지만 허약한 북송 정권의 체질을 개선하고 싶었고 개혁이 필요하다고 생각했다. 북송은 북방 이민족들의 위협이 있을 때마다 돈으로 평화를 유지했다. 국가재정은 이로 인해 만성적자에 시달렸다. 그러다 보니 자연 더 많은 세금을 부과했고 농민들은 파산으로 내몰렸다. 신종 황제의 지지로 왕안석은 급진적인 개혁정책을 실시했다. 국가의 재정, 토지, 농민, 군역, 관료제도 등 사회의 모든 시스템을 바꾸었다. 그가 제기한 개혁시스템을 신법新法이라 부른다. 다양한 분야에서 새로운 정책이 시행되었고 그것은 북송의 사회적 현실의 정곡을 찌르고 있었다.

그런데 개혁의 가장 큰 걸림돌이 있었다. 사마광으로 대표되는 보수파들의 반대와 공격이었다. 송대 사회의 상층부를 장악하고 있는 집단은 문인사대부였는데 이들은 최고의 지식인 계층인 동시에 대지주였다. 사대부들은 관료가 된 후 특권을 이용하여 경제적 부를 독점했다. 천하의 토지가 절반이 이들에게 점유되었다는 말이 있을 정도였다. 국가 재정이 튼튼해지고 농민 생활이 안정되는 정책은 그들에게 돌아갈 몫이 작아지는 것을 의미했기 때문에 사대부들은 극렬하게 신법을 반대하며 왕안석을 공격했다. 부자가 재부를 축적하여 사회의 부강을 선도한다는 것이 그들의 논리였다. 왕안석은 끊임없이 공격받았고 신종의 사망과 동시에 신법도 종말을 고했다. 모역법募役法처럼 안정적으로 운영되던 정책마저 폐지되었다. 사대부들은 왕안석을 간신으로 매도했지만 현재 중국의 역사 교과서는 왕안석을 비운의 개혁가로 평가한다. 아마도 그가 청년 시절 말했던 뜬구름은 사회 개혁을 막았던 보수파 사대부 계층에 대한 예견이었을 것이다. 뜬구름을 넘어 높은 정상에서 자신의 뜻을 펼쳤어야 했겠지만 그가 황제의 비호를 받으며 개혁을 실시할 수 있었던 시간은 그리 길지 못했다.

7개월 후 다시 미국에서

장쩌민은 북경에서 앨 고어를 맞으며 왕안석의 시 한 구절을 인용한 후, 그 해 10월 미국 방문에 올랐다. 그 때 백악관이 준비한 만찬에서 양국 관계가 우호와 협력으로 새로운 21세기를 맞자는 취지의 연설을 하면서 이런 이야기를 덧붙였다.

지난 번, 고어 부통령이 중국을 방문할 때 기내에서 연설하면서 "천리 밖을 한 눈에 담으려면 다시 한 층을 올라야 하리欲窮千里目, 更上一層樓"라는 중국 시를 인용했습니다. 그래서 저는 그 다음 날 송대 왕안석의 시를 전했습니다. "뜬구름 내 시야를 가릴까 두려워하지 않나니. 나 자신 가장 높은 곳에 있기 때문이라不畏浮雲遮望眼, 自緣身在最高層"

이 연설은 중국 관영방송인 CCTV에서 중계하여 지금도 인터넷으로 볼 수 있다.*) 보통 중국 지도자들의 연설은 상투적이고 전형적인 내용만 나열하기 때문에 깊은 속뜻은 파악하기 쉽지 않다. 한시로 메시지를 전하는 것도 비슷한 맥락이다. 청중들은 쟝쩌민의 연설보다 그의 한시 암송에 더 큰 박수를 쳤다. 시를 읊는다는 것은 고상한 문화적 수준을 과시할 수 있을 뿐 아니라 훗날 책임을 회피하기도 쉽다. 나는 시를 읊었을 뿐이라고 하면 누구도 말에 책임을 지라고 따지지 못한다. 한시외교는 드라이아이스로 만들어진 포장지 같다. 아름답지만 선물이 개봉되고 나면 사라진다.

재미있다. 알고 보니 고어 부통령 역시 중국을 방문하면서 중국의 한시를 준비했다. 중국인들이 좋아하는 방식으로 자신의 메시지를 전달한 것이다. "천리 밖을 한 눈에 담으려면 다시 한 층을 올라야 하리欲窮千里目, 更上一層樓"는 앞서 소개한 것처럼 쟝쩌민이 대만의 방문단을 맞으며 인용한 시이다. 그 때 말고도 여러 번 인용했고, 쟝쩌민 외에도 여러 지도자들이 인용했다. 고어는 미국이 중국과의 좋은 관계를 원한다는 의미를 이 시에

---

* 동영상은 리북출판사 홈페이지(www.leebook.com)에서 볼 수 있다.

담았다.

사실 이 때까지도 미국은 중국을 포용할 것인지 봉쇄할 것인지 망설이고 있었다. 미국의 입장에서는 아시아 지역에서의 주도권을 유지하면서 정치적, 경제적 이익을 극대화해야 하는데 중국이 급성장하면서 새로운 걸림돌이 되었다. 미국의 강경파는 중국위협론을 제기하면서 중국을 국제사회로부터 고립시켜야 한다고 주장했다. 이들에게 중국은 고집불통의 이기적인 부자 나라였다. 반면 온건파들은 중국을 국제사회의 책임있는 일원으로 유도하기 위해 참여정책을 펴야 한다고 주장했다. 강경파든 온건파든 양측이 바라는 것은 모두 미국의 이익이었다. 참여정책을 주장하는 사람들도 미국이 단호한 태도와 협력적인 자세를 동시에 구사하며 미국의 가치관을 관철시켜야 한다고 주장했다. 1997년은 클린턴이 재집권한 첫 해였다. 첫 임기 동안의 중국 정책은 봉쇄와 포용을 오가며 엉거주춤한 상태였기 때문에 이번 쟝쩌민의 방문은 클린턴 정부가 포용정책을 선택한 구체적인 액션이라 할 수 있었다.

그런데 고어가 인용한 왕지환의 시와 쟝쩌민이 인용한 왕안석의 시는 모두 넓은 시야로 더 먼 곳을 지향하는 관계가 되자는 메시지이지만 미묘한 뉘앙스의 차이가 느껴진다. 쟝쩌민은 '뜬구름'을 언급한 것이었다. 이 뜬구름은 미국과 중국의 발전적 관계를 가로막는 문제들이다. 중국은 미국의 최혜국대우를 받으며 막대한 무역흑자를 거두고 있는 터였고 올림픽 개최, WTO 가입으로 국제적 위상을 높여야 하는 상황이었기 때문에 미국과의 협력이 필수적이었다. 그러나 중국은 인권문제라는 뼈아픈 약점이 있었고 미국의 중국위협론자들은 이를 날카롭게 공격했다. 쟝쩌민이 '뜬구름'을 언급한 것은 이 약점을 의식한 것이다.

　중국 인권문제의 핵심적 이슈는 1989년에 일어난 두 가지 사건, 즉 천안문 사건과 티베트자치구 시위 무력진압 사건이었다. 천안문 사건 당시 쟝쩌민은 상해 시장이었고 상해로 확대되는 학생 시위를 조직적으로 잘 차단했다. 지방에 있었던 노령의 쟝쩌민이 중국의 지도자가 될 수 있었던 것은 천안문 사건에서의 역할이 결정적이었다. 천안문 사건은 또 미국과 중국의 관계에도 영향을 주었다. 사건 당시 소련의 고르바초프 대통령이 정상회담을 위해 북경을 방문 중이었기 때문에 전세계 언론이 북경에 체류하고 있었고 덕분에 천안문 사건은 생생하게 전파되었다. 미국은 당시 경제제재를 가하며 천안문 사건의 무력진압에 대해 항의했고 중국이 이를 내정간섭으로 반응하면서 두 나라의 관계가 악화된 것이다. 그 해 10월 미국의 닉슨 대통령이 방문했을 때 쟝쩌민은 〈신당서新唐書〉에 나오는 말로 천안문 사건에 둘러싼 미국의 압박을 받아쳤다.

　　천하는 본래 일이 없지만
　　못난 자가 스스로 어지럽힌다

　　天下本無事, 庸人自擾之.

천안문 사선은 어디까지나 중국 내부의 일이고 중국에서는 이미 수습된 상황인데 왜 외부에서 간섭을 하는지 모르겠다는 말이었다.

티베트 문제는 더 오랫동안 중국 정부를 괴롭혔다. 북경이 2000년 올림픽 개최지 선정에서 탈락한 이면에는 티베트 문제가 크게 작용했다. 1994년 미국 의회는 티베트가 피점령 국가라는 내용의 결의문을 통과시키면서 티베트의 망명정부를 인정했고 달라이 라마의 방문을 받아들였다. 중국이 티베트를 강제로 점령한 것을 인정하고 티베트의 독립운동을 지지한다는 입장을 표명한 것이다. 이런 분위기 속에서 미국에 망명했던 티베트와 천안문 사건 관계자들은 쟝쩌민의 방문을 앞두고 연일 시위를 벌였다. 또 인권 탄압에 관계된 중국 측 관료들은 비자 발급을 거부당하기도 했다. 쟝쩌민과 클린턴의 정상회담에서도 티베트 문제는 중요한 의제가 되었다.

뜬구름이 시야를 가릴까 두려워말고 더 높은 곳에 올라 더 먼 곳을 바라보자는 쟝쩌민의 화법은 관계발전의 장애물을 넘어 더 튼튼하게 협력하자는 의미가 담겨 있다. 또 쟝쩌민의 낙관과 자신감이 담겨 있다. 실제로 중국 정부는 인권문제를 해결하고 있다는 인상을 심어주기 위해 이번 미국 방문을 앞두고 반체제 인사들을 석방했다. 또 방문 기간 중에 30억 달러의 미국 보잉 여객기 구매 계약에 서명했다. 여객기 구매는 미국의 반중국 여론을 누그러뜨릴 수 있는 즉각적인 선물이었다. 여객기 구매는 이후 중국 지도자들의 외국 방문에 유용한 카드가 되었다. 프랑스를 방문하면 프랑스 여객기를, 미국을 방문하면 미국 여객기를 사주는 식이다. 청년 왕안석이 그랬던 것처럼 쟝쩌민도 자신이 있었던 것이다. 막후에 있던 최고 권력 덩샤오핑도 1년 전 사망했고 1997년 7월 1일 전세계가 주목하는 가운데 영국으로부터 홍콩을 반환받았다. 중국 경제는 순항 중이었고 미국도 중국을 필요로 했다. 그리고 이제 쟝쩌민의 중국이 세계 무대로 출발하고 있다. 더구나 이번 방문은 공식방문official visit이 아니라 국빈방문state visit이었고 최고의 의전을 받았다.

쟝쩌민의 자신감은 다음 해 6월 미국 〈워싱턴 포스트〉의 발행인 케서린 웨이머스와 인터뷰하며 전한 말에도 나타난다. 그는 중국의 WTO 가입에 대한 질문에 대답하며 사 한 구절을 읊었다.

청산도 막을 수 없나니
필경 강물은 동으로 흐른다

靑山遮不住, 畢竟東流去.

이 구절은 남송 시인 신기질辛棄疾의 사 〈보살만菩薩蠻 · 서강서조구벽書江西造口壁〉의 한 구절이다. 1176년 신기질이 지금의 강서성 조구를 지나다가 흘러가는 강물을 보며 감회를 쓴 것이다. 신기질은 애국시인으로 유명하다. 금나라에 북방의 영토를 빼앗긴 울분을 시에 많이 담았다. 중국은 서고동저의 지형이라 바다로 가는 강물은 동쪽으로 흐른다. 거대한 산도 바다로 흘러

가는 강의 흐름을 막을 수는 없다는 말이다. 장쩌민은 이 구절을 인용하며 중국의 WTO 가입도, 경제발전도 흘러가는 강물처럼 대세라는 기대와 자신감을 표현한 것이다.

1997년 10월 백악관이 준비한 환영만찬에서 왕안석의 시를 읽을 때, 시의 마지막은 '최고층最高層'이란 말로 끝난다. 한시의 독법은 4자, 3자를 끊어 읽기 때문에 이 구절을 읽을 때는 잠깐 쉬고 '최고층'을 읽게 된다. '최고층'을 말하며 미소짓던 장쩌민의 표정엔 이런 자신감과 기대감이 담겨 있었다. 이 날 장쩌민은 미국의 시인 롱펠로우Henry W. Longfellow의 시도 읊었다.

행동하라. 그것이 오늘보다 더 나은 내일을 찾게 할 것이니.

〈인생찬가A Psalm of life〉의 한 구절이다. 장쩌민의 넘치는 자신감이 느껴진다.

왕안석王安石 〈등비래봉登飛來峰〉

비래산 봉우리에 천 길의 탑
닭이 울면 일출이 보인다 하네
뜬구름 내 시야를 가릴까 두려워하지 않나니
나 자신 가장 높은 곳에 있기 때문이라

飛來山上千尋塔, 聞說鷄鳴見日升.
不畏浮雲遮望眼, 自緣身在最高層.

비래봉은 절강성의 보림산(寶林山)에 있는 봉우리다. 산동성에서
이 봉우리가 날아왔다는 전설이 있어 비래봉이라는 이름이 붙었다.
왕안석은 30세이던 1050년 여름에 고향으로 돌아가다 이 시를 지었다.
그는 송나라의 정치 시스템을 개혁하여 새로운 사회를 건설하려는 포
부가 있었다. 이 때는 아직 중앙정계에 진출하기 전이었지만 이 시에
보이는 기개와 자신감은 그가 훗날 보수파들의 공격에 맞서며 급진적
으로 사회의 부조리와 폐습을 개혁했던 정신의 전주곡으로 평가된다.

신기질辛棄疾 〈보살만菩薩蠻 · 서강서조구벽書江西造口壁〉

울고대 아래 흐르는 맑은 강물
그 속엔 수많은 행인들의 눈물
서북쪽에 장안이 있으나
가슴아파라 무수한 산들에 가로막혔네
청산도 막을 수 없나니
필경 강물은 동으로 흐른다
강에 내린 저녁은 나를 수심케 하나니
깊은 산 자고새의 울음소리 울린다

鬱孤臺下淸江水, 中間多少行人淚. 西北是長安, 可憐無數山.
靑山遮不住, 畢竟東流去. 江晚正愁余, 山深聞鷓鴣.

　　신기질은 남송 때의 문인이다. 시도 많이 지었지만 시보다 사로
더 유명하다. 송나라가 북방 이민족의 침략을 받아 남방으로 황실을
옮긴 이후를 남송이라 부른다. 그래서 신기질은 항상 조국의 현실에
울분을 느꼈고 옛 국토를 되찾아야 한다는 신념과 의지를 갖고 있었다.
신기질을 애국주의 사인이라 부르는 이유도 이 때문이다. 제목의 〈菩
薩蠻〉은 사패(사의 제목)이고 〈書江西造口壁〉은 이 작품의 제목이다.
사는 여러 사람들이 같은 노래에 각기 다른 노랫말을 지은 것이기
때문에 사패가 같은 작품은 많다. 이 작품은 신기질이 효종 순희 3년
(1176년) 조구造口를 지나며 지었다. 망루에 서서 흐르는 강물을 보며
남쪽으로 피난오던 백성들의 눈물을 생각했다. 그가 바라보는 장안은
이미 이민족에게 빼앗긴 땅이다. 그러나 그는 언젠가 잃어버린 북녘
땅을 되찾을 것이라는 확신을 갖고 있었고 그 것은 강물이 동쪽으로
흐르듯 막을 수 없는 필연적인 일이라 확신한다. "청산도 막을 수 없나
니, 필경 강물은 동으로 흐른다"는 구절은 2012년 2월 미국을 방문한
시진핑習近平 국가부주석도 인용한 바 있다.

같은 시를 마음에 담은 두 사람

　샹쩌민은 마오쩌둥, 덩샤오핑의 뒤를 잇는 3세대 지도자다. 1926년생인데 67세의 노령으로 1993년 중국의 국가주석이 되었다. 상해교통대학 전기과를 졸업한 공대 출신이며 소련에서도 자동차 공장에서 근무를 했고 귀국 후에도 동력처, 기계공업부 등의 부서에서 경력을 쌓았다. 이런 이력만 본다면 샹쩌민의 개인적 성향은 완전히 이공계열에 치우쳐져 있다고 생각될 것이다. 국가지도자가 된 이후에도 과학기술만이 경제건설의 유일한 해법이라고 누차 강조하며 과학기술 분야에 집중적인 투자를 했다. 이런 과학기술 관료 출신의 중국 지도자들을 테크노크라트라고 부른다. 샹쩌민은 전형적인 테크노크라트였다.

　하지만 샹쩌민은 한학에 대단히 조예가 깊은 사람이었다. 강소성 양주가 고향이며 5명의 자녀 중 셋째였다. 조부는 중의학에 정통했고 위안스카이袁世凱가 일본과 협정을 맺자 분개하여 시를 썼을 정도로 시사에도 관심이 많았다. 아버지도 학식 있는 사람으로 일대에서 유명했으며 어린 쟝쩌민에게 붓글씨 연습과 더불어 하루 한 편씩 고전의 명문장을 암송시켰다고 한다. 쟝쩌민은 어린 시절부터 집안에서 엄격한 전통문화 교육을 받고 자란 것 같다.

또 그는 흥이 나면 외국의 정상들 앞에서 피아노를 연주하는 예술가적 기질도 있었다. 외빈을 접대하는 자리에서 노래부르는 것은 예사였고 외국의 퍼스트레이디와 춤도 추었다. 그러다 보니 국가의 지도자가 너무 경망스럽다는 비난도 받았지만 그는 끝까지 자신의 스타일을 바꾸지 않았다. 가는 곳마다 그가 한시로 중국과 자신의 입장을 표현한 것은 매우 자연스러운 일이었다.

피아노치는 대통령

한국 영화 중에 〈피아노치는 대통령〉이라는 영화가 있었다. 코미디 영화였다. 대통령은 근엄하고 엄숙한 사람이기 때문에 피아노 치는 대통령도 있으면 재미있겠다는 발상에서 만들어진 영화다. 그런데 쟝쩌민은 정말로 피아노를 즐겨 치던 대통령이었다.

대학시절 동창들은 쟝쩌민의 별명이 '쟝박사江博士', '쟝나리江大爺'였다고 하는데 아마도 꽤나 애늙은이처럼 다양한 지적 취향과 잡학다식으로 통했던 모양이다. 공학도였기 때문에 수학과 기계 분야에 뛰어났고 전공 외에 조예가 깊었던 분야는 서양 고전음악과 외국어였다고 전한다. 그는 베토벤의 교향곡과 셰익스피어의 희극을 모른다면 불행한 인생이라고 자주 얘기했다. 공학도 출신이지만 전통 지식인들처럼 시서악詩書樂이 몸에 밴 사람이다.

2003년 러시아 푸틴 대통령이 북경대학에서 강연하면서 쟝쩌민의 예술적 취향을 대단히 높이 평가한 적이 있다. 쟝쩌민 주석은 다재다능하기로 유명해서 외국 정상들 사이에 일화가 많으며 능숙하게 러시아어를 구사하고 영어와 이탈리아어로 노래도 자주 부른다고 칭찬했다. 그런데 사실 쟝쩌민은 말레이시아어, 독일어, 일본어에도 정통하며 외빈을 맞아 외국어로 말하는 것을 좋아했다. 이런 상황들은 미리 연출된 것보다 즉흥적인 경우도 많았다. 외국어를 잘하고 음악과 시를 좋아하다보니 국가지도자로서 연설을 할 때도 명언이나 명구를 자주 인용했다. 영어로 링컨의 게티즈버그 연설이나 셸리의 〈서풍에 부치는 노래 Ode to the West Wind〉를 암송하는 것은 그의 장기였고 중국의 대학생들을 만나 왕발의 〈등왕각서滕王閣序〉, 소동파의 〈중추견월화자유中秋見月和子由〉같은 장편을 암송하여 박수를 받기도 했다.

한국에 와서 당시를 암송하기도 했다. 1995년 10월 한국 방문 때 청와대에서 두목의 〈산행山行〉을 읊었다.

멀리 차가운 산에 오르니 비스듬한 돌길
흰 구름 이는 곳에 인가가 있네

수레를 세우고 앉아 늦가을 단풍나무 숲을 즐기니
서리내린 단풍은 이월의 꽃보다 붉어라

遠上寒山石徑斜, 白雲生處有人家. 停車坐愛楓林晚, 霜
葉紅於二月花.

　　한국과 중국이 수교한 지 3년이 지난 시점이었다. 한국의 단
풍이 너무나 아름다웠던 모양이다. 뚜렷한 외교적 메시지를 담
은 것 같지는 않다. 시에서 말하는 2월은 음력 2월이라 한참
꽃들이 만개하는 때다. 한국의 단풍을 보니 봄날의 꽃보다 단풍
이 더 붉다는 시구가 떠올랐나 보다. 느닷없이 때도 없이 노래
부르는 어린아이처럼 쟝쩌민은 느닷없이 시를 암송했다. 이런
태도는 친근한 이미지를 형성하는 데에 도움이 되었다.

천안문 사건의 수혜자와 피해자

　　쟝쩌민은 외교적인 자리에서도 시를 읊으며 중국의 입장을
대변한 사람이니 자국민들을 대할 때는 더 말할 필요가 없다.
청년들에게 애국심을 호소하며 조국의 미래를 논할 때는 임칙
서林則徐의 시를 자주 읊었다. 청화대학에서도 읊었고 하문대학
에서도 읊었다.

　　진실로 나라에 이롭다면 생사를 걸 것이다
　　어찌 화복 때문에 따르거나 피하겠는가

苟利國家生死以, 豈因禍福避趨之.

이 시는 아편전쟁이 시작된 직후인 1842년의 작품 〈부수등정구점시가인赴戌登程口占示家人〉의 일부분이다. 아편전쟁은 영국이 밀수출하던 아편을 청나라 정부가 몰수하자 이를 빌미로 영국 함대가 침공한 사건이다. 영국은 중국과의 교역에서 적자를 면치 못하자 아편을 중국에 밀수출했다. 1839년에 유입된 아편의 양은 약 4만 상자였는데 1상자는 100명이 1년간 이용할 수 있는 정도의 양이었다. 중국 전역에는 아편중독자들이 기하급수적으로 증가했다. 청나라 정부는 해결을 위해 임칙서를 임금의 명을 받들어 파견되는 흠차대신으로 파견했고, 임칙서는 강경하게 처리했다. 임칙서는 아편을 몰수하여 소각시키며 영국의 밀수상인들도 구금시켰다. 영국이 이에 대한 배상과 사과를 요구하며 아편전쟁이 시작된 것이다. 영국 함대의 강력한 포격에 주산열도의 해군기지인 정해定海가 곧 함락되었다. 영국 함대가 천진항에 도착하자 청나라 정부는 영국과 협상에 나섰다.

조정에 협상파가 득세하자 임칙서는 흠차대신에서 해임되어 서북쪽 변방인 이리伊犁로 좌천되었다. 이 시는 임칙서가 서안을 지나 이리로 가는 길에 지은 것이다. 당시 그의 나이 57세였다. 그가 흠차대신으로 근무하던 당시 쓴 일기에는 그의 강직한 성품과 우국충정의 마음이 넘쳐흐른다. 임칙서는 우리의 이순신 장군처럼 강직하고 비장한 캐릭터의 민족 영웅이다. 쟝쩌민은 여러 번 이 시를 청년들 앞에서 읊었다. 2003년 원쟈바오溫家 寶 총리도 취임식에서 이 시를 인용했다.

또 아이러니한 것은 천안문 사건의 주역으로 해외 망명 중인 왕단王丹도 이 시를 인용한 적이 있다는 것이다. 왕단은 북경대 학 역사학과 재학 중이던 1989년, 천안문에서의 민주화 시위를 주도한 혐의로 감옥에 갔고 지금도 입국 허가를 받지 못해 해외 를 떠돌고 있다.

천안문 사건은 1989년 6월 4일 북경 천안문 광장에서 시민과 대학생들이 합세하여 일으킨 대규모 민주화 시위이다. 원래는 공산당 총서기였던 후야오방을 추모하는 집회였는데 점차 규모 가 커지고 정치개혁을 요구하는 성격으로 발전했다. 중국 정부 는 계엄령을 선포, 군대를 투입하여 무력으로 진압했다. 수천 명이 사망한 이 사건은 해외에 실시간으로 보도되었고 덩샤오 핑이 실각하는 계기가 되었다. 당시 상해 시장 쟝쩌민은 시위가 상해에서 확산되지 않도록 효과적으로 차단했다는 평가를 받아 중앙 정계의 인정을 받았다.

왕단은 2011년 9월 대만의 한 커피숍에서 조선일보와 인터뷰 를 했다.*) 20년이 넘은 사건이지만 왕단의 인생은 이 사건 때문 에 바뀌었다. 전도유망한 엘리트 역사학도가 중년의 망명객이 된 것이다. 그는 여전히 중국 정부에 대해 비판적인 입장이었다. 중국의 민주화를 이야기하며 경제적 성장 이면에 감춰진 사회 적 불공평과 빈부격차를 비판했다. 왕단은 수감시절 어머니가

---

*) 조선일보 9월 19일자 기사 참조

면회를 와서 이 시를 전했다고 했다. 어머니는 청춘을 감옥에서 보내는 아들의 처지를 애국심으로 이해했다. 왕단에게 이 싯구는 청춘에 대한 보상이자 인생의 신념일 것이다.

쟝쩌민은 천안문 사건의 최대 수혜자다. 천안문 사건이 없었다면 그는 중국의 최고 권력이 되지도 못했을 뿐 아니라 중앙으로 진출하기도 어려웠을 것이다. 반면 왕단은 천안문 사건의 피해자다. 천안문 사건 당시 20세에 불과한 1학년 새내기였는데 국가전복기도 혐의로 체포, 수감, 가석방, 수감, 보석을 반복하다 결국 망명객이 되었다. 천안문 사건을 둘러싸고 두 사람의 인생은 반대방향으로 서로 엇갈렸다. 하지만 두 사람은 같은 시를 마음속에 품고 있다.

임칙서林則徐 〈부수등정구점시가인赴戍登程口占示家人〉

미약한 힘으로 중임을 맡아 오래도록 정신이 피로하니
더 고갈되어 쇠약해지면 지탱하지 못하리나
진실로 나라에 이롭다면 생사를 걸 것이다
어찌 화복 때문에 따르거나 피하겠는가
임금의 후덕한 은혜로 귀양 떠나는 몸
변방의 수졸이 되어 내 본분을 지키리
장난삼아 아내에게 옛날이야기 들려주며
늙은 머리 잘린 노래나 읊어줄까

力微任重久神疲, 再竭衰庸定不支. 苟利國家生死以, 豈因禍
福避趨之. 謫居正是君恩厚, 養拙剛於戍卒宜. 戲與山妻談故事,
試吟斷送老頭皮.

이 작품은 아편전쟁 당시의 민족 영웅 임칙서가 흠차대신에서 면직
되어 변방으로 좌천되며 쓴 칠언율시이다. 임칙서는 엄정하고 강직한
성품이었고 영국의 아편 밀수를 강경하게 대처했다. 결국 영국 의회는
해군을 파견하여 중국의 해안을 포격했고 위세에 눌린 청나라 정부는
협상파인 기선을 흠차대신으로 임명하고 임칙서를 변방으로 보냈다.
귀양이나 다름없는 길이었다. 임칙서는 변방으로 가는 도중 가족들에
게 이 시를 적어 보냈다. 제목에 있는 구점(口占)이라는 말은 즉흥적으
로 쓴다는 뜻이다. 자신에게 화가 되거나 복이 되는 것을 생각하지
않고 나라를 위해 목숨을 바치겠다는 그의 강직함이 느껴진다. 마지막
구절은 송나라 진종 때의 일화를 시에 차용했는데 평범한 백성으로
조용히 살고 싶은 마음을 해학적으로 표현했다. 송나라 진종이 양박
(楊樸)이라는 은자의 명성을 듣고 관직을 주려고 불렀다. 양박은 떠나
오던 아침에 아내가 전해준 시를 소개했는데 그 내용은 이러했다.
"상심하여 술에 빠지지도 마시고 흥이 올라 함부로 시를 읊지도

마오. 오늘은 관직에 얽매여 가지만 이러다 늙은이의 머리가 잘릴 수도 있으니, 更休落魄貪杯酒, 亦莫猖狂愛詠詩. 今日捉將官里去, 這回斷送老頭皮." 양박의 아내는 남편이 혹여 정쟁에 휘말려 목숨을 잃을까 걱정하는 마음이었고, 양박은 이 시를 통해 관직에 나가고 싶지 않은 마음을 넌지시 표현했다. 진종은 웃으며 그를 다시 산으로 돌려보냈다고 한다. 임칙서도 양박의 일화를 빌려 이제 관직을 그만두고 싶은 마음을 적었다. 엄숙한 이야기를 하다가 갑자기 유머러스한 표현을 한 것은 이 시는 가족들에게 보내는 글이기 때문이다.

시로 은퇴를 암시하다

　　2000년 쟝쩌민은 자신의 은퇴와 관련된 심경을 시로 말하기 시작했다. 덩샤오핑이 은퇴와 동시에 후진타오를 쟝쩌민의 후계자로 낙점해놓은 상태였고 권력 교체의 시기가 다가오고 있을 때였다. 권력자의 퇴진 문제는 매우 민감한 사안이다. 정치 판도가 바뀌는 문제이기 때문이다. 중국은 권력승계 문제가 막후에서 비밀리에 결정되고 진행되는 상황이라 지도자의 임기가 끝나간다고 차기 후계자는 누구이며 어느 파벌이 힘을 얻을 것이라는 얘기를 함부로 할 수 없다. 때문에 그 때까지 쟝쩌민의 거취 문제에 대해 당 중앙에서는 결정된 바가 없다는 말만 되풀이했고 쟝쩌민도 즉답을 피했다. 그러다가 구체적인 심경이 표현되기 시작한 것이다. 그것도 한시로.

봄날 꿈처럼 바스라진 꿈

워낙 예민한 사항이라 한시로 대신 말하는 것이 쟝쩌민의 성향상 가장 현명한 선택이었을 것이다. 딱 부러지게 구체적인 이야기를 하는 것이 아니지 않은가. 그저 시를 읊는 것뿐이다. 나중에 마음을 바꾸었다고 말에 책임질 일도 없다. 은퇴라고 받아들인 것은 듣는 사람의 판단이었으니까.

한순간 기세는 봄날 꿈처럼 바스라졌으니
차라리 대문을 걸고 궁벽한 마을에서
아이들이나 가르치니만 못하리

一朝勢落成春夢, 倒不如, 蓬門僻巷, 敎幾個, 小小蒙童.

쟝쩌민은 2000년 양회兩會 기간에 홍콩 정치협상대표단과 좌담을 하면서 이 시를 읊었다. 양회는 전국인민대표대회와 정치협상회의를 가리키는 말이다. 양회는 중국의 정책기조를 결정하는 중요한 정치 행사이기 때문에 이 때는 중국 뿐 아니라 해외 언론들의 관심도 집중되는 시기이다. 그래서 쟝쩌민이 읊은 이 싯구는 다음날 국내외 언론들의 분석 대상이 되었다.

이 시는 청나라 때 정판교鄭板橋라는 인물의 작품 〈도정道情〉 중 일부이다. 정판교는 정섭이라고도 부르며 그림, 서예, 시 등 다방면에 뛰어났던 사람이다. 청나라 때 천재 중 한 명으로 꼽힌다. 이 구절은 정판교가 시골 마을의 서생을 읊은 내용이다. 이 서생은 평생을 과거만 바라보고 공부했지만 기회는 오지 않고 나이만 먹어버렸다. 이제 똑똑한 젊은이들이 과거에 급제하여 떵떵거리며 활보하는데 이 늙은 서생에게 성공은 봄날의 꿈처럼 아스라한 일이 되었다. 위의 구절은 이런 맥락에서 나온 이야기다. 그런데 정판교는 서생의 인생을 조롱하거나 하찮게 여겨서 이렇게 말한 것이 아니었다. 정판교의 유명한 말 중에는 "어리석기도 어렵다難得糊塗"라는 말이 있다. 성패와 이해득실을 계산하느라 평생 마음이 어지럽고 낭패감에 사로잡혀 불행하게 사느니 그저 모자란 사람처럼 무심하게 사는 인생관이 낫다는 것이다. 이렇게 따지면 똑똑하기도 어렵지만 어리석기는 더 어렵다. 똑똑한 사람이 어리석게 살기는 그보다 더 어렵다. 누구나 닥쳐오는 인생의 소용돌이 속에서 마음을 다스리는 경지에 올라야 하기 때문이다.

정판교의 원시에서 말한 '세勢'는 시골 서생의 '세'이기 때문에 권세는 아닐 것이다. 하지만 쟝쩌민이 이 시를 인용하면 이 '세'는 권세로 느껴진다. 그는 대륙의 최고 지도자이기 때문이다. 시골 서생은 평생 권세를 누려보지 못했지만 쟝쩌민은 최고의 권력을 누렸다. 그래서 이 말은 자신의 권력과 위세는 봄날의 잠깐 꿈처럼 허망한 것이니 은퇴하여 고향으로 돌아가 옛 현인들처럼 조용히 살겠다는 말로 들린다.

바람을 타고 떠나려네

2000년 9월 6일 유엔 밀레니엄 정상회의가 뉴욕의 유엔 총회의장에서 열렸다. 미국의 클린턴 대통령을 비롯하여 중국의 쟝쩌민 주석 등 149개국 지도자들이 참석했다. 한국의 김대중 대통령도 참석했다. 회의는 코피 아난 유엔 사무총장의 개막 선언으로 시작되었으며 빈곤, 평화, 인권, 환경 등 전지구적인 무거운 주제들을 다루는 자리였다. 하지만 뚜렷한 성과나 결론은 없었고 그저 새로운 세기에 접어들면서 전세계 지도자들이 회합을 했다는 데에 의미를 둔 행사였다. 더구나 클린턴 대통령의 임기가 끝나가는 상황이었기 때문에 임기 중의 치적을 하나 더 만들려는 계산도 있었던 자리였다.

쟝쩌민은 이 미국방문을 가벼운 마음으로 즐긴 듯하다. 〈60분〉이라는 미국 방송에도 출연하여 영어로 노래도 부르고 링컨의 게티즈버그 연설도 암송한다고 자랑스럽게 말했다. 〈워싱턴 포스트〉는 이 프로그램을 금주 베스트 프로그램으로 평가하기도 했다. 13억 인구의 지도자가 너무 경망스러운 것이 아니냐는 평가도 있었지만 미국인들에게는 너무나 귀여운 노령의 지도자로 인식되었고, 중국에 대한 미국인들의 인상을 바꾸는 계기가 되었다.

그런데 이 때는 클린턴 대통령 뿐 아니라 쟝쩌민 주석의 임기도 끝나는 시점이라 그가 재집권을 할지, 아니면 조용히 은퇴를 할지 전세계 여론이 주목하는 자리이기도 했다. 쟝쩌민은 공식 회의가 끝난 후 약 600명의 재미화교들과 함께 한 자리에서 소동파의 싯구를 조용히 읊었다. 그리고 언론들은 이를 쟝쩌민이 은퇴를 결심한 발언이라고 보도했다.

나는 바람을 타고 돌아가고 싶다

我欲乘風歸去

이 구절은 소동파의 사 〈수조가두水調歌頭 · 명월기시유明月幾
時有〉에 나오는 한 구절이고 쟝쩌민이 자주 암송했던 애송사이
기도 하다. 1995년 대만의 가오칭웬高淸愿 방문단을 맞았을 때
읊었던, '달을 보며 그리운 이를 생각하는' 사와 같은 작품이다.
이 구절의 앞뒤 내용은 다음과 같다.

밝은 달은 언제부터 있었던가
술을 들고 하늘에 물어본다
천상 궁궐의 오늘 저녁은 어느 해뇨
나는 바람을 타고 돌아가고 싶으나
오직 저 높은 월궁의 옥기둥이
차가울까 걱정이라
일어나 춤추니 그림자가 따라 도네
어찌 세상에 있는 것만 같으랴

明月幾時有, 把酒問靑天. 不知天上宮闕, 今夕是何年.
我欲乘風歸去, 唯恐瓊樓玉宇, 高處不勝寒. 起舞弄淸影.
何似在人間.

소동파는 중국 문학을 대표하는 대문호이다. 이 작품에 서문
을 적었는데 "병진년 가을 밤새 즐겁게 술을 마시다 크게 취해
이 글을 쓰며 자유子由를 그리워한다"라고 적었다. 병진년이면

신종 희녕 9년으로 그가 수도 개봉을 떠나 전전하다 밀주에서 지방관을 할 때다. 그가 말한 자유는 아우 소철이다. 당시는 왕안석의 신법이 시행되면서 사마광을 비롯한 보수파들이 이에 반발할 때였다. 소동파는 정치적으로 보수파에 속했기 때문에 왕안석의 개혁정책에 반대하여 지방 근무를 자원했다. 개인적으로 아우 소철과 가까운 곳에 있기를 원했지만 성사되지 않았다. 소동파도 대단한 문인이었지만 그의 아우 역시 명성이 자자한 문인이었다. 중국문학사에서는 아버지 소순 그리고 아들 소동파와 소철을 '삼소三蘇'라 부른다. 또 이들은 '당송팔대가'라고 부르는 당나라, 송나라 때 명문장 8인에 모두 이름을 올렸다. 당송팔대가에는 이들 말고 한유, 유종원, 구양수, 왕안석, 증공 등 쟁쟁한 문인들이 있다. 대단한 문장 가문이다.

술에 취해 소동파는 아우도 그리워했지만 자신의 인생과 운명도 고민했다. 그러나 고민은 집착으로 표현되지 않고 낭만적인 노래가 되었다. 그는 술에 취해 달을 보며 바람을 타고 돌아가고 싶다고 말했다. "나 하늘로 돌아가리라"하고 담담하게 말한 우리의 천상병 시인이 생각난다. 왜 하늘로 돌아가겠다고 하는가. 스스로를 하늘에서, 달에서 왔다고 생각했기 때문이다. 여기서 말하는 하늘과 달은 황제가 계신 궁궐을 비유하고 있다. 소동파는 달을 보며 황제가 있는 수도 개봉을 생각했기 때문에 중앙 정계로 돌아가고 싶은 생각이 들었다. 소동파 자신도 중앙 정계가 싫어서 밀주에 온 것이 아니라 개혁파가 집권하면서 상황에 밀려 떠나왔다. 자청한 것이긴 하지만 좌천된 셈이다.

당연히 다시 돌아가 화려한 관직생활을 하고 싶었다. 하지만 그 곳은 너무 높은 곳이라 늘 춥고 위태롭다. 정치적인 상황에 아직 확신이 없다. 그저 맘껏 술에 취해 춤출 수 있는 이 한적한 곳이 더 낫다. 말은 더없이 낭만적이고 아름답지만 현실에 대한 불만과 자신의 처지와 미래에 대한 불안이 혼재되어 있다.

연기된 지도부 교체 대회

쟝쩌민이 소동파의 사를 인용하자 다음 날 수많은 언론들은 쟝쩌민이 은퇴결심을 말했다고 보도했다. 바람을 타고 돌아가고 싶다고 했으니 모든 것을 내려놓고 자유롭게 고향으로 가겠다는 생각이라고 해석한 것이다. 표면적인 문맥만 놓고 보면 분명 은퇴를 말한 것이지만 작품의 전체적인 내용을 보면 은퇴와 재집권을 망설이고 있다는 표현이다. 과연 어떤 마음으로 이 구절을 말한 것인지는 쟝쩌민만 알고 있다.

쟝쩌민의 은퇴는 쟝쩌민 개인의 문제가 아니라 3세대 지도부 전체의 퇴진을 의미하는 일이었다. 또 후계자로 예정된 후진타오는 쟝쩌민이 아니라 덩샤오핑이 1991년 낙점한 인물이다. 쟝쩌민은 상해교통대학 출신으로 상하이방上海邦이 정치적 기반이었으나 후진타오는 북경 청화대 출신으로 공청단共青團이 정치적 기반이었다. 출신 지역도, 정치적 배경도 전혀 일치하지 않는다. 다만 자신을 발탁한 덩샤오핑이 이미 공개적으로 지명했다는 점이 후진타오의 가장 강력한 배경이었다. 덩샤오핑도 쟝쩌민의 권력이 절대화될까봐 전혀 다른 성향의 후진타오를 일찌감치 지명했다.

그리고 2002년 차기 권력 후계자 문제를 확정할 제16차 전국 대표대회가 열렸다. 이 대회는 원래 9월로 예정되어 있었는데 여러 문제로 연기되다 11월 8일에 개최되었다. 역시 주된 이유 는 쟝쩌민의 퇴진 문제가 가장 컸을 것이다. 덩샤오핑이 사망한 마당에 최고 권력 쟝쩌민이 반드시 후진타오에게 권력을 이양 할 필요는 없었다. 하지만 예정된 후계자를 특별한 명분없이 낙마시키는 것도 권력구도를 혼란에 빠뜨리는 위험한 일이었 다. 후진타오는 안정적으로 후계자의 직분을 수행 중인 황태자 였기 때문이다. 권력 교체를 결정해야 하는 대회가 연기된 배경 은 이런 문제였다. 그렇지 않다면 후진타오는 더 일찍 권력을 양도받았을 것이다.

결국 쟝쩌민은 2002년 중국공산당 총서기직을 물려주면서 2003년 국가 주석직을, 2004년 공산당 중앙군사위원회 주석, 2005년 국가 중앙군사위 주석을 사임하면서 16년 만에 모든 공직에서 물러났다. 바람을 타고 돌아가고 싶다는 말 속에 감춰 진 소동파의 망설임이 쟝쩌민의 입을 통해 그리고 중국 지도부 교체의 일정 속에서 다시 한 번 표현된 것이다.

소동파蘇東坡〈수조가두水調歌頭·명월기시유明月幾時有〉

밝은 달은 언제부터 있었던가
술을 들고 하늘에 물어본다
천상 궁궐에선
오늘 저녁은 어느 해뇨
나는 바람을 타고 돌아가고 싶으나
오직 저 높은 월궁의 옥기둥이
차가울까 걱정이라
일어나 춤추니 그림자가 따라 도네
어찌 세상에 있는 것만 같으랴
붉은 누각을 돌아 비단 창에 내리는 달빛
잠 못 드는 이를 비추네
저 달은 원한이 없건만은
어이하여 이별할 땐 오래도록 둥근가
인생엔 슬픔과 기쁨, 헤어짐과 만남이 있고
달에는 흐림과 맑음, 참과 기울어짐이 있으니
이는 예부터 온전하기 어려웠네
다만 원하나니 인생 오래오래 이어져
천리 먼 곳에서도 저 달을 함께 바라보기를

明月幾時有, 把酒問靑天. 不知天上宮闕, 今夕是何年. 我欲乘
風歸去, 又恐瓊樓玉宇, 高處不勝寒. 起舞弄淸影, 何似在人間. 轉
朱閣, 低綺戶, 照無眠. 不應有恨, 何事長向別時圓, 人有悲歡離
合, 月有陰晴圓缺. 此事古難全. 但願人長久, 千里共嬋娟.

이 작품은 소동파가 송나라 신종 희녕 9년(1076년)에 밀주에서 쓴
사다. 사는 멜로디에 맞춰 쓴 가사이므로 소동파 외에도 여러 문인들이

〈수조가두水調歌頭〉라는 제목으로 사를 지었다. 소동파도 이 작품 외에 "安石在東海", "落日繡簾卷"으로 시작하는 〈수조가두〉 작품들이 있다. 위의 작품을 지을 때 소동파는 당시 왕안석이 시행한 개혁정책에 반감을 느껴 스스로 좌천을 자원하여 여러 지방을 돌다 밀주에 와 있었다. 그는 술에 취해 달을 보며 아우 소철을 그리워하며 이 작품을 짓는다고 서문에 적었다. 작품에서 말하는 궁궐은 달에 있는 월궁을 의미하지만 황제가 있는 수도 개봉의 궁궐을 비유하기도 한다. 다시 중앙 관계로 복직하여 자신의 꿈을 펼치고 싶은 마음을 표현한 것이다. 그러나 현실은 자신의 이상과 크게 달라 슬픔과 아쉬움을 떨칠 수 없다. 이 작품은 달의 맑고 흐린 모습, 차고 기우는 모습이 인생사의 애환을 닮았다고 비유했다. 소동파의 사를 흔히 호방파라고 부르는데 이 작품에서도 운명의 인생의 아픔을 낭만적이고 호방하게 표현하고 있다.

정판교鄭板橋 〈도정道情〉

> 늙은 서생
> 휑한 집에서
> 황제와 우임금을 말하고
> 옛날 풍습을 말하네.
> 수많은 후배들 과거에 급제하니
> 문앞의 하인들 범처럼 건장하고
> 길가의 깃발들 용처럼 지나가네.
> 한순간 기세는 봄날 꿈처럼 바스라졌으니
> 차라리 대문을 걸고 궁벽한 마을에서
> 아이들이나 가르치니만 못하리

老書生, 白屋中, 說黃虞, 道古風, 許多後輩高科中. 門前僕從雄如虎, 陌上旌旗去似龍, 一朝勢落成春夢, 倒不如, 蓬門僻巷, 教幾個, 小小蒙童.

〈도정〉은 시나 사처럼 사대부들이 자신의 감회를 적는 문학장르가 아니라 민간 공연에서 사용되는 문예양식이다. 즉 무대 위에서 부르는 노래말, 또는 대사로 지어진 글이다. 도정이라고 부르는 것은 도교적인 내용이 많기 때문이다. 그래서 서민들의 생활이 많이 반영되어 있고 익살스러운 표현도 자주 등장한다. 정판교의 〈도정〉은 모두 열 수가 있는데 이 작품은 그 중 다섯 번째이다. 평생 과거시험을 준비했지만 번번히 낙방한 시골 서생의 이야기다. 가난한 집에서 혼자 고담준론을 말하지만 벌써 후배들은 과거에 급제하여 떠들썩하게 행차한다. 하인들과 깃발들은 후배들의 행렬을 묘사한 것이다. 그도 꿈 많았던 시절이 있었지만 이제는 모두 부질없다. 차라리 서당 훈장을 하는 게 낫겠다고 자조하는 신세가 되었다.

다시 미국 방문, 이번엔 이백

2002년 쟝쩌민은 임기 말에 다시 미국을 방문했다. 이번엔 이백의 시를 읊었다. 아래는 〈문화일보〉 2002년 10월 25일자 기사이다.

평소 자신의 속내를 당시唐詩 등의 고전을 인용, 자주 피력해온 쟝쩌민江澤民 국가주석겸 총서기가 24일에도 예의 그 버릇을 아낌없이 보여줬다. 미국 방문 3일째인 이날 텍사스주 휴스턴시 주최로 열린 환영 만찬에 조지 부시 전대통령과 나란히 참석, 이백李白의 시 '아침 일찍 백제성을 떠나며早發白帝城'를 입에 올린 것.
이는 바로 '양쪽 해안가에는 원숭이 울음 소리 그치지 않는데 일엽편주는 이미 첩첩산중을 지나고 있구나兩岸猿聲啼不住, 扁舟已過萬重山'라는 시구로 일견 중미관계와 그의 입장을 잘 반영하고 있다. 예컨대 양쪽 해안가

의 원숭이 울음 소리는 이라크, 대만, 북한 핵문제 등
중미간의 산적한 현안을 지칭하며 일엽편주는 이의 해
결을 위해 미국을 찾은 그의 처지를 은유한 것으로 보
인다.

임기 중 사실상 마지막 미국 방문길에 나선 장주석은
지난 3일 동안 시종일관 부시 대통령과의 정상회담이
상당한 성과를 가져다줄 것이라는 입장을 피력해 왔
다. 그러나 자신을 일엽편주로 표현하면서 첩첩산중을
지난다고 한 데에서 보듯 내심으로는 상당한 부담을
갖고 있음을 읽게 해준다.

이번엔 이백이다

장쩌민의 이번 미국방문은 세계적인 관심거리였다. 1997년
장쩌민과 클린턴의 상호방문으로 화해국면이던 양국관계가 다
시 미국의 베오그라드 주재 중국대사관 오폭사건, 미국 정찰기
사건 등으로 악화된 이후의 방문이기 때문이었다. 이 때 장쩌민
의 일정이 날마다 보도되었는데 위의 기사는 아버지 부시 전
대통령과의 만남에서 나온 일화였다. 장쩌민은 두 구절을 읊었
는데 전체 시의 내용은 다음과 같다.

아침, 오색구름 사이로 백제성과 작별하고
강릉까지 천리 길 하루에 닿는다.

강 언덕엔 원숭이 울음 그치지 않는데
가벼운 배는 이미 첩첩산을 지난다.

朝辭白帝彩雲間, 千里江陵一日還. 兩岸猿聲啼不住,
輕舟已過萬重山.

이 시는 제목이 〈조발백제성早發白帝城〉으로 759년 봄에 쓰여
진 작품이다. 지은이는 이백李白. 말이 필요없는 대시인이다.
이백은 자주 두보와 비견되는데 보통 두보를 시성詩聖이라고
하고 이백을 시선詩仙이라 부른다. 시의 성인이고 시의 신선이
라는 말이다. 두보의 시를 보면 정말 성인처럼 항상 국가와 백성
의 일을 걱정하고 가족과 친구를 그리워했다. 그는 예술적 완성
도를 높이기 위해 글자를 다듬고 또 다듬었다. 그래서 두보의
시는 읽을수록 깊은 맛이 우러나며 같은 시도 읽을 때마다 숨어
진 의미가 느껴진다고 한다. 그런데 이백은 정반대다. 기질과
성품도 자유분방하기가 이를 데 없고 누구보다 술을 사랑했다.
스스로 세상에 귀양 온 신선이라 칭하며 전설적인 기행을 수도
없이 남겼다. 사람도 죽여 봤다고 말했을 정도다. 시의 스타일
도 두보와는 확연히 달라 일필휘지로 가슴 속의 얘기를 한숨에
적었다. 유창하고 시원하다. 이렇게 쓰여진 시는 다시 고치면
더 어색해진다. 흥이 올라 단번에 썼기 때문이다. 그래서 두보
와 이백은 베토벤과 모차르트에 비교되기도 한다. 물론 이백이
모차르트다.
이 시는 이백이 귀양을 가다가 사면을 받아 돌아오면서 쓴

작품이다. 나이 56세 때의 일이다. 백제성을 지나다가 소식을 듣고 기쁨에 겨워 이 시를 썼다. 백제성은 삼국지에 나오는 유비가 최후를 맞은 곳으로 영안성이라고도 부른다. 영안성은 말 그대로 유비의 영안실이 되었다. 이곳에서 강릉(지금의 형주)까지는 1,200리가 넘는다. 아무리 바람을 업고 간다고 해도 당시에 뱃길로 이 길을 하루에 주파한다는 것은 불가능한 일이라고 사람들은 적고 있지만 역시 이백의 필법이다. 전체적인 분위기가 경쾌하고 그의 쾌남아적인 기질과 잘 매치된다. 기질 자체가 쾌남아인데 낙심하고 떠돌다가 사면을 받았으니 얼마나 마음 들떴을까. 천리 강릉길을 하루에 주파한다는 구절은 기대감에 들뜬 이백의 마음이 담겨 있다. 모르긴 해도 쟝쩌민이 이 구절을 고른 것은 그의 마음도 가볍고 기대에 차 있었기 때문일 것이다.

기자의 오독

신문기사에서는 마지막 구절을 '편주扁舟'라 적고 일엽편주로 해석했는데 이건 틀렸다. 이 구절의 정확한 원문은 '가벼운 배輕舟'다. 혹 쟝쩌민이 고의로 이 구절을 고쳐 말했나 싶어 당시의 중국, 홍콩 신문 기사를 검색해 봐도 '輕舟'로 되어 있다. 아마도 쟝쩌민의 심경이 복잡했을 것이라는 결론을 내리려고 기자가 무리하게 해석한 게 아닌가 싶다. 그리고 일엽편주라면 '扁舟'가 아니라 '片舟'가 맞다. 정말 일엽편주라고 했다면 그건 〈문화일보〉의 보도처럼 쟝쩌민이 마음의 부담을 토로한 표현이라고 볼 수 있을 것이다. 그런데 희열과 기대에 가득 차 돌아가는 이백에게 언덕의 원숭이 울음소리가 자신의 앞길을 막는 장애물로 들렸을까. 쟝쩌민은 정말 이라크, 대만, 북한 등 외교적인 문제 때문에 중국의 앞날이 힘겹고 자신의 처지가 일엽편주처럼 외롭고 고단하다고 생각했을까.

또 어떤 신문에서는 시에서 말한 양안兩岸이 대륙−대만관계의 비유라고 보도하기도 했다. 대륙과 대만의 관계를 양안관계라고 말하니 이런 해석도 이야깃거리는 될 것이다. 미국이 대만을 지원하면서 양안관계가 원숭이 울음소리처럼 잡음이 그치지 않는다고 말이다. 그러나 이 시를 읊었던 쟝쩌민의 심경은 사면을 받아 돌아가는 이백의 마음처럼 홀가분하고 유쾌했을 가능성이 더 크다. 무엇보다 자신의 은퇴문제를 거의 확정한 시점이기 때문이다. 쟝쩌민은 미국에서 곧바로 멕시코의 APEC회의에 참석했다가 10월 28일에 귀국했다. 그리고 11월 8일 제16차 전국대표대회에서 중국공산당 총서기직을 후진타오에게 넘겨주었다. 때문에 이번 미국 방문은 자신의 외교적 활동을 마무리하는 일정이기도 했다.

또 이 때는 미국과 중국의 관계가 긴장에서 다시 화해로 전환되는 시점이었다. 이번 방문은 이러한 분위기를 지속시키는 의미였다. 클린턴 정부 시절 무난했던 양국의 관계는 부시 행정부가 들어서면서 다시 나빠졌다. 2001년 등장한 신임대통령 부시는 후보 시절부터 독재자와 타협했다고 클린턴 행정부의 중국정책을 비판했다. 자신은 중국을 '전략적 경쟁자strategic competitor'로 간주한다고 발언하기도 했다. 그리고 4월 미국 해군 EP-3 정찰기가 남중국해에서 중국 전투기와 충돌하여 비상착륙한 사건이 발생했다. 중국은 불법적인 영토 침범으로 간주하고 24명의 미군 승무원을 구금했다. 미국의 국무장관과 부시 대통령이 유감을 표명했지만 중국은 공식적인 사과를 요구하면서 중국인들의 반미감정을 고취시켰다. 우여곡절 끝에 승무원들은 11일간 억류되다가 석방됐지만 이 사건으로 미국과 중국의 관계는 심각한 긴장상태로 들어갔다. 곧 미국이 대만에 잠수함, 비행기, 구축함 등 무기판매를 승인하면서 긴장은 더 심해졌다.

중국에 대한 미국의 입장이 바뀐 것은 그해 9.11테러 사건 이후이다. 미국은 9.11테러 사건에 엄청난 충격을 받았고 '테러와의 전쟁'을 선포했다. 동시에 중국이 국제사회의 책임있는 일원이 된다면 테러 활동을 제어하는 역할을 할 수 있을 것이라 생각했다. 부시 대통령은 2002년 2월 미국과 중국의 수교 30주년을 맞아 중국을 방문하며 이러한 생각을 전했다. 미국의 테러와의 전쟁을 중국이 협력해 주길 바란다고. 그리고 대만문제에서도 미국은 절대 도발적인 행위를 하지 않을 것이라 말했다. 쟝쩌민의 이번 미국 방문은 2월 부시 대통령의 중국 방문에 대한 답방이라 할 수 있다.

이러한 정황으로 보자면 이백의 시 〈조발백제성〉을 읊은 쟝쩌민의 마음은 "가벼운 배는 이미 첩첩산을 지난다"에 중점이 있었을 것이다. 첩첩산은 원문에 '萬重山'으로 되어 있다. 만겹의 산이라는 말이다. 중미관계에 산적한 여러 가지 현안을 비롯해서 자신이 겪어온 수많은 정치적 역경을 모두 생각한 것 같다. 가벼운 배처럼 모든 것을 내려놓고 은퇴를 결심한 노령의 지도자의 심경이다. 미국과의 관계는 돌발적인 변수가 많아 새로운 사건이 터질 때마다 냉탕과 온탕을 오가는 상태지만 그래도 순조로운 국면으로 임기를 마치게 되었으니 미국을 떠나는 마음이 더 홀가분했을 것이다.

5년 전 미국을 방문했을 때는 왕안석王安石의 〈등비래봉登飛來峰〉를 읊었다. 그 때는 정상에 서서 뜬구름이 시야를 가릴까 걱정하지 않는다고 했는데 은퇴를 앞둔 지금 다시 미국에 와서 가벼운 배처럼 첩첩산을 지나왔다고 말한다. 유창하고 시원한 이백의 시에 담긴 쟝쩌민의 마음이 읽힌다.

3장

정치 모범생의 한시 이벤트: 후진타오

모범생 지도자의 얌전한 한시외교

    후진타오胡錦濤는 4세대 지도자라고 불린다. 마오쩌둥, 덩샤오핑, 쟝쩌민을 잇는 지도자라는 의미다. 1942년 상해에서 태어나 강소성 태주에서 중·고등학교를 다니고 명문 청화대학 수리水利공정과를 졸업했다. 2002년 중국공산당 총서기, 2003년 국가 주석이 되었고 2005년 국가 중앙군사위원회 총서기가 되면서 당, 정, 군을 장악한 최고 권력이 되었다. 후진타오는 이전 세대 지도자인 마오쩌둥, 쟝쩌민처럼 공식석상에서 한시를 자주 읊지 않았다. 전혀 입에 담지 않았던 정도는 아니지만 정말 무난한 말만 했고 대부분은 쟝쩌민이 했던 말들이었다. 그의 성격과 정치적 성장과정에서 형성된 그만의 독특한 스타일이라 할 수 있다.

한시외교와 친하지 않았던 덩샤오핑

중국의 지도자 중에서 한시를 잘 인용하지 않았던 인물은 후진타오 이전에도 덩샤오핑이 있었다. 덩샤오핑은 스스로도 "읽은 책이 많지 않다"고 말한 적이 있는데 겸손의 말은 아니었던 것 같다. 학술적이고 이론적인 독서보다는 흥미 위주의 독서 스타일이었기 때문이다. 고전 중에서는 〈자치통감〉과 〈삼국지〉를 좋아했고 특히 김용의 무협소설에 탐닉했다고 한다. 70년대에 대륙에서는 김용의 무협소설이 금서였던 적이 있는데 덩샤오핑은 지인에게 부탁하여 홍콩이나 대만에서 구해 읽을 정도였다. 또 지도를 좋아하여 지방을 갈 때마다 항상 중국지도와 세계지도를 가지고 다녔다. 그의 부인과 아들의 회고에 따르면 메모나 일기를 쓰는 습관은 없었고 〈요재지이聊齋志異〉 같은 귀신 이야기를 즐겨 읽었다고 한다.

〈요재지이〉는 청나라 때 포송령이 지은 소설집으로 주로 귀신이나 요괴 등 기이한 소재의 단편 이야기들이 수록되어 있다. 재미있는 것은 그의 유명한 흑묘백묘론도 〈요재지이〉 속의 요괴이야기에서 착안했다는 점이다. 덩샤오핑은 개혁개방을 주장하면서 검은 고양이나 흰 고양이나 쥐만 잘 잡으면 된다는 비유로 사회주의 중국에 자본주의 경제방식의 도입을 관철시켰다. 자본주의 방식이나 사회주의 방식이나 인민들을 잘살게만 하면 된다는 논리이다. 그런데 〈요재지이〉에도 한 수재가 귀신을 물리치는 이야기가 있는데 거기에 이런 구절이 있다.

노란 삵이나 검은 삵이나 쥐를 잘 잡는 놈이 훌륭하다.

黃狸黑狸, 得鼠者雄.

삵狸은 원래 고양이과의 동물로 중국어에서는 '산고양이山猫'라고도 부른다. 알고 보면 노란 고양이, 검은 고양이 이야기가 개혁개방의 이론 흑묘백묘론이 된 것이다.

마오쩌둥의 독서 스타일이 이론가나 평론가적이라면 덩샤오핑의 독서 스타일은 행동가적인 그의 성격을 대변한다. 마오쩌둥이 임종 직전까지 책을 읽었던 반면 덩샤오핑은 죽을 때까지 트럼프를 즐겼고 축구경기를 시청했다. 90세의 노령에도 녹화된 축구경기를 밤새워 볼 정도면 대단한 애착이다. 그에게 책은 트럼프나 축구와 마찬가지로 지략을 얻을 수 있는 여러 경로 중의 하나였던 것 같다. 이런 취향으로 볼 때 덩샤오핑은 상당히 액티브한 기질인 사람이다.

성향상 이런 사람들은 돌려서 말하거나 애매모호하게 말하는 것을 싫어한다. 덩샤오핑도 그렇다. 서류를 검토할 때도 애매한 문구가 나오는 것을 싫어했고 모르는 단어는 사전을 찾아가며 읽었다고 한다. 삼국지 시대의 지략가 제갈공명도 이런 면이 있었다. 제갈공명도 화려한 수사를 싫어했고 요점을 분명하게 쓴 글을 좋아했다. 그가 쓴 〈출사표出師表〉도 멋진 말이 넘쳐서 천고의 명문장이 된 것이 아니다. 진심에서 우러난 말이 감동을 만든 것이지 화려한 비유나 기교는 없다. 말로 치면 직언이다. 덩샤오핑도 직언을 좋아한 사람이라 한시에 자신의 생각을 담아 전하는 방식을 좋아하지 않았던 것 같다.

정치적 모범생

후진타오의 스타일은 덩샤오핑과 또 다르다. 후진타오는 마오쩌둥이나 쟝쩌민처럼 가학으로 한학을 접한 것도 아니었고 지적 취향도 문과적 성향은 별로 없었던 것 같다. 대학 때의 전공인 수리공정과는 수자원 개발 분야의 학과이다. 그래서 첫 직장도 감숙성의 유가협댐 건설현장으로 배치된 것이다. 그는 성격적으로 매우 신중하고 조심스러운 인물로 평가받는다. 문화대혁명의 광풍이 몰아치던 시절, 공작조와 홍위병 세력의 파벌싸움이 격렬할 때 어느 쪽에도 가담하지 않는 소요파에 속했다. 댐 건설현장에서도 평범한 기술관료로 근무하면서 성실하고 겸손한 자세로 인정을 받았다. 저우언라이 총리의 정치비서를 지낸 쏭핑을 만나 그의 추천으로 성 건설위원회 비서로 발탁되었다. 그가 중앙 정계로 진출하게 된 것도 온화하고 겸손한 인품을 높이 평가받았기 때문이다.

1982년 중국공산당 12기 중앙위원회 중앙위원이 된 이후 2002년 중국공산당 총서기가 될 때까지 20년 동안 그는 한결같이 신중하고 조심스러운 언행을 유지했다. 강력한 카리스마가 없다는 점이 약점이었지만 적이 없다는 강점이 있었다. 수많은 후계자들이 부상하고 낙마하는 정권교체의 역사 속에서 그가 무수한 견제와 검증을 통과할 수 있었던 비법은 자신을 드러내지 않는 태도였던 것이다. 2010년 국내에서 출판된 〈후진타오 이야기〉는 그가 학창시절부터 최고 지도자가 될 때까지 얼마나 겸손하고 성실한 자세를 유지했는지 상세하게 소개하고 있다. 그는 부하직원에게도 자신을 낮추며 의견을 들었지만 맡겨진 일은 거침없이 처리했다. 대표적인 예가 티베트에서의 시위를 유혈 진압한 일이다.

1989년 후진타오가 티베트에 부임한지 얼마 되지 않아 티베트 불교 지도자인 판첸 라마Panch Lama이 갑자기 사망했다. 이 때가 또 티베트 독립항쟁 30주년이었기 때문에 티베트인들은 중국 정부를 성토하는 대규모 시위를 벌였다. 후진타오는 직접 시위 진압을 진두지휘했다. 철모를 쓰고 현장에서 사태를 수습하는 장면이 〈인민일보〉에 크게 보도되면서 그의 과감하고 단호한 면모도 부각되었다. 그가 황태자로 불리며 권력 후계자가 된 것은 여러 가지 요인이 있지만 성실하면서도 말을 아끼고 나서 지 않는 성격이 가장 큰 강점일 것이다. 개혁파나 보수파를 막론 하고 당내 원로들은 그를 낙마시킬 결정적인 흠을 찾지 못했다.

후진타오는 1992년 정치국 상무위원으로 선출되었다. 덩샤 오핑의 지명으로 공식적인 차기권력으로 낙점된 것이다. 그는 해외 언론의 주목을 받으면서도 외국 방문이나 외국 기자와의 인터뷰도 최소화했다. 미국을 방문했을 때 미국 기자들이 "후는 누구인가Who is Hu"라고 물었다는 일화는 유명하다. 외국의 정 치 지도자들과의 대화나 중요한 연설도 도를 넘지 않는 무난한 이야기만 했다. 1999년 미국 전투기가 유고슬라비아 주재 중국

대사관을 폭격했을 때, 그가 TV 생중계 속에서 미국을 비난하는 연설을 한 적이 있다. 내용 자체는 매우 일반적인 내용이었고 당 지도부의 입장을 전달하는 수준이었지만 그에게는 매우 이례적인 일이었다.

얌전한 한시외교

튀는 것을 극도로 기피하는 성향이다 보니 후진타오가 공식 석상에서 한시를 인용하여 의견을 전달하는 일은 드물었다. 전혀 없었던 것은 아니지만 전임자였던 쟝쩌민과는 확연하게 비교된다. 또 대부분은 쟝쩌민이 읊었던 한시를 비슷한 상황에서 답습했다. 문제가 될 만한 상황은 시도하지 않는 것이다. 예를 들면 2008년 대만의 국민당 주석 우보슝吳伯雄이 국민당 대륙방문단을 인솔하여 북경을 방문했을 때 후진타오는 당나라 왕지환王之渙의 〈등관작루登鸛雀樓〉를 인용했다.

천리 밖을 한 눈에 담으려면
다시 한 층을 올라야 하리

欲窮千里目, 更上一層樓.

대륙과 대만의 관계가 한층 더 진전되길 바란다는 의미인데 이 시는 쟝쩌민이 이미 인용한 적이 있는 시이다. 그 때도 대만 방문단이었다. 말하자면 재방송인 셈이고 말하는 사람이나 듣는

사람이나 서로 익숙한 상황이다. 이 때는 대만에서 총통 선거가
실시되어 국민당의 마잉주馬英九가 새로운 총통으로 취임한 지
일주일 후였다. 이전 8년 동안은 천수이볜의 민진당이 정권을
잡으면서 대만독립을 주장했기 때문에 대륙과의 마찰이 잦았다.
그러다가 대립의 시기가 지나고 대륙과의 협력을 강조하는 정권
이 들어선 것이다. 만약 쟝쩌민이 대만의 방문객을 맞았다면
더 심도있고 깊이있는 메시지의 한시를 전했을 것이다. 대만의
국민당 주석이 대선에 승리하자마자 찾아온 중요한 자리이다.
하지만 후진타오는 마음을 움직이는 강력한 메시지는 전하지
않고 일반적이고 평범한 대화를 나누었다. 평소 신중하고 조심
스럽게 처신해 온 그의 행동 방식이 여기에서도 나타난 것이다.

후진타오는 2010년 9월 심천深圳 경제특구 건립 30주년 기념
식에서 축하인사와 더불어 이백의 시를 인용했다.

대붕은 하루아침에 바람을 타고 일어나
회오리치며 곧 구만리를 날아오른다.

大鵬一日同風起, 扶搖直上九萬里.

이 시는 이백의 〈상이옹上李邕〉이라는 시의 한 구절이다. 이
백이 자신을 대붕에 비유하여 자기가 얼마나 위대하고 대단한
사람인지를 말하는 내용이다. 이백답다. 이백은 세상의 중심이
자기인 사람이다. 더구나 20세의 혈기왕성한 시절에 쓴 시다.
내용도 거침없이 시원시원하다. 대붕은 〈장자〉에 나오는 전설

속의 새다. 몸집이 몇 천리나 되는지 모르고 날개는 하늘에 펼쳐진 구름과 같다. 물 위에서 날갯짓을 한 번 하면 삼천리를 가고 한 번 솟구치면 구만리를 난다. 상상력의 스케일이 기원전의 것이라고는 믿기 어렵다. 이백은 대붕의 이미지를 빌려 자신의 위대한 재능이 세상에 곧 펼쳐지리라 말하고 싶은 것이다.

심천은 1978년 덩샤오핑의 개혁개방 선언 이후 경제특구 1호로 건립된 도시이다. 많은 우려가 있었지만 30년이 지난 후 결과는 대성공이었다. 30만 명에 불과하던 인구는 900여만 명으로 증가했다. 30년간 연평균 경제성장률은 28%였는데 이는 중국 평균 성장률의 3배에 달하는 수치이다. 성장률이 다소 주춤하자 고급과학기술도시, 대학연구도시로 변모하는 발전계획을 구상하고 있었다. 다음 날 신문에는 심천시 문학예술계연합회 양홍하이 부주석이 후진타오의 경축사를 듣고 인터뷰한 내용이 보도되었다. 양홍하이도 후진타오가 평소 한시를 인용하는 경우가 거의 없는데 심천에 와서 한시를 읊었다는 이야기를 듣고 다소 놀랍다는 반응이었다. 그는 후진타오가 고른 한시가 매우 적절했다고 말하며 대붕이 날아오르는 것은 심천 뿐 아니라 중화민족 전체의 발전을 상징한다고 해석했다.

후진타오가 이백의 시를 인용한 것은 심천이 대붕의 비상처럼 순조롭게 발전하라는 덕담이었다. 심천은 그야말로 대붕이 수천 리를 날아가듯 빠르게 성장했지만 앞으로도 막을 수 없는 기세로 발전하리라는 축하의 메시지이다. 그야말로 행사의 취지에 맞는 무난하고 화기애애한 축사이다.

이백李白 〈상이옹上李邕〉

대붕은 하루아침에 바람을 타고 올라
용솟음치며 날아 구만리를 오르네
바람이 그쳐 내려앉아도
날개짓하여 짙푸른 바닷물 흩뿌린다
세인들은 나를 보고 늘상 특이하다 하며
나의 호언을 듣고 냉소를 하네
공자께서도 후생이 두렵다고 하셨으니
어른께서는 이 젊은이를 가벼이 보지 마옵소서

大鵬一日同風起, 扶搖直上九萬里. 假令風歇時下來, 猶能簸
却滄溟水. 世人見我恒殊調, 聞余大言皆冷笑. 宣父猶能畏後生,
丈夫未可輕年少.

대붕은 〈장자〉에 나오는 전설 속의 새다. 날개를 펴면 하늘에 드리
운 구름처럼 거대한데 날개짓으로 삼천리를 차고 구만리를 날아오른
다. 자유를 상징하고 세속과 벗어난 원대한 포부와 이상을 비유한다.
이백은 이 대붕의 이야기를 특히 좋아하여 여러 시에서 자신에 대한
비유로 사용했다. 이 시에서도 자신이 얼마나 특별한 능력과 포부를
갖고 있는지 말하려고 대붕의 이야기를 적었다. 이백은 이 시를 당시
높은 관직에 있던 이옹에게 올리며 스스로를 천거했다. "후에 태어난
이들은 두려워할 만하다後生可畏"라는 공자의 말과 함께. 이백은 평생
구속받는 것을 싫어했고 신선처럼 거리낌없이 자유롭게 살았다. 이
시는 청년 시절의 시다. 젊은 이백의 패기와 호기가 더욱 넘친다.

미국에서 상처받은 자존심

2006월 4월이었다. 후진타오는 미국을 방문했고 두 편의 시를 인용했다. 하나는 이백의 시, 또 하나는 두보의 시였다. 이번 방문은 유독 양측의 신경전이 많았고 의전에서도 여러 가지 해프닝이 있었다. 후진타오가 인용한 시는 다소 공격적인 내용을 담고 있었다. 후진타오로서는 매우 파격적인 행보였다. 연설에서 거의 한시를 인용하지 않는 사람이, 설령 하더라도 아주 무난하고 형식적인 정도만 하던 사람이 뼈있는 메시지를 한시에 담아 전한 것이다. 이번 방문은 후진타오에게 다소 특별한 방문이었다.

창해를 건너 정상에 올라

4월 19일 워싱턴주 시애틀에서 상공인들과 오찬모임이 열렸다. 후진타오는 이백의 〈행로난行路難〉 중의 한 구절을 읊었다.

큰 바람타고 파도를 넘는 날 반드시 있으리니
높은 돛 곧게 달고 푸른 바다 건너리라

長風破浪會有時, 直掛雲帆濟滄海.

이백의 〈행로난〉은 3편 짜리 연작시인데 이 시는 그 중의
첫 번째 작품이다. 제목의 의미는 행로가 어렵다는 말이다. 행
로란 말 그대로 갈 길인데 실제로 걸어가는 길을 의미하기도
하지만 인생의 행로를 말하기도 한다. 이백의 시는 어떻게 살아
가야 할지 자신의 고민을 토로한 내용이라 여기서의 행로는
인생의 길을 의미한다고 봐야 할 것이다. 〈당송시순唐宋詩醇〉에
는 744년 작이라고 되어있고 창작연대를 고증할 수 없다는 학자
도 있다. 744년이라면 이백이 환관 고력사高力士의 무고로 장안
을 떠나 유랑을 시작하던 해다. 당연히 자신의 신세에 대한 억울
함과 좌절감에 괴로웠을 것이다.

또 744년이 아니더라도 이백의 정치인생은 그의 드높은 포부
만큼 순탄하지 못했고 우여곡절이 많았다. 이 시의 전문은 다음
과 같다.

금동이 맑은 술은 한 말에 수천금이요
옥쟁반의 진수성찬은 만금의 값어치네
잔을 놓고 저분을 던지며 먹지 못하고

칼을 뽑아 둘러보면 마음만 아득해
황하를 건너려하나 얼음이 강을 막고
태항산에 오르려하나 눈이 산을 덮었네
한가로이 벽계에 낚시를 드리우다
문득 배를 타고 해 뜨는 곳으로 갈까나
인생의 길 어려워라 인생의 길 어려워
갈림길은 많으니 지금은 어디메뇨
큰 바람타고 파도를 넘는 날 반드시 있으리니
높은 돛 곧게 달고 푸른 바다 건너리라

金樽淸酒斗十千, 玉盤珍羞直萬錢. 停杯投箸不能食, 拔
劍四顧心茫然. 欲渡黃河氷塞川, 將登太行雪滿山. 閑來
垂釣碧溪上, 忽復乘舟夢日邊. 行路難, 行路難. 多岐路,
今安在. 長風破浪會有時, 直掛雲帆濟滄海.

　이 시는 절구나 율시가 아니라 악부시라 부른다. 예전부터
전해지던 시의 제목을 차용하여 자신의 이야기를 적는 형식이
다. 그러니까 이 시는 원래부터 있던 〈행로난〉이란 제목을 이백
이 그대로 사용한 시이다. 술과 산해진미가 차려져 있지만 이백
은 먹고 싶은 마음이 없다. 가슴 속의 울분과 막막함 때문이다.
황하를 건너자니 얼음에 막혔고 태항산을 오르자니 온 산에
눈이 덮였다. 이백은 인생의 무수한 갈림길에서 망설이며 탄식
하고 있다. 다만 언젠가 순풍에 돛을 달고 거친 파도를 헤치며
바다를 건너는 날이 있을 것이라 스스로를 위로할 뿐이다. 후진
타오가 인용한 이 구절은 고독과 고민이 담긴 말이지만 역시

이백다운 낙관과 기백이 담겨 있다.

4월 20일. 후진타오는 조지 부시 대통령이 주최한 오찬에서 건배 답사를 하며 두보의 시 〈망악望嶽〉의 한 구절을 읊었다.

반드시 정상에 올라
저 낮은 산들을 둘러보리라

會當凌絕頂, 一覽衆山小.

제목인 망악은 산을 바라본다는 뜻이다. 여기서 말하는 산은 태산이다. 태산은 산동성에 있는 산으로 중국의 오대 명산 중 하나다. 우리 시조에도 '태산이 높다하되'라는 구절이 있을 만큼 유명한 산이고 수많은 황제들이 제사를 지내기 위해 정상에 올랐다. 고대 중국인들에게 가장 신령스러운 곳으로 생각된 곳이다. 이 시의 전문은 다음과 같다.

태산은 어떠한가
제나라, 노나라에 푸른빛 끝없네
조물주는 신비한 기운을 모았고
그늘과 양지는 어둠과 밝음을 나눈다
부풀은 가슴엔 층층의 구름이 일고
가늘게 뜬 눈엔 돌아가는 새 들어온다
반드시 정상에 올라
저 낮은 산들을 둘러보리라

岱宗夫如何, 齊魯靑未了. 造化鐘神秀, 陰陽割昏曉. 盪
胸生曾雲, 決眥入歸鳥. 會當凌絶頂, 一覽衆山小.

시성 두보가 25세 때 청년시절 태산을 유람하며 쓴 작품이다. 태산은 제나라와 노나라에 걸쳐 있기 때문에 푸른 초목이 두 나라에 끝없이 이어진다고 말했다. 이는 태산의 광대함을 표현한 말이다. 또 많은 산들이 태산의 정상에서는 낮게 보일 것이라는 말로 태산의 높음을 표현했다. 공자가 태산에 올라 천하가 작다는 것을 느꼈다고 맹자는 말했다. 평지에서는 높다고 생각했던 산도 절대적 경지, 태산의 절정에 서서 보면 그리 큰 산이 아니었던 것이다. 두보는 태산과 같이 절대적인 높이, 최고봉의 경지를 느끼고 싶었던 마음이다.

후진타오는 하루 사이에 이백과 두보의 시를 인용했다. 중국이 자랑하는 최고의 시인 두 사람의 작품이다. 파도를 부수며 바다를 건넌다고 했고 절정에 올라 뭇 산을 굽어보리라고 말했다. 모범생 이미지였던 후진타오로서는 매우 파격적으로 남성적이고 강인한 발언이었다.

파도처럼 높은 양국의 입장 차이

후진타오 주석의 2006년 미국방문은 논란이 많았다. 일단 정상회담을 준비하는 양측의 사전 신경전이 팽팽했고 공식적인 의전행사도 납득하기 어려울 정도로 실수가 많았다.

원래 방문은 2005년으로 예정되어 있었지만 태풍 카트리나 때문에 다음 해로 미루어졌다. 1년이라는 시간차는 정상회담의 분위기에 많은 영향을 주었다. 2005년 미국의 대중국 무역적자가 사상 최고치를 경신했고 2006년 1월에만 179억 달러의 적자를 기록했다. 이런 이유로 중국에 대한 미국의 여론이 악화되기 시작했다. 게다가 2006년 11월 미국의 중간선거가 예정되어 있었기 때문에 부시 행정부는 공격적으로 중국을 대해야 한다는 압박에 시달렸다. 언론들도 중국으로부터 위안화 절상과 지적재산권 보호에 대한 확약을 받아야 한다고 연일 몰아세웠다. 미국이 불량국가로 지목한 이란, 수단 등을 중국이 석유확보를 위해 협력하고 있다고 공격했다.

한편 중국은 미국과의 정상회담을 통해 중국의 위상을 높이려는 의도가 있었고 최고 지도자로서 후진타오의 입지를 다질 필요가 있었다. 또 미국과의 안정적인 협력을 구축하는 것이 지속적인 발전과 성장을 위해 필요했다. 때문에 중국은 애초에 국빈방문state visit을 요구했지만 미국은 동의하지 않았다. 중국이 사전에 대규모 파견단을 보내어 전자, 항공기, 소프트웨어 등 162억 달러의 구매 계약을 체결했음에도 미국이 국빈방문에 동의하지 않은 것은 자국 내 여론에 대한 부담 때문이었다. 결국 한 단계 아래인 공식방문official visit으로 하되 국빈방문처럼 환영식에서 축하예포를 발사하고 영빈관에서 하룻밤 묵도록 했다. 중국의 체면을 고려하여 중국내에서는 국빈방문으로 발표하기로 합의했다. 양국 사이에는 양국의 문제 외에도 북한을 둘러싼

6자회담 문제, 탈북자 문제, 대만 문제, 인권 문제 등 협의해야 할 내용이 많았고 쉽게 합의하지 못할 것이라고 예측되었다.

실제로 후진타오는 미국이 요구하는 문제들에 대해 확답을 피하면서 중국의 입장은 분명하게 피력했다. 이란 및 북한의 핵문제의 해결을 위해 노력하겠다고 했으며 무역불균형의 해소를 위해 중국이 얼마나 성의를 갖고 있는지 장시간 설명했다. 하지만 미국이 원하는 구체적인 조치, 즉 관련법의 제정이나 위안화 절상에 대한 약속은 언급을 피했다.

시애틀의 보잉사 공장을 방문했을 때는 이렇게 말했다. "미국이 중국에서 수입하는 제품의 90%는 더 이상 미국에서 생산되지 않는 것들이다." 무역불균형의 책임이 중국에 있는 것이 아니라는 것이다. 또 오찬에서는 미국과 동등한 입장에서 환율이 안정되도록 노력하겠다고 말했다. 동등하지 않은데도 미국의 압력으로 위안화를 절상하지는 않을 것이라는 의미이다. 그러면서 읊은 것이 이백의 시 "큰 바람타고 파도를 넘는 날 반드시 있으리니 높은 돛 곧게 달고 푸른 바다 건너리라"였다. 중국을 흔드는 파도가 넘실거리지만 중국은 중국의 배를 타고 마이웨이의 행보를 하겠다는 의미가 아니었을까.

의도된 결례였을까

4월 20일 오전, 백악관 남쪽 잔디밭에서 환영행사가 열렸다. 그리고 환영식 도중에 납득하기 어려운 결례가 속출했다. 양국

의 국가가 연주될 때 사회자는 중국을 People's Republic of China
(중화인민공화국)라고 하지 않고 Republic of China(중화민국)라고
소개한 것이다. 후진타오는 졸지에 중국 국가주석이 아니라 대
만의 총통이 되어버렸다. 잠시 후 후진타오 주석이 연설을 할
때 그 자리에 있던 한 여성이 중국의 파룬궁 탄압을 항의하는
구호를 외쳤다. 이 여성은 백악관 출입증을 받고 참석한 미국의
신문사 기자였다. 후진타오는 연설을 잠시 멈추고 난감한 표정
으로 여기자를 바라보았다. 파룬궁은 중국 정부가 위험한 단체
로 규정하고 단속하는 종교조직이었다. 그리고 또 연설을 마친
후진타오 주석이 자리로 돌아갈 때 부시 대통령이 그를 안내하
며 소매를 잡아끌었다. 곧 부시 대통령이 착각이었다는 포즈로
사과하며 상황은 일단락되었고 환영식은 끝났다.

그리 길지 않은 환영식 동안 황당한 해프닝이 연속적으로
발생했다. 의도된 상황이라고 보기에는 치사하고 실수로 보기
에는 너무 큰 결례였다. 한동안 중국에서는 이 환영식이 모욕이
라는 여론이 들끓었다. 정말 의도된 결례였는지는 알 수 없으나
이번 회담이 순조롭지 않으리라는 것을 상징하는 사건이었다.
그리고 후진타오 주석은 두보의 시를 읊은 것이다. 언젠가 높은
산의 정상에 올라, 지금은 높아 보이는 저 산도 내 발 아래 있음
을 확인하겠다는 시를. 세계 최강의 미국도 언젠가는 넘어서겠
다는 오기와 자존심의 표현이었을 것이다.

미국 언론은 이번 회담이 실질적으로 얻어낸 것이 없는 회담
이었다고 평가했고 중국 언론은 '하나의 중국' 지지정책을 이끌

어낸 성과가 있다고 평가했다. 사실 회담에 임하는 양측의 입장 차이가 처음부터 너무나 확연히 달랐기 때문에 구체적인 합의가 도출되거나 양측의 평가가 일치하기는 어려웠다. 다만 후진타오 입장에서는 모범생 스타일로 평가받던 자신의 이미지를 단호하게 자국의 이익을 지키는 이미지로 전환시킨 소득이 큰 방문이라 할 것이다. 그의 파격적인 한시 인용도 이에 일조했다.

한시는 소프트파워 전략이다

2011년 1월 후진타오는 다시 미국을 방문하여 극진한 환대를 받았다. 뉴욕의 거리는 중국을 상징하는 붉은 색으로 물들었고 언론은 이 정상회담을 세기의 담판이라 불렀다. 명실 공히 G2 국가의 정상이 만난 것이다. 오바마는 중국어로 환영의 인사를 전했고 〈관자〉의 한 구절을 인용하며 협력을 당부했다. 그러나 오바마 행정부가 적극적으로 한시외교를 구사할 때 정작 후진타오 본인은 별로 중국 고전을 언급하지 않았다. 튀는 언행을 자제하는 그의 스타일 때문이기도 하지만 한시외교는 또 흥미로운 장소에서 등장했다.

한시를 낭송하는 미국 어린이들

후진타오 주석의 워싱턴 방문 마지막 날, 공식 일정 외에 다소 특별한 일정이 있었다. 미국 어린이들의 방문을 맞이하는 일이었다. 84명의 미국 초등학생들과 학부모, 교사가 버스에서 내려 후진타오가 묵는 호텔로 들어왔다. 흑인, 백인이 섞여있었지만 모두 붉은 티셔츠를 입었고 손에는 중국의 오성홍기를 들고 있었다. 중국 전통복장을 입은 아이도 있었다. 이들은 메릴랜드 주에 있는 볼티모어 국제학교 중문부 학생들이었다.*)

아이들은 호텔 연회실에서 떼를 지어 후진타오 주석을 환영한다는 인사를 하며 중국 동요를 부르고 당시를 낭송했다. 이 장면은 중국 관영방송인 CCTV를 통해 중국에도 보도되었다. 화면에는 한 흑인 남자아이가 맹호연孟浩然의 〈춘효春曉〉를 낭송하는 모습이 나왔다.

봄잠에 빠져 새벽인줄 몰랐더니
곳곳에서 새소리 들려온다
간밤에 비바람 소리 들려오더니
꽃잎은 얼마나 떨어졌을까

春眠不覺曉, 處處聞啼鳥, 夜來風雨聲, 花落知多少.

중국 초등학교 1학년 어문 교과서에 실린 시다. 어린이들도 이해할 만한 수준의 쉽고 상큼한 정서의 시다. 중국 어린이들은 입학하자마자 1학년 때부터 당시를 배운다. 그리고 외운다. 유치원 때부터 배우기도 한다. 말 배우고 성어를 구사하면 부모들

---

* 동영상은 리북출판사 홈페이지(www.leebook.com)에서 볼 수 있다.

이 "야, 이제 성어를 쓸 줄 아는구나"하면서 손뼉치고 그 다음에 당시를 외우면 "이제 시도 외우는구나"하면서 좋아한다. 그러니까 이 미국 어린이가 당시를 암송하는 것은 너무나 중국적인 교육방식인 것이다.

볼티모어 국제학교는 메릴랜드 대학에 설치된 중국 공자학원의 지원을 받는 곳이다. 해마다 많은 운영비와 중국인 교사를 지원받는다. 그리고 교사들은 정기적으로 메릴랜드대학 내 공자학원에서 연수를 받는다. 이 행사에 왔던 어린이들은 4학년 이하로만 선발되었는데 이들은 학교의 모든 교육과정을 중국어로 배운다. 중국 정부가 자국의 문화를 해외에 전파하기 위해 실시하는 정책이다. 국빈방문의 바쁜 일정 속에 굳이 미국 어린이들의 방문을 잡은 것은 공자학원의 중국문화 해외홍보 정책이 후진타오 정부가 주력하는 분야이기 때문이다. 후진타오는 다음날 시카고로 떠났는데 시카고에서도 공자학원이 설치된 월터 페이튼 컬리지 프렙 고등학교를 방문했다. 그가 공자학원 정책을 얼마나 중요하게 생각하는지 보여주는 대목이다.

미국 청소년의 옛 친구가 된 후진타오

볼티모어 국제학교 어린이들은 다시 3월에 주미 중국대사관의 초청으로 대사관을 방문했다. 그 일도 중국의 신문에 보도가 되었다. 이 때 그 어린이들이 대사관에서 했던 공연 중의 하나는 위진남북조 시대의 서사시 〈목란사木蘭辭〉를 낭송하는 일이었다. 〈목란사〉는 월트디즈니사에서 애니메이션으로 제작한 〈뮬란Mulan〉의 원작이라 한국에도 친숙한 작품이다. 목란이라는 여자애가 병든 아버지 대신 남장을 하고 전쟁에 나간다는 이야기로 서사시인 만큼 내용도 길다. 총 62구, 310자의 분량이다. 앞서 소개한 맹호연의 시는 4구, 20자의 짧은 시였는데 〈목란사〉는 300자가 넘는다. 볼티모어 국제학교 어린이들은 1학년 때 이 시를 다 암송한다고 한다. 엄청난 한시교육이다. 그리고 이 방문에서 중국의 병풍, 고대 유물인 '세발 달린 솥', 고대의 명화를 감상하고 그에 대한 설명을 들었다. 중국어 뿐 아니라 중국이 자랑하는 고대 문화전통도 교육의 중점이었던 것이다.

2011년 7월에는 후진타오 주석이 자신의 집무실이 있는 중남해에서 직접 미국 고등학생들을 맞이하는 행사가 보도되었다. 이 학생들은 후진타오가 1월 미국 정상회담 당시 시카고에서 방문했던 월터 페이튼 컬리지 프렙 고등학교의 학생들이었다. 당시 후진타오는 워싱턴에서의 일정을 끝내고 시카고에 도착한 다음날 이 학교를 방문했다. 학생들이 준비한 공연을 관람하고 교실에도 들어가 그들의 수업을 참관했다. 후진타오는 학생들을 격려하면서 여름에 중국으로 초대하겠다고 약속했었다. 그 약속이 이루어진 것이다.

이 학교는 2006년 미국에서 최초로 공자학원이 설치된 학교이다. 보통 공자학원은 대학교에, 공자학당은 중고등학교에 설치되는데 이 학교만 유일하게 고등학교에 공자학원이 설치되었다. 미국 최대 규모의 공자학원이다. 중국의 언론 보도에 따르면 중국 정부는 설립 때부터 이 학교에 경비 80만 달러와 80만 달러 규모의 기자재를 지원해 왔다. 여러 학교 중에서도 각별한 의미가 있는 곳이므로 후진타오가 방문했던 것이다.

북경의 중심가에 북해, 중해, 남해라고 부르는 큰 호수가 있는데 북해는 공원으로 개방을 하고 중해와 남해에는 정치 지도자들의 관저가 있어 중남해라고 부른다. 이곳은 일반인들의 출입이 제한되는 곳이다. 후진타오는 중남해에서 약 20명의 미국 고교생들을 맞아 함께 호수를 둘러보고 산책하며 이야기를 나누었다. 전시실에 들러 중국의 서예, 그림 등도 구경했다. 중국 CCTV 뉴스가 이 소식을 보도했는데 미국 학생들이 모여 서서 후진타오 앞에서 당시 낭송하는 장면을 내보냈다. 중국어를 배우는 학생들이었으니 당연히 중국어로 낭송했다. 후진타오도 합창하듯 따라 읽었다. 그 시는 맹호연의 〈과고인장過故人莊〉이었다.

옛친구 닭 잡고 기장밥 지어
나를 농가로 불렀네
푸른 나무 마을을 둘러싸고
청산은 동구 너머 비껴앉았네
창을 열어 채마밭 마주하며
술을 들고 뽕과 삼 얘기한다
중양절이 오거들랑
다시 국화를 보러오게

故人具雞黍, 邀我至田家. 綠樹村邊合, 靑山郭外斜. 開
軒面場圃, 把酒話桑麻. 待到重陽日, 還來就菊花.

볼티모어 국제학교 어린이가 낭송했던 시도 맹호연의 시였는
데 이 시도 맹호연이다. 맹호연은 생활 소재의 전원시를 많이
썼다. 시어도 구어체에 가까울 정도로 쉽고 평이하다. 또 무엇
보다 전체적인 내용과 스타일이 소박하고 인정미가 느껴진다.
외국인의 한시 입문에 좋은 시다. 미국 학생들과 후진타오는
초면이 아니었다. 미국에서 한 번 만났고 초청받아 다시 만난
자리다. 그래서 옛친구가 오라고 불러서 그 집에 들렀다는 내용
의 시를 골랐다. 우리는 후진타오 당신을 오랜 친구처럼 좋아한
다는 말을 하는 셈이다. 이번 초청을 통해 중국이 만들고 싶은
극적 효과는 이 시낭송을 통해 표현되었다. 북경 시내의 모처에
서 만난 것도 아니고 중남해로 초대했으니 더욱 그러하다. 이들
은 시의 내용처럼 융숭한 대접을 받고 돌아갔다. 후진타오의
모교 타이저우 고등학교도 방문하여 자매결연을 맺었다. TV
뉴스를 시청한 중국인들도 흐뭇했을 것이다.

오바마가 인용한 중국 고전에 "백년의 계획은 사람을 심는
일 만한 것이 없다"는 말이 있었다. 이 말처럼 중국은 백년 후
중국의 이익을 지켜 줄 사람들을 키우고 있다.

세계로 뻗어가는 공자학원

소프트파워soft power라는 말은 미국 국무부 차관보, 국방부 차관 등을 역임한 조지프 S. 나이가 처음 제기한 개념이다. 경제력, 군사력 등 하드웨어적 측면이 아니라 제도와 가치, 문화적 방면의 수준과 능력을 가리키는 말이다. 그 나라의 국력을 가늠하는 지표는 하드파워 뿐 아니라 소프트파워도 중요한 비중을 차지한다. 중국은 최근 소프트파워의 중요성을 인식하고 문화적 방면의 역량을 구축하기 위해 노력하고 있다.

공자학원은 중국의 소프트파워 정책을 대표하는 사업이다. 영국의 '브리티시 카운슬'이나 독일의 '괴테 인스티튜트'처럼 다른 나라에 공자학원을 설립하여 중국어와 중국문화를 보급하고 있다. 최초의 공자학원이 설립된 곳은 2004년 한국 충남대학교였다. 국내에서 2011년 출판된 〈차이나 소프트파워〉(김동하, 헤럴드경제)에 따르면 그간 해외 322개 공자학원에 5억 달러가 넘는 경비가 지원되었을 것이라 추산된다. 그 뿐 아니다. 370여 개의 공자학당도 있다. 중국어와 중국 문화의 보급을 통해 후대의 친중파를 키우기 위한 노력이 엄청나다. 후진타오가 미국을 방문하며 공자학원을 방문하고 거기서 양성된 초중고생을 만나는 것은 중국 정부가 이 사업에 얼마나 치중하고 있는지 보여주는 것이다. 그런데 또 흥미로운 것은 중국이 이 사업을 상징하는 브랜드를 공자로 잡은 것이다. 왜 하필 공자였을까.

현대사 속에서 공자의 이미지는 무척이나 여러 번 모습을 바꾸었다. 청나라 때까지 황제가 제사지내던 성인이었는데 5.4

운동 때와 문화대혁명 시기에는 타도의 대상이 되었다. 무덤이 파헤쳐지고 관련 서적과 비석 등의 문물이 불타고 파괴되었다. 그러다가 후진타오 주석의 시대가 열리고 '평화롭게 우뚝 선다 和平崛起', '조화로운 세계和諧世界 건설'과 같은 외교전략이 제시되면서 공자는 대내외적으로 중국을 선전하는 브랜드가 되었다. 공자는 도덕과 학문의 상징이다. 공자의 〈논어〉에는 인격과 화합, 효도와 충성, 예의와 신의 등 엄숙하고 거룩한 말씀이 넘친다. 자국의 국민들에게 애국심을 고취시키며 사회질서와 통합을 도모하기에 좋다. 또 위험한 국가라는 외국의 시각을 희석시키기에도 적합하다. 덕분에 후진타오 정권에 들어서면서 공자는 화려하게 부활했다.

관영 방송인 CCTV의 프로그램 〈백가강단百家講壇〉에서는 〈논어〉 해설이 전국가적인 반향을 얻으면서 각종 매체에서 많은 전통학술 강좌가 생겨났다. 공자가 다시 위대한 스승으로 추앙받으면서 국가적인 공자 제사의식이 부활했고 고향인 산동성에서는 공자와 관련된 즉석복권까지 등장했다. 2010년 미남 배우 저우룬파周潤發가 주연을 맡은 영화 〈공자〉도 제작되었다. 후진타오는 제작진을 찾아가 만나 공자의 사상과 업적을 세계에 선전할 때라고 격려했다. 2011년 1월에는 9.5m 높이의 공자상이 북경 시내 중심에 세워졌다. 공자가 중국 소프트파워의 브랜드가 된 것이다.

공자도 "시를 배우지 않고는 말을 할 수 없다.不學詩, 無以言"고 말했다. 〈논어〉 전편에서 시를 배워야 한다고 강조하고 있다.

사유와 시는 긴밀하게 연결되어 있다. 시가 사유를 만들고 사유가 시로 표현된다. 공자는 온유돈후한 인품을 강조했다. 분노와 슬픔도 부드럽게 돌려 말할 줄 알아야 한다. 시로 정치적인 메시지를 전하는 화법은 공자의 사상과도 통한다. 속마음을 감추는 중국인들의 이미지와도 닮았다. 한시는 구어체가 아니라서 해석도 자유롭다. 같은 글자가 동사로 쓰이기도 하고 명사로 쓰이기도 한다. 하지만 글자 수도 정해져 있고 내재적인 규칙도 엄격하다. 격식을 중시하되 자유롭게 운용하는 문화적 속성이 시 속에도 담겨 있다. 공자학원 교육생들의 시낭송을 후진타오 주석에게 들려준 것도 공자학원의 중국문화 교육의 심도가 이 정도라고 보여주는 것 같다.

후진타오, 일본에서 한시를 강의하다

후진타오는 쟝쩌민처럼 수시로 한시를 통해 의사전달하는 일을 즐겨하지 않았지만 어린아이들과 한시 낭송하는 모습은 종종 있었다. 미국 방문 이전에는 일본의 화교 초등학교를 방문하여 직접 교단에서 한시를 가르치기도 했다.

2008년 5월 8일. 후진타오는 일본 방문길에 요코하마 야마테 橫濱山手 화교학교를 방문했다. 3학년 한 학급의 어문 수업을 참관하다가 직접 교단으로 올라가 칠판에 쓰여진 이백의 시 〈정야사靜夜思〉를 함께 낭송했다.

침상 앞에 밝은 달빛

땅에 서리가 내렸나 싶었네

머리 들어 밝은 달을 바라보고

머리 숙여 고향을 생각한다

床前明月光, 疑是地上霜. 擧頭望明月, 低頭思故鄕.

이 시는 중국 초등학교 1학년 어문 교과서에 수록된 시다. 누구나 다 알정도로 유명하면서도 쉽다. 감춰진 깊은 속뜻은 없다. 그저 달을 보며 고향을 생각하는 내용이다. 꾸밈없이 담담하고 평범하다. 이게 왜 명시인지 아리송하기도 하다. 딱히 심오한 의미나 절묘한 표현이 있는 것도 아니다. 아마도 이 시는 이백이 썼으니까 명시가 되었지, 다른 사람이 썼다면 조용히 묻혔을 것이다.

"어린이 여러분, 방금 읽은 시는 누가 썼는지 알고 있나요?", "이백은 어느 시대의 사람일까요?", "이백은 왜 이 시를 썼을까요?" 후진타오는 초등학교 선생님처럼 몇 가지 질문을 했고 아이들이 일어나서 대답을 했다. 대답을 잘하는 아이에게 박수를 쳐주기도 했다.

요코하마 야마테 화교학교는 2009년에 화문교육 시범학교로 선정된 곳이다. 공자학원을 통해 그간 해외 중국문화 보급사업이 활발하게 진행되었는데 정작 해외 화교 교육은 소홀했다는 여론 때문에 화문교육 시범학교를 선정하게 되었다. 2009년이 첫 해였고 21개국의 55개 학교가 선정되었다. 한국에서는 서울의 한성화교소학교와 대구화교소학교가 뽑혔다. 그 후 이들 학교는 국무원 화교업무판공실과 중국 해외교류협회의 재정적, 인적 지원을 받았다. 요코하마 야마테 화교학교도 마찬가지다. 이런 배경에서 후진타오가 일본 방문길에 이 학교를 방문하고 수업까지 참관한 것이다.

미국 고등학생들이 후진타오 주석의 집무실을 방문했을 때는 옛친구의 집을 방문한다는 시를 낭송했다. 그런데 이날엔 고향을 생각하는 시를 낭송했다. 일본에서 살고 있지만 너희들은 중국이 고향이고 중국인들이라는 것을 잊지 마라. 이런 메시지를 전하기 위함이다. 대부분의 언론들도 이 시가 써 있는 칠판 앞에서 후진타오가 말하는 장면을 보도했다. 이번 방문의 핵심은 여기에 있다는 것이다.

그렇다. 중국 정부가 해외 교포의 교육을 지원하는 건 훗날 지구촌 곳곳에서 중국의 발전에 함께 할 인재를 양성하는 것이다. 공자학당과 마찬가지의 사업이다. 더구나 이들은 화교이다. 그들에게 한시를 교육하는 것은 감정과 정서를 중국화시키는 일이며 민족적 동질감을 부여하는 교육이다. 후진타오 정부의 소프트파워 전략에는 한시가 유용한 콘텐츠로 활용되고 있다.

4장

언중유골의 한시:
원자바오

박학다식한 학자 총리

원쟈바오溫家寶 총리는 1942년생으로 후진타오 주석과 동갑이다. 후진타오가 국가주석이 되던 2003년 3월 함께 국무원 총리가 되었다. 원쟈바오는 천진 출신으로 대학은 북경지질대학을 졸업했다. 지질대학은 지질 분야의 전문가를 양성하는 대학이다. 쟝쩌민 이후로 과학기술 분야 출신 관료가 많아져 이를 테크노그라트라 부르는데 원쟈바오도 마찬가지다. 1968년 대학 졸업 후 감숙성에서 지질, 광산 분야와 관련된 업무를 맡았다. 그러다가 후진타오를 발탁한 송핑의 추천으로 중앙 정계에 진출했고 탁월한 업무처리 능력으로 덩샤오핑의 인정을 받았다. 정치적 경력이 후진타오와 유사한 점이 많다.

문인 총리 원쟈바오

원쟈바오는 능력도 뛰어났지만 온화하고 겸손한 자세로 중국인들의 사랑을 받았다. 내치를 맡은 총리로서 서민들의 생활 현장을 누비는 모습은 큰 감동을 주었다. 언젠가 그가 서민들을 방문할 때 입었던 점퍼가 10년 전과 같은 것이라는 것을 한 네티즌이 발견했다. 또 그가 신은 밑창이 터진 운동화도 신문기자의 카메라에 포착되었다. 이런 이야기가 알려지면서 원쟈바오는 '영원한 총리' 저우언라이周恩來와 자주 비견되기도 했다.

하지만 또 한 가지 그가 가진 선명한 캐릭터는 '문인 총리'라는 말이 있을 정도로 박학다식한 정치가라는 점이다. 인문학적인 소양과 지식이 풍부해서 대화를 할 때나 연설을 할 때 늘 동서양의 명언을 곁들여 말한다. 그 빈도나 심도로 볼 때 고전에 대한 그의 수준은 쟝쩌민 주석에 못지않다. 중국에서는 그가 구사한 고전 명구만 모아 해설한 책도 출판되었다. 성향이 그렇다보니 최근 중국 지도자 중에 가장 한시외교를 잘 구사하는 인물이기도 하다. 후진타오 주석의 몫까지 대신하는 느낌이다.

외신 기자회견에서 빛나는 학식

자신의 연설에서 고전을 인용하는 것은 미리 준비가 가능하다. 그런데 기자회견이라면 얘기가 다르다. 기자들이 어떤 질문을 할 지 모른다. 외신 기자라면 더욱 그렇다. 그런데 그에 대한 대답을 하면서 고전을 인용한다면 이건 즉흥적인 경우가 많다. 원쟈바오가 기자간담회에서 대답하는 말을 보면 그가 정말 고전에 상당한 내공을 갖고 있음이 느껴진다.

그는 취임 후 첫 기자회견에서 자신의 각오를 임칙서林則徐의 시구로 대답했다. "진실로 나라에 이롭다면 생사를 걸 것이다. 어찌 화복 때문에 따르거나 피하겠는가苟利國家生死以, 豈因禍福避趨之" 개인의 명예를 위해 총리를 하는 것이 아니라 오직 나라를 위해 한다는 마음이다. 한시로 말하니 분위기가 더욱 비장하고 엄숙하다.

또 대만 문제에 대해서는 신해혁명 원로 위여우런于右任의 시 〈망대륙望大陸〉을 인용하여 대답했다.

나를 높은 산에 묻어다오. 고향을 볼 수 있게
고향이 보이지 않으면 영원히 잊지 못하리
나를 높은 산에 묻어다오. 대륙을 볼 수 있게
대륙이 보이지 않으면 통곡할 수밖에
하늘은 푸르고 들판은 아득한데
산 위에서 나라의 아픔을 느끼네

葬我于高山之上兮, 望我故鄉. 故鄉不可見兮, 永不能忘. 葬我于高山之上兮, 望我大陸. 大陸不可見兮, 只有痛哭. 天蒼蒼, 野茫茫. 山之上, 國有殤.

통일은 지극히 당연한 민족의 염원이기 때문에 자신은 총리로서 그 염원을 실현할 것이라는 대답이다.

총리 취임 후 약 1년쯤 지났을 때 신문에 보도된 내용에 따르면 언젠가 기자회견장에서 'computer'라는 말을 한 적 있는데 그가 영어를 사용한 유일한 때라고 한다. 중국어에 '덴나오電腦'라는 단어가 있긴 하지만 컴퓨터를 'computer'라고 부른 정도는 영어를 쓴 것이라 할 수도 없다. 아마도 원쟈바오는 의식적으로 외국어를 사용하지 않는다는 원칙을 세운 것 같다. 대신 중국의 고전과 한시를 구사하는 정도는 점점 많아졌다. 그의 고전 인용 어록을 엮은 책으로는 2010년 출판된 〈온문이아溫文爾雅〉, 2011년 출판된 〈온고지금溫古知今〉 등이 있다. 둘 다 원쟈바오의 성인 '溫'자로 시작하는 제목이다. 온문이아는 원래부터 온화하고 우아한 언행을 가리키는 성어였고 온고지금은 온고지신溫故知新을 패러디한 말이다. '원쟈바오의 고전인용으로 지금을 알자'는 의미일 것이다. 센스있는 제목이다.

민생의 현장에서

원쟈바오는 총리이다보니 민생의 현장을 다니는 일이 많았다. 지진이나 홍수가 나면 현장에서 이재민들의 손을 잡고 굵은 눈물을 흘리는 모습이 자주 보도되었다. 그는 취임 전에 이미 중국의 2,500개 현 중 1,800곳을 방문했다고 한다. 2003년 중국 전역에 사스SARS, 중증급성호흡기증후군가 창궐할 때 마스크도 쓰지 않고 수습을 위해 뛰어다녔다. 일반인들에게 통제된 지역도 수시로 출입하면서 의료진과 환자들을 격려했다. 그 때 4월 29일 원쟈바오는 태국 방콕에서 사스 해결을 위한 동아시아 국가들의 특별회의에 참석하여 〈장자〉의 한 마디를 인용했다.

편안과 위급은 서로 바뀌며
화와 복은 서로에게서 생겨난다

安危相易, 禍福相生.

사스가 지금 무서운 기세로 퍼지고 있지만 반드시 제압될
것이며 이 힘든 시기가 지나가면 반드시 행복이 온다는 메시지
다. 물론 국제사회가 합심하여 힘껏 노력할 것이라는 말도 잊지
않았다. 이 말은 우리가 쓰는 전화위복轉禍爲福이라는 말과 같은
의미이다. 〈노자〉에도 "화는 복이 기대는 바이며 복은 화가 엎
드려 있는 바이다禍兮福之所倚, 福兮禍之所伏"라는 말이 있다. 새옹
지마 이야기에 나오듯 화는 복을 가져오는 단서가 되고 복은
화를 불러일으키는 빌미가 된다.

2008년 5월 사천성 대지진의 현장에서도 원쟈바오의 뜨거운
눈물이 보도되어 전 중국인이 감동했다. 삽시간에 3만 명 이상
이 사망했고 언제 다시 여진이 발생할지 모르는 상황이었는데
원쟈바오는 93시간 동안 현장에 머물며 구조작업을 지휘했다.
사태가 다소 수습된 후인 5월 23일, 원쟈바오는 당시 가장 피해
가 컸던 학교 중의 하나인 북천北川중학을 방문했다. 학교 건물
은 손쓸 수 없이 파손되어 한 기업의 연수시설 마당에 임시학교
를 차리고 있었다. 원쟈바오는 한 3학년 교실에 들어가 칠판에
글씨를 썼다.

국가에 재난이 많으면 백성들이 분발하여 나라를 부흥

시킨다.

多難興邦

　그는 학생들에게 이 네 글자를 기억하라며 재난을 경험한
사람은 더욱 노력해서 새로운 북천중학을 세우라고 말했다. 이
말은 〈좌전左傳〉에 나오는 소공 4년의 기록에 있다. 어떤 나라
는 재난을 많이 당해도 상하가 합심하여 더욱 강성해지는 나라
가 있고, 또 어떤 나라는 재난이나 위기에 직면한 적이 없지만
금세 허약해져서 망한다는 것이다. 원쟈바오는 사람을 감동시
킬 줄 안다.

젊은이들에게

　2008년 12월 원쟈바오는 북경항공항천대학을 방문했다. 중
일 청소년 교류활동의 폐막식에 참가했던 길인데 행사가 끝나
고 도서관을 찾아 그 곳에 있던 대학생들과 즉석에서 대화를
나누었다. 학생들은 졸업 후 취업에 대한 불안감이 많았기 때문
에 주로 학생들의 전공, 세계의 금융위기 추세, 대학생들의 취업
등에 대해 꽤 장시간 대화를 했다. 원쟈바오는 대화 말미에 이런
말을 했다.

　　청산이 있으면 땔감이 없을까 걱정하지 않는다
　　留得靑山在, 不怕沒柴燒

원래는 민간에 내려오는 속담인데 명청 시대 〈초각박안경기初刻拍案驚奇〉, 〈홍루몽紅樓夢〉 같은 소설에 자주 나와 알려졌다. 배경에 이런 이야기가 있다. 옛날 숯 굽는 늙은이가 아들이 둘 있는데 하나는 청산靑山, 하나는 홍산紅山이었다. 그는 숲이 우거진 산을 홍산에게 물려주고 민둥산을 청산에게 물려주었다. 홍산은 열심히 숯을 굽느라 나무를 다 베어 더 이상 쓸 나무가 없었다. 청산은 민둥산을 받았지만 개간과 목축을 계획적으로 잘 해서 부자가 되었다. 그래서 "청산이 남아있으면 땔감이 없을까 걱정하지 않는다"는 말이 생겼다. 그러다 후대로 오면서 기본이 튼튼하면 위기를 맞아도 큰 문제없다는 의미가 되었다.

청산은 위기에 대처하는 지식을 가진 사람이다. 원쟈바오가 대학생들에게 이 말을 한 것은 미래에 대한 대비를 잘 해두라는 당부이다. 그는 미국발 금융위기와 관련하여 구체적인 일자리 계획까지 설명했다. 그 때 중국의 대학 졸업예정자 수는 650만 명 정도였다. 정부는 8%의 성장률을 유지할 계획이었고 이 정도면 900만 명의 취업을 해결할 수 있다고 계산했다. 정부가 대학생 취업에 대해 장려했던 방안은 선취업후택업, 즉 우선 취업을 통해 생활문제를 해결하고 그 후에 전공과 적성에 맞는 업종을 선택하라는 방안이었다. 원쟈바오가 학생들에게 청산 이야기를 한 것 역시 당장 마음에 맞는 일자리를 얻지 못하더라도 장래를 위해 경쟁력을 키워두라는 차원으로 해석된다.

총리의 롤모델은 제갈공명

백성은 물, 권력은 배

　2007년 3월 16일 10회 전국인민대표대회 5차회의 폐막식이
끝난 후 원쟈바오 총리는 인민대회당에서 기자들의 질문을 받
았다. CCTV의 기자가 공직자들의 부패와 비리를 어떻게 척결
할 것인지 질문하자 원쟈바오는 물과 배의 비유를 들었다.

　　물은 배를 띄울 수도 있지만 배를 엎어버릴 수도 있다.

　　水能載舟, 亦能覆舟.

　물은 백성을 비유하고 배는 권력을 비유한다. 물과 배의 비유
는 출전이 오래된 말이다. 춘추전국 시기의 사상서 〈순자荀子〉
에 처음 등장하는데 공자가 한 말로 나온다. 후에 당나라 때
당태종이 신하 위증魏徵과 치국의 이치를 토론할 때 위증이 이

비유를 들어 민본주의를 말했다.

당태종과 그의 신하들은 전대 왕조가 흥성하고 패망했던 원인을 치열하게 고민했고, 그 고민의 기록을 남겼다. 그 내용이 〈정관정요貞觀政要〉에 전한다. 위증의 이 충고를 당태종은 마음 깊이 새겼다. 백성들은 군주에게 권력을 주기도 하지만 다시 권력을 빼앗을 수도 있다. 그건 물이 배를 띄우기도 하고 뒤엎기도 하는 이치와 같다. 백성이 있어야 권력도 있는 것이기 때문이다. 〈정관정요〉에는 이런 구절도 있다. "천자는 도가 있으면 사람들이 추대하여 군주로 삼고 도가 없으면 버리고 쓰지 않으니, 진실로 두려워할 만하다天子者, 有道則人推而爲主, 無道則人棄而不用, 誠可畏也." 백성과 권력의 관계에 대한 당태종의 생각은 유가의 민본주의에 기초한다. 민심의 무서움을 체감하고 있다.

개혁개방 이후 시장경제체제가 가속화되면서 공직자들의 부패문제는 매우 심각한 상황이 되었다. 당 지도부는 중국 사회가 직면하고 있는 여러 가지 문제들 중에서도 부패문제를 해결하지 못하면 인민들의 지지와 신뢰를 잃을 것이라 판단하고 이에 대처했다. 원쟈바오는 이 날 기자들과의 간담회에서 부패의 가장 중요한 원인을 권력의 지나친 집중 그리고 효과적인 견제와 감시 수단의 부재라고 말했다. 반대로 얘기하면 앞으로의 해결 방안을 권력의 분산, 견제와 감시를 강화하는 방향으로 생각하는 것이다. 인민이 정부를 감시하는 방안을 세우겠다는 말도 덧붙였다. "물은 배를 띄울 수도 있지만 배를 엎어버릴 수도 있다"는 말은 후에 당간부 교육의 구호가 되기도 했다.

네티즌과의 대화

2009년 2월 원쟈바오는 네티즌과 온라인으로 대화하며 총리로 근무하는 자신의 마음가짐을 당시로 말한 적 있다.

봄누에는 죽어서야 실을 그만 뽑고
양초는 재가 되어야 눈물이 마른다

春蠶到死絲方盡, 蠟炬成灰淚始乾.

당나라 시인 이상은李商隱의 시 〈무제無題〉의 한 구절이다. 누에는 죽을 때까지 실을 뽑고 양초는 꺼질 때까지 촛농을 흘린다. 생명이 붙어있는 한 자신의 소임을 멈추지 않는다. 원래 이 시는 남녀의 그리움을 노래한 애정시라 이 구절은 끊임없이 상대를 그리워하는 마음을 표현했다. 첫 구에서 '실絲'은 '생각思'과 발음이 같다. 그래서 죽은 후에야 그리움이 멈춘다는 말을 연상시킨다. 원쟈바오가 이 말을 한 것은 누에와 양초처럼 희생하는 마음으로 끝없이 노력하겠다는 말이다. 누에와 양초가 자신의 생명을 바쳐 실과 촛농을 만드는 것을 비유로 들었다. 죽어서야 그친다니 분위기가 너무 엄숙하다.

이 날 네티즌과의 행사는 스튜디오에서 아나운서의 사회로 진행되었다. 총리가 게시판에 올라오는 질문을 노트북으로 보고 마이크에 육성으로 대답하는 방식이었다. 그는 약 50만 개의 질문을 보며 무한한 책임감을 느낀다고 말하며 총리의 직무에 임하는 자신의 마음을 전했다. 그가 인용한 구절은 제갈공명의

〈출사표出師表〉다.

몸을 굽혀 힘을 다하고 죽은 후에야 그만둔다

鞠躬盡力, 死而後已.

제갈공명은 유비가 죽은 후 변함없는 충정을 그의 아들 유선에게 바쳤다. 〈출사표〉는 그가 위나라 정벌을 위해 군사를 낼 때 황제에게 올린 글이다. 제갈공명은 출사표를 두 번 올렸는데 이를 각각 〈전출사표〉, 〈후출사표〉라 부른다. 위의 구절은 〈후출사표〉에 나온다. 앞뒤의 문맥은 다음과 같다. "신은 몸을 굽혀 목숨을 다하고 죽은 후에야 그만둘 것입니다. 성공과 실패, 이로움과 해로움은 신의 안목이 거슬러 볼 수 있는 바가 아닙니다.臣鞠躬盡瘁, 死而後已. 至於成敗利鈍, 非臣之明所能逆睹也" 멋진 비유나 화려한 수사가 있는 말이 아니다. 신하의 간절한 충성이 진심으로 느껴지기 때문에 감동적이다. 전임 총리 주룽지朱鎔基도 이 말을 애용했다. 이 구절도 죽은 후에야 그만 둔다는 말이 들어 있다.

제갈공명은 실질적인 촉한의 권력자였지만 선주와의 약속을 지켜 끝까지 승상의 위치에서 유선을 보필했다. 그의 위상과 능력으로 보았을 때 자신이 황제가 되는 것도 어려운 일은 아니었다. 하지만 그는 의리를 지켜 영원한 승상으로 남았다. 유선에 대한 의리가 아니라 죽은 유비에 대한 의리였다. 승상은 "일인지하, 만인지상一人之下, 萬人之上"의 자리다. 13억 인구 중국의 총리도 마찬가지다. 총리로서 원쟈바오의 롤모델은 제갈공명처럼 보인다. 본인이 그렇게 말한 적은 없지만 그가 인용하는 〈출사표〉를 들은 사람은 자연히 그런 생각이 들 것이다. 왜냐하면 원쟈바오와 제갈공명은 저우언라이를 매개로 유사한 이미지를 갖고 있기 때문이다. 세 사람은 사심없이 국가와 백성을 위해 헌신한 재상의 모범이기도 하거니와 그런 총리를 갖고 싶은 사람들의 욕구도 투영되어 있다.

저우언라이 총리와 제갈공명은 일찍부터 중국인들에게 비교 대상이었다. 타고난 지략으로 일국의 재상의 된 점, 강력한 카리스마의 군주를 보필하여 개국공신이 된 점, 멸사봉공의 정신으로 백성들에게 존경을 받았던 점 등이 비교의 초점이었다. 1998년에는 〈저우언라이와 제갈공명의 인격 매력 비교〉라는 논문도 발표되었다. 그리고 원쟈바오는 저우언라이와 자주 비견된다. 천진天津 남개南開중학 동문이라는 공통점도 있다. 저우언라이는 강소성에서 태어났지만 천진 남개중학에서 공부를 했고 원쟈바오는 천진에서 태어나 남개중학을 졸업했다. 두 사람은 모두 천진이 자랑하는 위인이다. 물론 총리로서 두 사람의 유사한 스타일이 가장 큰 공통점이다.

이 날 네티즌과의 대화에서 원쟈바오는 경제현황이나 사회문제에 대한 구체적인 이야기도 많이 했고 반응도 좋았다. 다음날한 언론은 "탄성기도, 평민온도坦誠氣度, 平民溫度"라는 타이틀로 보도했다. 진실한 자세와 분위기 그리고 평민처럼 소박하고 포근한 '온도'라는 의미다. 원쟈바오 총리의 성인 '온溫'자를 살려 제목을 지었는데 그의 이미지와 잘 어울린다.

이상은李商隱 〈무제無題〉

만남도 어렵지만 헤어짐도 어려워
춘풍이 약해지니 꽃들이 시듭니다
봄누에는 죽어서야 실을 그만 뽑고
양초는 재가 되어야 눈물이 마릅니다
새벽녘 시름하나니 거울 속 흰머리는 날로 성글어져
깊은 밤 읊조리다 찬 달빛에 잠이 깹니다
봉래산 가려해도 길이 없으니
파랑새야 살며시 날 위해 찾아가주렴

相見時難別亦難, 東風無力百花殘. 春蠶到死絲方盡, 蠟炬成
灰淚始乾. 曉鏡但愁雲鬢改, 夜吟應覺月光寒. 蓬山此去無多
路, 靑鳥殷勤爲探看.

이 시는 제목이 없는 시가 아니라 이상은 스스로 〈무제〉라고 이름을
붙인 시다. 이상은은 당나라 말기의 시인인데 15세에 옥양산에 들어가
도교의 학문을 배웠는데 그 때 송화양이라는 여인과 알게 되어 사랑에
빠졌다. 이상은은 마음의 격정을 주체하지 못하고 시에 담았는데 공개
된 사랑이 아니었기 때문에 시의 내용도 알쏭달쏭한 구절이 많다. 이상
은은 〈무제〉라는 제목으로 20편의 시가 있는데 이 시 역시 그 여인에
대한 마음을 적은 애정시로 보인다. 이 시는 여성 화자의 형식을 취하
여 매우 감성적이고 섬세한 마음을 표현했다. 죽어서야 실뽑기를 그치
는 누에처럼, 재가 되어서야 눈물을 그치는 촛불처럼 자신의 사랑은
죽어서야 그칠 것이라는 독백은 너무나 애틋하고 가엾다.

중국 위협론에 대응하는 논리

　중국의 고속성장을 주변국들은 불안한 눈으로 바라보기 시작했다. 패권국가가 되어 일방적으로 중국의 이익만을 추구하는 것은 아닌지, 모든 문제가 힘의 논리로 처리되는 것이 아닌지, 충분히 불안하고 걱정스러운 문제다. 중국도 이런 시각을 의식하여 수차 평화발전에 대한 비전을 제시했다. 2003년 11월 해남도에서 열린 보아오 포럼에서 원자바오가 말한 내용도 마찬가지다.

　　복숭아나무 오얏나무는 말하지 않아도
　　그 아래로 자연히 길이 생긴다

　　桃李不言, 下自成蹊.

　오얏은 자두의 다른 말이다. 복숭아나무, 오얏나무는 아무 말도 하지 않아도 꽃과 열매가 좋아 사람들이 찾는다. 그러다 보니 자연스럽게 그 아래로 길이 나게 된다. 조용히 자신의 소임을 다하다보면 자연히 다른 사람들에게 인정받게 되다는 말이다. 이 구절은 사마천의 〈사기史記·이장군열전李將軍列傳〉에 나온다. 이장군은 한나라 때 장수 이광李廣이다. 그는 지략에 능하여 전쟁에서 많은 공을 세웠다. 청렴하고 정직하여 자신의 공을 내세우지 않았으며 부하들을 자식처럼 아꼈다. 그는 후에 작전실패의 책임을 지고 자살했는데 병사들 뿐 아니라 그를 아는 사람들은 모두 남녀노소 할 것 없이 크게 통곡했다고 한다. 사마천은 이광을 평가하면서 위의 구절을 적었다.

원자바오가 다시 이 말을 인용한 것은 중국이 아시아와 세계를 위해 묵묵히 노력할 것이라는 메시지다. 큰소리치지 않고 조용히 자신의 역할만 하다보면 아시아 국가들의 발밑에는 넓은 길이 생길 것이라는 말도 덧붙였다.

공자와 노자를 동시에 인용하다

2006년 4월 3일, 호주를 방문한 원자바오 총리는 환영만찬에서 〈평화발전의 길을 유지하며 세계 평화와 번영을 촉진한다〉는 제목의 연설을 했다. 제목 그대로 중국은 평화적인 발전의 길을 갈 것이라는 내용이었고 공자와 노자의 구절을 동시에 인용했다.

"자기가 원하지 않는 바를 남에게 베풀지 말라.己所不欲, 勿施於人", "이롭게 하되 해치지 않으며 위하되 다투지 않는다.利而不害, 爲而不爭" 이 말은 중화민족의 천하관념과 도덕이성의 품격을 반영하고 있습니다.

첫 번째 구절이 공자 〈논어〉의 내용이고 두 번째 구절이 노자 〈도덕경〉의 내용이다. 노자는 사마천의 〈사기〉에 약간의 행적이 기록되어 있지만 구체적인 근거는 없다. 160세까지 살았다고도 하고 200세까지 살았다고도 한다. 노자가 썼다고 전해지는 책은 〈노자〉, 또는 〈도덕경〉이라는 제목으로 불린다. 상, 하편으로 되어 있는데 상편의 내용이 도道로 시작하고 하편의 내용이 덕德으로 시작하기 때문에 도덕경이라고도 부른다. 위에서 인용한 구절은 원래 "하늘의 도는 이롭게 하되 해치지 않으며 성인의 도는 위하되 다투지 않는다天之道, 利而不害. 聖人之道, 爲而不爭."로 되어 있다. 반기문 UN 사무총장이 2011년 6월 23일 UN총회에서 연임수락 연설 중에 이 말을 인용하기도 했다. 국제적인 갈등과 분쟁을 조정하여 세계 평화를 유지해야 하는 직무에 너무나 적합한 말이다.

공자는 자기를 억제하고 예를 회복하는 것을 인격의 완성으로 보았다. 자신의 신분과 위치에 벗어나는 행위를 하지 말아야 타인을 배려할 수 있고 사회의 조화를 이룰 수 있다. 노자의 사상은 공자와 반대되는 면이 많다. 노자는 인위적인 제도와 행위를 부정하며 무위無爲를 주장했다. 세상의 일은 본래 그러한 이치대로 흘러간다. 사물의 이치인 물리物理나 세상의 이치인 사리事理나 모두 하나의 '도道'로 귀결된다고 생각했다. 이런 관점에서 보자면 공자가 말하는 행위들은 모두 인위적인 것이라 따를 필요가 없다. 노자의 사상은 히피적인 면을 갖고 있다. 그런데 위에서 인용한 구절을 보면 두 사상이 출발점은 다르지만 같은 이야기를 하고 있다. 공자와 노자는 중국 전통사상의 두 축인 유가사상과 도가사상의 종주이다. 원쟈바오는 중국의 전통이 원래부터 이타적이고 조화를 지향한다고 말하기 위해 이 두 구절을 인용했다.

원쟈바오의 연설은 전세계가 중국의 부상을 불안한 마음으로 지켜보는, 이른바 '중국위협론'을 해소하기 위한 것이었다. 중국위협론은 1990년대 초반부터 미국을 중심으로 제기된 개념이다. 중국이 급속도의 성장을 배경으로 전세계에 대한 미국의 주도력과 영향력에 도전할 것이라는 논리이다. 미국이 가장 신경쓰는 부분은 경제적인 면과 군사적인 면이다. 이에 대해 중국은 중국의 부상이 세계의 경제발전과 평화에 기여할 것이라는 책임대국론으로 반박했다. 2003년 말 마오쩌둥 탄생 110주년 기념대회에서 후진타오가 '화평굴기和平崛起'론을 제시한 것도 같은 맥락이다. 이 말은 이후 중국의 새로운 외교방침이 되었는데 굴기라는 말이 혹 주변국에 자극이 될 수 있음을 우려하여 다음 해부터는 '평화발전和平發展' 개념을 사용했다.

원쟈바오는 연설을 통해 중국이 평화발전의 길을 선택한 것은 득실을 계산한 것이 아니라 역사문화 전통이 원래 그렇다는 점을 강조했다. 〈논어〉와 〈도덕경〉은 중국 역사에서 가장 오래된 가치판단의 기준이자 만인의 바이블이었다. 사상은 대립적인 위치에 있지만 이 날 한 자리에서 중국의 입장을 대변했다.

아프리카는 오랜 친구

2009년 11월 8일 원쟈바오는 이집트에서 열린 중국과 아프리카의 합작 관련 회의에 참석하여 양측의 우호와 협력을 강조하는 연설을 했다. 역시 명언을 자주 인용하는 화법대로 아프리카와 중국의 속담을 연설에 포함했다.

> 아프리카에 "혼자 가면 빨리 가고 함께 가면 멀리 간다"는 속담이 있습니다. 중국에는 "길이 멀어야 말의 힘을 알고 시간이 오래 지나야 그 사람의 마음을 본다 路遙知馬力, 日久見人心"는 속담이 있습니다. 중국과 아프리카가 협력을 통해 진취적으로 나아가고 이익을 같이 하면 우리는 새로운 기회를 잡을 수 있습니다.

가까운 길을 가면 말이 힘이 좋은지 아닌지 알 수 없다. 먼 길을 가봐야만 안다. 사람도 마찬가지다. 처음에는 누구나 다 친절하고 예의바르지만 시간이 지날수록 본성이 나온다. 게으른 사람, 이기적인 사람, 야비한 사람, 무례한 사람. 어떤 사람인지는 오래 사귀어봐야 알 수 있다. 이집트는 아프리카에서 가장 먼저 중국과 수교

한 나라였다. 1956년에 수교했다. 오랜 친구라고 할 만하다. 원쟈 바오는 이 날 '오랜 친구'라는 말을 여러 번 사용했다.

그날 오후 기자회견장에서 한 외신 기자가 물었다. 중국의 아프리카 투자가 자원침탈, 특히 석유 수급에 목적을 둔 '신식민주의' 정책이 아니냐고. 중국으로서는 매우 민감하고 핵심을 찌르는 말이었다. 중국은 고속성장을 구가하면서 원자재가 필요했고 아프리카에 진출하기 시작했다. 아프리카는 석유, 우라늄 등 에너지 및 천연광물 자원을 중국에 제공하며 대규모 투자와 차관을 얻었다. 1989년 천안문 사건 직후 서구 국가들이 중국에 등을 돌릴 때 중국은 더욱 적극적으로 아프리카로 진출했다. 2009년 국내에서 번역 출판된 〈차이나프리카〉(세르주 미셸·미셸 뵈레 저, 이희정 역, 에코리브르)에는 중국의 아프리카 진출에 대한 생생한 사례가 등장한다. 중국은 아프리카 에너지 수출량의 13%를 수입하고 있으며 중국 에너지 수입의 30%는 아프리카에서 충당한다. 도로, 철도, 항만 등 개발에 필요한 인프라를 구축하는 것도 중국 기업이었다. 중국과 아프리카 국가 간의 무역불균형은 심각한 상황이고 서구 국가들은 이를 위협적인 시각으로 바라보고 있다.

이에 대한 원쟈바오의 대답은 중국과 아프리카의 교류는 전방위적인 것이며 이미 오랫동안 진행되었다는 논리였다. 그는 금융위기의 영향 아래에서도 중국의 아프리카 투자가 증가한 점, 학교와 병원 건설, 의료진 파견 등의 원조로 수억 명의 아프리카인들이 혜택을 받았다는 점, 중국과 아프리카의 교류는 이미 반세기가 넘었다는 점을 들며 반박했다. 또 중국의 최대 석유 수입국도 아프리카가 아니고 아프리카 석유의 최대 투자국도 중국이 아닌데, 왜 세계는 중국을 질시하는지 모르겠다고 말하며 이것이 아프리카인들의 의견인지 서구인들의 의견인지 반문했다. 유럽의 국가들이 일찍이 아프리카에서 식민지를 개척했던 일을 꼬집는 지적이다. 원쟈바오는 당시의 한 구절을 읊으며 대답을 마무리했다.

> 오래된 사귐은 황금과 같아
> 백 번 담금질해도 변색되지 않고
> 새로운 사귐은 거센 강물과 같아
> 갑자기 흙먼지가 생겨난다
>
> 故交如眞金, 百煉不回色. 今交如暴流, 倏忽生塵埃.

인용문은 당나라 관휴貫休의 〈고의古意〉 9수 중의 한 수이고 원쟈바오는 앞의 두 구절을 인용했다. 관휴는 승려로 시서화에 모두 능했고 신라인들과도 교류가 많았던 사람이다. 중국과 아프리카의 우정은 황금처럼 견고하고 변색되지 않는 깊은 단계라는 얘기다. 중국이 아무 이익 없이 아프리카를 원조할 리는 만무하다. 아프리카는 경제발전에 필요한 에너지 자원의 수급처이자 중국 저가 상품의 광활한 소비시장이다. 하지만 원쟈바오는 아프리카를 우정의 대상으로 비유했고 중국과의 관계를 변치않는 신의로 포장했다. 미국, 유럽 국가들의 아프리카 투자와 차별화시키는 화법이었다.

아우에게 전하는 형의 경고

중국 지도자들이 대만문제에 대해 언급할 때 인용하는 고전 명구는 주로 형제애, 가족애에 호소하는 내용들이다. 원쟈바오도 마찬가지다. 2004년 춘절에는 왕유의 〈구월구일억산동형제九月九日憶山東兄弟〉의 한 구절 "명절이 오면 친지들 생각 더하네 每逢佳節倍思親"를 읊었다. 이 시는 쟝쩌민이 1999년 마카오 반환 경축기념식에서 인용했는데 그 때 유명해진 것은 "산수유 머리에 꽂으며 한 사람 적다 하겠지遍插茱萸少一人" 구절이었다. 홍콩, 마카오 다 돌아왔는데 대만이 아직 못 돌아왔다는 의미였다.

그걸 의식했는지 원쟈바오는 다른 구절을 인용하며 대만에 대한 형제애를 강조했다. 또 그해 전인대에서는 "사백만이 함께 통곡했다. 작년 오늘 대만이 쪼개졌네四百萬人同一哭, 去年今日割臺灣"를 인용했다. 청말 시인 구봉갑丘逢甲의 시 〈춘수春愁〉의 일부분이다. 이 때는 대만 총통 선거를 며칠 앞둔 시점이었다.

대만독립을 주장하는 민진당 천수이볜이 재선에 도전하는 선거였다. 춘절을 앞두고 인용했던 시만큼 정답지는 않다.

형의 권력에 도전한 아우의 비극적 최후

2005년 3월 14일 제10회 전인대 제3차 회의가 끝난 후 원쟈바오는 국내외 기자들 앞에서 다음과 같은 구절을 인용했다.

옷감이 한 자면
꿰매어 함께 입을 수 있고
곡식이 한 말이면
빻아 함께 먹을 수 있다

一尺布, 尙可縫, 一斗粟, 尙可舂.

이 구절은 〈사기 회남형산淮南衡山열전〉에 나오는 말이다. 한문제 때 회남왕 유장이 모반을 하여 유배를 명했더니 분을 못이겨 자결했다. 민간에서는 위의 구절을 말하며 형제가 서로 받아들이지 않는 일을 풍자했다. 한문제와 회남왕은 형제였던 것이다. 가난하게 살아도 우애가 좋으면 작은 천조각도 함께 옷을 해 입고 적은 곡식도 절구질하여 나눠 먹는다. 원문에는 이 뒤에 "두 형제가 서로를 받아들이지 않네兄弟二人不能相容"라는 말이 이어진다. 원쟈바오는 이 말을 빌려 "대만동포들이 어찌 받아들이지 않겠나"라고 했다.

한혜제 사후 아우 유항이 제위에 올랐다. 그 때 유방의 아들은 유항과 유장 둘 뿐이었다. 그 중 형 유항이 황제가 되고 아우 유장은 회남왕으로 봉해졌다. 유장이 권력을 남용하고 전횡을 할 때도 유항은 유장을 문죄하지 않았다. 유장이 흉노, 민월과 결탁하여 모반을 하다 발각되었을 때, 신하들은 사형을 건의했지만 유항은 아우를 죽이지 않았다. 촉군으로 유장을 유배시키며 미녀 10인을 하사하고 매일 술과 고기를 보냈다. 유배를 가는 도중 유장은 치욕을 이기지 못하고 음식을 거절하여 자결했다. 기원전 174년의 일이었다.

이 날 중국 정부는 대만의 독립 저지를 위해 〈반분열국가법〉을 통과시켰다. 2000년 민진당의 천수이볜陳水扁이 대만 총통에 당선된 후 적극적으로 대만독립의 분위기를 조성하며 대륙에 대한 적대감을 표현하자 중국 정부도 강경책을 쓴 것이다. 〈반분열국가법〉은 말 그대로 국가의 분열을 막기 위해 제정된 법안이다. 이 법안의 핵심은 국가분열의 상황이 발생했을 때 국무원과 중앙군사위원회가 '비평화적인 수단'을 먼저 사용하고 추후에 보고할 수 있다는 내용이었다. 쉽게 말해서 군사적 행동, 무력을 동원한 공격을 한다는 말이다. 이 법안은 대만통일에 대한 중국 정부의 단호한 의지를 보여주는 것이다. 대만 뿐 아니라 대만을 지원하는 미국에 대해 경고의 의미도 담고 있다. 찬성 2,896표, 반대 0표, 기권 2표로 압도적으로 통과했다. 대만은 "중국이 공격하면 우리도 상해와 삼협댐을 폭격하겠다"고 공언했고 첨단전투기와 미사일의 투입태세를 갖추었다. 미국도 지역

긴장을 고조시키는 행위라고 중국을 비난했다. 대만해협엔 긴장감이 감돌았다.

원쟈바오가 이 구절을 인용한 것은 사이좋은 형제가 되자고 좋은 말로 권유하는 것이 아니다. 이 구절의 배경은 형의 권력에 도전했던 아우의 비극적인 최후 이야기다. 더구나 아우는 이민족과 결탁하여 형에게 도전했다. 미국의 지원을 받으며 독립을 시도하는 대만을 비유하고 있다. 중국은 형이고 대만은 아우다. 원쟈바오는 이 구절로 대만에게 단호한 경고를 하는 것이다. 너도 비극적인 최후를 맞을 수 있다고.

삼통은 역사적 운명

2007년 3월 16일 전인대 5차회의가 끝나고 원쟈바오는 내외신 기자들 앞에서 유우석劉禹錫의 시 한 구절을 인용했다.

배가 가라앉은 자리에도 배들은 지나고
시든 나무 곁에서 온갖 나무들이 봄을 맞네

沈舟側畔千帆過, 病樹前頭萬木春.

이 시는 당나라 시인 유우석의 시 〈수낙천양주초봉석상견증酬樂天揚州初逢席上見贈〉의 일부분이다. 유우석은 과거에 급제하여 관직에 오른 후 정치개혁에 참여했으나 반대파의 공격으로 좌천당했다. 백거이白居易는 자가 낙천樂天이라 백낙천이라고도 알려졌는데 유우석과는 오랜 친구이다. 좌천되어 지방을 전전하다 백거이를 만나 술을 마시는데 백거이가 먼저 시에 적었다.

재주와 명성 늘 좌절당하는 줄 알지만, 23년 그대의 좌절은 너무 많네.

亦知合被才名折, 二十三年折太多.

유우석이 지방으로 좌천되어 다닌 시간이 모두 23년이었던 것이다. 유우석이 이에 답시를 쓰면서 위의 구절을 적었다.

침몰한 배와 시든 나무는 유우석 자신이다. 하지만 침몰한 배가 있다고 그 길로 배가 못 다니는 것은 아니다. 시든 나무가 있다고 일대의 나무가 모두 시드는 것도 아니다. 배가 가고 봄이 오는 것은 막을 수 없다. 비록 유우석 자신은 침몰한 배와 시든 나무처럼 초라한 처지지만 친구인 백거이는 새로 운항하는 배처럼, 봄을 맞은 나무처럼 성공할 것이라는 말이다. 그리고 그러한 희망은 봄이 오고 배가 지나는 것처럼 필연적이고 자연스러운 것이라는 축복의 마음도 담았다.

원쟈바오가 이 구절을 인용한 2007년은 중국 정부가 삼통三通 정책을 밀어붙이고 있을 때다. 삼통은 통항通航, 통상通商, 통우通郵, 즉 직항개통, 교역개방, 우편왕래를 의미한다. 중국은 이 정책을 70년대 후반부터 추진해왔지만 대만이 계속 거부했다. 흡수통일을 하기 위한 전략이라고 판단한 것이다. 그렇지 않아도 대만은 중국 대륙에 대한 경제의존도가 높아지고 있었기 때문에 대륙의 삼통정책을 경계했다. 원쟈바오는 이 시구를 인용하면서 삼통의 전면적인 실시는 막을 수 없는 추세라고 말했다. 배가 가는 것, 봄이 오는 것을 인력으로 막을 수 없는 것처럼 대륙과 대만의 교류는 점점 활발해지고 있으며 더 큰 발전을 위해 이 조류를 막아서는 안 된다는 것이다. 결국 다음 해인 2008년 11월 4일, 협상 체결로 삼통의 시대가 시작되었다.

이 날은 유독 원쟈바오가 고전 명구를 많이 인용했던 날이다. 민생에 관해서는 현대시인 아이칭艾靑의 시구 "꽃 피는 대지에게 물어 보세요/ 얼음 풀리는 강물에게 물어 보세요請問開花的大地/ 請問解凍的河流"라는 구절로 무엇보다 인민들의 생계가 해결되어야 한다고 대답했다. 또 중국과 일본의 관계에 대해서는 "멀리있는 이를 모시려면 가까운 곳을 먼저 정리하고, 화를 피하려면 먼저 원망을 없애야 한다召遠在修近, 避禍在除怨"는 〈관자管子〉의 한 구절을 인용했다. 공직자들의 부패 문제에 대해 "물은 배를 띄울 수도 있지만 배를 엎어 버릴 수도 있다.水能載舟, 亦能覆舟"는 말을 한 것도 이 날이었다.

원망을 덮는 친족의 정

2010년 3월 14일, 11회 전인대 폐막식 후 기자회견에서 대만 문제에 대한 질문에 답하며 〈좌전〉의 한 구절을 인용했다.

형제는 작은 원망이 있더라도 친족의 정을 없애지 못

한다.

兄弟雖有小忿, 不廢懿親.

〈좌전〉은 춘추시기 노나라의 역사를 기록한 책이다. 〈춘추좌씨전〉, 〈좌씨전〉이라고도 부른다. 공자가 편찬했다고 전해지는 〈춘추〉라는 책을 좌구명左丘明이 해석한 책이기 때문에 좌씨라는 말이 들어간다. 역사기록이라 단락이 누구 몇 년, 이런 식으로 나누어지는데 위의 구절은 희공 24년의 기록이다.

주나라 천자 양왕襄王은 정나라가 활나라를 공격하자 중재를 위해 백복과 유손백을 파견했다. 그런데 정나라의 정문공은 주나라에 묵은 감정이 있어 그의 말을 듣지 않고 백복과 유손백을 가두었다. 양왕은 격분하여 이민족인 적인狄人을 동원하여 정나라를 공격하려고 했으나 신하 부신이 반대했다. 위의 구절은 부신이 반대하면서 했던 말이다.

시에 "아가위 꽃 울긋불긋 아름답지 않은가. 지금 사람들 중에 형제만한 이가 없네常棣之華, 鄂不韡韡. 凡今之人, 莫如兄弟"라 합니다. 또 시의 4장에서는 "형제가 담장 안에서는 다투어도 밖에서는 함께 남의 업신여김을 막는다兄弟鬩于牆, 外禦其務"는 말이 있습니다. 이와 같이 형제는 작은 원망이 있더라도 친족의 정을 없애지 못합니다.

부신은 〈시경〉의 시를 인용하여 양왕에게 간곡히 진언했다. 정나라는 제후국이니 친척이고 적은 오랑캐이니 남이다. 지금 작은 원망을 참지 못하고 친족의 정을 폐하면 장차 큰 후회를 하게 될 것이라고 부신은 말했다. 공이 있는 자에게 상을 주는 것, 친족을 아끼는 것, 신하를 가까이 하는 것, 어진 이를 존중하는 것이 가장 큰 네 가지 덕행인데 정나라는 아껴야 할 친족이라는 것이다. 그러나 양왕은 부신의 말을 듣지 않고 오랑캐인 적인에게 의지하다 화를 당한다. 지원하러 온 적인들은 도리어 천자인 양왕을 공격했고 양왕이 황후로 맞이한 적인 추장의 딸이 감소공과 사통하여 감소공을 새로운 황제로 옹립했다. 쫓겨난 양왕은 정나라의 도움을 받아 피신했다. 형제를 공격하려고 오랑캐의 힘을 빌린 자의 최후다.

원쟈바오는 중국과 대만이 추진 중인 경제협력기본협정ECFA에 대해 이야기하며 이 구절을 인용했다. 중국과 대만이 형제라는 사실을 각인시키려는 의도다. 또 이 구절의 뒷면에 숨어있는 이야기를 빌려 미국보다 중국과 협력해야 한다는 메시지를 전하고 있다. 2008년 취임한 대만 총통 마잉주馬英九는 이전 민진당 정부와 다르게 친중국적인 성향을 표방했고 대만경제의 활성화를 위해 교류를 강화했다. 대만의 대륙에 대한 수출의존도는 이미 40%를 넘어섰다. 대만으로서도 급속도로 확장되는 대륙 시장을 선점하기 위해 이 협정에 적극적일 수밖에 없었다. 이전 시기의 교류촉진은 주로 대륙이 제안했지만 주로 정치적인 내용이었고 대만은 거부했다. 하지만 경제적 이익과 관련된 사안이다 보니 대만도 적극적이었다. 경제협력기본협정은 상품무역, 서비스무역, 투자보장, 분쟁해결 등 포괄적이고 종합적인 협정으로 양측의 활발한 교역을 이끌어낼 협정이었다.

원쟈바오는 이 협정이 대만에게 이익을 주기 위한 것이라는 것을 여러 번 강조했다. 사실상 정치적 통일 이전 단계로서 경제적 통일을 도모하는 과정이니 중국의 의도대로 가고 있다. 하지만 형제이기 때문에 특별한 혜택을 준다는 듯한 말투다. 그런데 2005년 3월 인용한 "옷감이 한 자면 꿰매어 함께 입을 수 있고, 곡식이 한 말이면 빻아 함께 먹을 수 있다一尺布, 尚可縫 一斗粟, 尚可春"는 구절처럼 이 이야기의 배경에도 외세에 기댔다가 불행을 맞은 결말이 숨어 있다. 미국을 염두에 둔 말이다.

찢어진 두 장의 그림

이 날 원쟈바오는 이야기의 말미에 그림 이야기를 꺼냈다.

> 원대에 황공망黃公望이라는 화가가 있었습니다. 그는 유명한 〈부춘산거도富春山居圖〉를 79세에 그리기 시작하여 완성한 후 얼마 지나지 않아 세상을 떠났습니다. 몇 백 년 동안 이 그림이 돌아다니다 유실되었습니다. 하지만 저는 절반이 항주 박물관에, 다른 절반은 대만 박물관에 있다고 알고 있습니다. 저는 이 두 폭의 그림이 하나로 다시 합쳐질 수 있기를 희망합니다. 그림도 이와 같은데 사람은 어떻겠습니까.

대단하다. 중국과 대만이 형제라는 것을 강조하는 데 그치지 않고 정서적으로, 문화적으로 통일을 상징하는 이야기를 만들어냈다. 스토리텔링 기법이 통일 마케팅에 사용된 것이다. 통일 이야기가 경제적, 사회적 효과라는 논리로 전달되었다면 사람들의 머리에 기억될 것이다. 하지만 옛이야기에 담겨 전해진다면 마음속에 담길 것이다. 그리고 시간이 지날수록 더 순수하고 아름다운 이야기로 느껴질 것이다.

황공망은 원래 육씨였는데 집안이 가난하여 황씨 집안에 양자로 들어갔다. 일찍부터 신동으로 소문이 났지만 원나라가 과거를 폐지하는 바람에 벼슬길에 나갈 방법이 없었다. 평생 고생하며 살다가 늙어서 고향인 절강성 부춘강 주변의 가을풍경을 화폭에 담았다. 그는 82세에 〈부춘산거도〉를 완성했고 이 그림은 중국의 10대 명화가 되었다. 이 그림이 둘로 나누어진 것은 청대 초기다. 이 그림을 소장하던 운기루의 주인 오홍유는 이 그림을 너무 사랑한 나머지 임종하면서 태워달라고 유언을 남겼다. 다행히 그림은 타다가 조카 오정암이 구해냈는데 둘로 나눠지고 말았다. 그림은 두루마리 형식이고 앞부분은 51.4㎝로 절강성박물관에, 뒷부분은 639.9㎝로 대만 국립고궁박물관에 있다. 청나라 황실 소장품이었다가 쟝졔스를 따라 대만으로 건너간 것이다.

우리나라에도 철원에 가면 승일교라는 다리가 있다. 이름이 왜 승일교인지 의견이 분분하지만 그 중 하나는 이승만의 승과 김일성의 일을 따서 승일교라고 지었다는 설도 있다. 북한이 절반 정도 짓다가 6.25가 발생했고 휴전 후에 남한이 나머지를 지었다는 다리다. 자세히 보면 양쪽의 모양도 조금 다르다. 6.25때 순국한 박승일 연대장을 기념하는 이름이라는 설명이 다리 입구에 설치되어 있으니 이 말이 더 정설일 것이다. 하지만 분단의 아픔과 통일의 염원을 위한 스토리텔링으로는 첫 번째 설이 더 애틋하고 감동적인 효과를 만든다. 분단과 통일에 대한 마음은 연기처럼 실체가 없는 것이지만 다리는 실체다. 볼 수 있고 만질 수 있고 직접적인 느낌을 준다. 원쟈바오의 〈부춘산 거도〉 이야기도 마찬가지다.

원쟈바오의 이야기는 곧 현실이 되었다. 2011년 6월 1일부터 9월 25일까지 대만 국립고궁박물관에서 〈산수합벽−황공망과 부춘산거도 특별전시회〉가 열린 것이다. 대륙의 절강성박물관이 소장하던 앞부분을 빌려와 합벽 전시가 성사되었다. 한국인인 나는 이 상황이 부럽다. 그리고 2010년 6월 29일 중국과 대만도 충칭에서 경제협력기본협정을 최종 체결했다. 양안의 그림도 만나 하나가 되었고 경제도 통합에 다가섰다.

유우석劉禹錫 〈수낙천양주초봉석상견증酬樂天揚州初逢席上見贈〉

파촉의 강산은 처량한 땅
이십 삼년간 이 몸을 버려두었네
옛 친구를 생각하며 문득 문적부를 읊나니
고향에 돌아가면 도끼자루 썩듯 변했겠지
배가 가라앉은 자리에도 배들은 지나고
시든 나무 곁에서 온갖 나무들이 봄을 맞네
오늘 그대의 노래자락 한 곡 들으며
잠시나마 술잔에 기대 우울한 마음 달래네

巴山楚水淒涼地, 二十三年棄置身. 懷舊空吟聞笛賦, 到鄕翻
似爛柯人. 沈舟側畔千帆過, 病樹前頭萬木春. 今日聽君歌一曲,
暫憑杯酒長精神.

당나라 중기의 문인 유우석과 백거이는 양주에서 우연히 만났다.
제목에 나오는 낙천樂天은 백거이의 자이다. 그래서 백거이는 백낙천이
라고도 부른다. 술자리에서 백거이가 먼저 〈취증유이십팔사군醉贈劉二
十八使君〉이라는 시를 적었다. 뛰어난 재능을 가진 유우석이 평생 한직
을 떠돌며 정치적 좌절을 거듭한 것을 위로하는 내용이었다. 위의 시는
백거이 시에 대한 화답으로 지어졌다. 시의 파촉은 지금의 사천성 지역
이다. 유우석이 이곳에서 관직을 했기 때문에 처량한 땅이라 말한 것이
다. 원문의 "聞笛賦"는 위진 시기의 일화에서 유래했다. 향수向秀라는
사람이 죽은 친구 혜강, 여안의 옛집을 지나다가 이웃사람이 부는 피리
소리를 듣고 감상에 빠져 〈사구부思舊賦〉를 지은 일이 있다. 또 도끼자
루 이야기는 우리나라에도 널리 알려진 것처럼 진나라 왕질이라는 나
무꾼이 산에 나무하러 갔다가 두 동자가 바둑 두는 것을 구경했는데
바둑이 끝나고 보니 도끼자루가 썩었더라는 이야기다. 유우석은 이
고사를 차용하여 고향을 떠난지 오래되었음을 말한다. 이 시에서 유명

한 구절은 "배가 가라앉은 자리에도 배들은 지나고/ 시든 나무 곁에서 온갖 나무들이 봄을 맞네"이다. 자신은 가라앉은 배처럼, 시든 나무처럼 불우한 처지지만 친구인 백거이는 새로운 배와 나무처럼 순조로울 것이라 기원하는 표현이다.

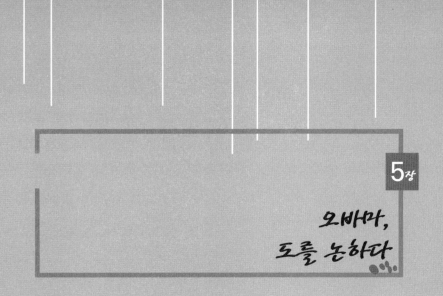

5장

오바마,
도를 논하다

오바마가 인용한 맹자의 오솔길론

2009년 7월 27, 28일 양일간 미국 워싱턴에서는 미국과 중국의 전략경제대화Strategic Economic Dialogue가 열렸다. 중국 측에서는 후진타오의 특별대표이자 국무원 부총리인 왕치산王岐山, 국무위원 다이빙궈戴秉國가 방문했고 미국에서는 대통령 버락 오바마와 힐러리 클린턴 국무장관, 재정부 장관 티머시 가이트너 등이 이들을 맞았다. 이 회의는 부시 행정부 시절이던 2006년 양국이 맺은 협의에 따라 1년에 두 차례씩 미국과 중국에서 교대로 개최하기로 한 행사이다. SED라고도 부른다. 이날 오바마를 비롯한 미국 행정부의 수뇌들은 중국인의 마음을 움직이기 위해 적극적으로 중국 고전을 인용했다.

오바마의 〈맹자〉외교

먼저 오바마가 〈맹자孟子〉의 한 구절을 인용했다.

> 수천 년 전, 중국의 위대한 철학자 맹자가 말했습니다. "산 속 오솔길도 잠깐만 다니면 금새 길이 되지만 한동안 다니지 않으면 금새 잡초에 막혀버린다.山徑之蹊間, 介然用之而成路, 爲間不用, 則茅塞之矣" 우리의 임무는 우리의 미래 세대를 위해 길을 개척하는 것입니다. 서로의 불신과 어쩔 수 없는 입장의 차이로 인해 소통의 길이 잡초에 뒤덮이지 않도록 우리가 함께 가야 할 여정을 항상 기억해야 합니다.

고전의 한 구절로 의사를 표현하는 중국 외교의 특성을 오바마가 대중국 외교에 활용한 것이다. 백악관은 오바마가 던질 중국 고전 구절을 오랜 시간 고민했을 것이다. 그리고 소통을 오솔길에 비유한 이 말로 결정했다. 미국의 입장에서는 중국을 설득하여 금융 부문의 개방과 무역불균형 완화를 이끌어내는 것이 중요한 과제였고 그러기 위해서는 위안화의 가치절상을 요구해야 했기 때문에 계속 '동반자', '협력'과 같은 우호적인 말들이 필요했다. 그런 의미에서 맹자의 오솔길론은 매우 효과적이었다. 고전에 대한 중국인들의 자긍심을 만족시켰을 뿐 아니라 좋은 동반자가 되자는 메시지도 분명하게 전달했다. 힐러리 클린턴 국무장관도 중국의 속담을 인용했다.

사람의 마음이 모이면 태산도 옮길 수 있다.

人心齊, 泰山移.

힐러리 역시 미국과 중국이 긴밀한 협력을 통해 국제 문제들을 풀어가자고 제안한 것이다. 여기서 끝이 아니었다. 티머시 가이트너 재무장관도 말했다.

비바람 속에서 한 배를 타고 있다.

風雨同舟

가이트너는 세계적 금융위기를 극복해야 하는 두 나라의 동지적 관계를 강조했다. 힐러리의 말이 대중적인 속담이었던 반면 가이트너의 말은 네 글자의 성어였기 때문에 한층 고급스러운 표현이다. 이 말은 〈손자孫子〉에 나오는 말로 원문은 다음과 같다. "오나라 사람과 월나라 사람은 서로 미워한다. 하지만 한 배를 타고 물을 건널 때 바람을 만나면 왼손과 오른손처럼 서로를 구한다.夫吳人與越人相惡也, 當其同舟共濟, 遇風, 其相救也如左右手" 오월동주吳越同舟, 오나라 사람과 월나라 사람이 한 배를 타다라는 말도 여기에서 나왔다. 회담의 분위기는 당연히 화기애애했고 중국 언론들도 이 흐뭇한 광경을 실시간으로 대서특필했다. 다이빙궈 중국 국무위원이 "양국 관계가 더 아름다운 미래를 열 수 있겠느냐"고 자문한 뒤 "예스 위 캔Yes we can"이라고 자답한 것도 이러한 분위기의 연속선상에 있었다. "예스 위 캔Yes we can"은 다름 아닌 오바마가 대통령 후보였던 시절 사용했던 선거구호였다. 시로 양국의 상황을 인용하던 춘추 시기 '부시언지 賦詩言志' 외교가 재현된 순간이다.

오바마가 감춰둔 말

그런데 오바마가 〈맹자〉의 구절을 인용하면서 소통을 강조하고 있지만 사실 더 하고 싶은 말이 있었던 것은 아닐까 싶다. 원문을 보면 오바마의 말 뒤에 이야기가 더 있다.

지금 잡초가 그대의 마음을 막고 있다.

今茅塞子之心矣

이 구절까지 듣고 보면 오바마가 인용한 구절이 사실 그렇게 호의적인 말이 아니라는 것을 알 수 있다. 산 속의 오솔길은 자주 다니다보면 길이 되지만 안 다니면 잡초에 뒤덮인다. 그런데 당신의 마음은 풀에 뒤덮인 길처럼 소통을 거부하고 있다는 의미이다. 이 말은 원래 맹자가 고자高子에게 한 말이다. 고자는 맹자의 제자로 이전에도 시에 대한 해석을 너무 경직되게 한다고 핀잔을 들은 적이 있는 사람이다. 물론 오바마는 이 대목은 말하지 않았다. 하지만 오바마의 참모들이 뒷이야기를 모르고 맹자의 오솔길 이야기를 원고에 올리지는 않았으리라.

몇 년간 계속되는 위안화 절상의 요구에도 중국은 요지부동의 자세로 '필요에 따라 주도적으로 결정한다'는 원칙을 견지하고 있었다. 당신들이 소통을 거부하고 있다는 말은 자신의 원칙을 양보하지 않는 중국에게 미국이 너무나 전하고 싶은 메시지였을 것이다. 오바마 정부 출범 당시에도 미국에서는 이 미중 전략경제대화를 계속 할 것인지에 대해 논쟁이 있었다. 반대했던 일각에서는 이 대화가 실제로 효과적으로 중국을 움직이지 못하고 있다고 주장했다. 그리고 중국이 '조화세계'론을 제기하며 국제사회에 영향력을 발휘하면서도 지나치게 자국의 이익만 추구한다는 비난도 있었다. 그들은 경제적인 면에서만 중국과 협력하고 기타 문제, 즉 중국의 인권이나 대만, 북한과의 관계 등의 문제에 대해서는 계속 중국을 압박하는 것이 바람직하다고 생각했다. 이는 부시 정부의 중국 정책을 계승하는 것이다.

하지만 오바마는 대통령 당선 직후부터 중국과의 '지속적인 대화와 교류'를 강조했고 주중 대사로 존 헌츠먼 주니어를 임명하면서 이렇게 말했다. "나는 단순히 미국인과 중국인의 행복만이 아니라 세계의 미래를 결정할 두 나라의 교류 증진보다 더 중요한 과제는 없다고 생각한다."

미국식 한시외교의 묘미

두 나라가 수교를 시작한 30년 전을 생각해보면, 아니 후진타오가 외교적 결례를 받아가며 부시를 방문했던 3년 전과 비교해도 놀라운 변화가 아닐 수 없다. 오바마는 중국과 종합적인 문제들을 논의할 수 있는 파트너 관계로 발전해야 한다고 생각한다. 이 회의의 명칭도 전략과 경제를 논하는 대화이다. 이전의 미국 대통령들이 주로 술자리의 축사로 중국 고전을 인용했던 것에 비하면 이날 오바마가 인용한 맹자의 오솔길론에는 훨씬 심도 있는 메시지가 담겨 있다.

방문한 중국 지도자를 극진하게 모신다고 해서 양국의 현안이 해결되기는 만무하다. 힐러리도 전략경제대화 직전 〈월스트리트저널〉에서 항상 양국의 해결방안이 일치할 수는 없으며 서로의 입장 차이를 솔직하게 인정해야 한다고 글을 쓴 바 있다. 오바마의 연설은 극복해야 할 문제들에 대한 복잡한 마음이 담겨 있었던 것으로 보인다. 미국의 파트너가 되어달라는 요청의 메시지를 전하면서도 교류의 오솔길이 막히지 않도록 마음의 잡초를 걷어달라는 요구가 오바마 정부의 속마음이었을 것이다. 결례를 피해 이 말은 생략했지만 미국으로서는 충분히 입장을 전달했고 한시외교의 묘미를 세련되게 구사했다. 대부분의 중국 언론이 생략된 뒷 구절에 대한 분석을 피한 것도 미국식 한시외교의 방식을 수긍했기 때문이다.

최고 의전의 정상회담

2011년 1월 후진타오 주석은 미국을 국빈방문했다. 이 정상회담을 언론에서는 '세기의 담판'이라고 보도했다. 2006년 방문에서 모욕에 가까운 대접을 받은 중국이 최고의 의전과 대우를 받으며 미국과 만난 것이다. G2, 차이메리카 등 중국을 표현하는 새로운 용어들은 그간 격상된 중국의 위상을 보여준다.

그야말로 격세지감

후진타오의 방문을 앞두고 워싱턴에는 성조기와 중국의 국기 오성홍기가 나란히 게양되었다. 방문 하루 전 날엔 뉴욕 타임스 스퀘어 광장의 6개 전광판에는 '중국을 경험하라'는 제목의 중국 홍보영상이 방영되었다. 이 영상물은 상하이의 한 광고회사가 제작한 것으로 피아니스트 랑랑, NBA 농구선수 야오밍, 중국의 첫 우주인 양리웨이 등 유명한 중국인들이 등장한다. 뉴욕의 거리는 온통 붉은색으로 치장되었다. 붉은색은 중국의 상징이다.

후진타오를 맞은 오바마는 환영식에서 붉은 넥타이를 맸고 영부인 미셸 오바마도 만찬에서 붉은 드레스를 입었다. 예전과 같이 국빈방문이냐 공식방문이냐를 놓고 신경전을 하지도 않았다. 정상회담을 앞두고 백악관의 사적 공간인 '올드 패밀리 다이닝룸'에서 양측 정상 포함 6인만 참석하는 비공개 만찬을 갖기도 했다. 오바마는 중국의 정상을 맞아 최고의 정성과 성의를 표현한 것이다. 후진타오는 미국 경제전문지 〈포브스〉가 선정한 2010년 세계에서 가장 영향력있는 인물 1위로 선정되기도 했다.

양국 정상은 회담에서 양국의 직면한 문제, 즉 미국과 중국의 무역불균형과 군사협력, 위안화 절상 등의 문제도 다루었지만 환경과 테러, 이란과 한반도 문제 등 전세계적 질서와 안보 관련 문제들도 논의했다. 향후 20년간 전세계를 주도해야 한다는 책임감을 공유한 것이다. 이 회담은 중국이 이러한 역할을 할 수 있도록 미국이 요청하는 자리였다. 5년 전 부시대통령 시절의 방문과 비교하면 그야말로 격세지감을 실감하는 방문이었다.

한시 속의 아름다운 마을

이제 양국 회담에서 미국 정치인들이 한시외교를 펼치는 것은 더 이상 생소한 일이 아니었다. 예전에는 주로 건배사에서 한시를 인용하며 덕담을 건네는 정도였지만 이제는 연설 속에서 적극적으로 자신의 생각을 중국의 속담, 성어, 한시에 담아 표현한다.

힐러리 클린턴 미국 국무장관은 그동안 중국 인사들과의 만남에서 적극적으로 한시외교를 구사했다. 2009년 2월 북경을 방문하여 기후변화와 에너지 절약 등 환경문제를 논의하면서는 〈주자가훈朱子家訓〉에 나오는 한 마디 "목마른 뒤에야 우물을 파지 마라勿臨渴而掘井"는 구절을 인용했다. 또 2010년 5월 상하이 엑스포에 방문했을 때 다음과 같이 말했다.

중국 남송 시대의 시에 "첩첩 산과 넘실거리는 물결에 길이 없는 줄 알았으나 버들가지 짙푸르고 꽃이 환하더니 또 하나의 마을山重水復疑無路, 柳暗花明又一村"이라는 구절이 있습니다. 지금 우리는 마침내 우리들의 아름다운 마을에 왔습니다. 나는 너무나 기쁩니다.

힐러리가 인용한 시는 남송 육유陸游의 칠언율시 〈유산서촌遊山西村〉의 일부이다. 산서촌이라는 마을을 노닐며 적은 시다. 육유는 평생 만 수의 시를 썼다고 자부하는 시인이다. 워낙 다작이다보니 다양한 주제와 풍격의 시를 남겼는데 이 시는 도연명, 맹호연의 뒤를 잇는 전원시라 할 수 있다. 속세와 떨어져 소박하게 살아가는 마을의 모습을 그렸다. 손님이 오면 익은 술을 꺼내고 돼지를 잡는다. 마을엔 인정미가 넘치고 사람들은 우애가 넘친다. 도연명이 그려낸 도화원처럼 이 마을은 세상에서 멀리 떨어져 있다. 첩첩 산을 지나 겹겹의 강을 지나야 들어갈 수 있다. 저 곳엔 마을이 없겠지 하는 곳에 자리잡고 있다. 어두운 동굴을 지나다가 갑자기 환해지며 새로운 세상이 펼쳐진 듯한 묘사다.

힐러리가 말한 우리들의 마을은 우호와 협력이 펼쳐지는 중미관계를 말한다. 그동안의 중미관계는 산 너머 산, 강 너머 강처럼 계속 사건이 터졌고 긴장과 화해를 반복했지만 이제는 진정한 동반자가 되었다는 말이다. 중국과 미국의 관계는 지금을 위해서 첩첩의 산을 넘었고 겹겹의 강을 건너왔다는 표현이다. 이 구절은 원쟈바오 총리가 평소 애용하는 구절로 유명하다.

정상회담을 앞둔 2011년 1월 14일, 힐러리는 미국 국무원에서 연설을 하며 중국과 미국의 관계를 '동주공제同舟共濟'라는 중국 성어로 표현했다. 한 배를 타고 물을 건넌다는 말이다. 티머시 가이트너 재무장관이 2009년 미중전략경제대화에서 했던 '풍우동주風雨同舟'와 같은 말이다. 같은 배를 탄 운명이란 말로 정상회담을 앞둔 두 나라의 동지적 관계를 강조했다.

오바마의 〈관자〉외교

2011년 1월 19일 백악관 잔디밭에서 열린 환영식에서 오바마는 중국어 인사를 준비했다. "환잉꺼웨이라이따오메이궈, 환잉!

여러분이 미국에 오신 것을 환영합니다, 歡迎各位來到美國, 歡迎" 또 중국어를 배우는 자신의 딸 샤샤를 후진타오에게 따로 소개하기도 했다. 중국의 언론도 오바마가 중국어로 인사한 일을 매우 흥미롭게 보도했다. 외교적 관계를 넘어 나는 당신과 개인적으로 친구가 되고 싶다는 마음을 전한 것이다.

저녁 만찬에서 오바마는 미국과 중국 양국 국민의 축복을 기원한다는 말과 함께 〈관자管子〉의 한 구절을 인용했다.

일년의 계획은 곡식을 심는 일 만한 것이 없고 십년의 계획은 나무를 심는 일 만한 것이 없으며 백년의 계획은 사람을 심는 일 만한 것이 없다.

一年之計, 莫如樹穀. 十年之計, 莫如樹木. 百年之計, 莫如樹人.

〈관자〉라는 책은 춘추전국 시대 제나라 정치가였던 관중과 그의 제자들의 언행, 사적을 기록한 책이다. '관포지교'라고 말할 때 나오는 관중과 포숙의 그 관중이다. 위의 구절은 〈권수權修〉편에 나오는 말인데 주로 교육의 중요성을 가리키는 말로 사용된다. 곡식을 심으면 일 년 후에 수확을 하고 나무를 심으면 십 년 후에 결실을 맺지만 사람을 교육시키면 백 년 후가 든든하다. 이 말처럼 교육이란 당장의 이익을 바라는 일이 아니라 먼 훗날을 대비하는 사업이다. 이 말은 원쟈바오 총리가 2005년 11월에 북경에서 열린 유네스코 교육 관련 지도자회의에서 한 연설에 등장한다. 아마도 미국 행정부 참모들은 원자뱌오의 어록을 많이 참고하는 모양이다.

오바마는 이 말을 통해 양국이 백 년 후까지 우호와 협력을 통해 잘 발전해 가자는 말을 전했다. 2009년의 전략경제대화에서 미래세대를 위해 소통의 길을 만들자고 한 것처럼, 양국의 협력이 당장의 이익을 추구하는 것이 아니라 장기적인 계획으로 이루어져야 한다는 말이다. 또 그 해 중국을 방문했을 때도 〈논어〉의 "온고이지신溫故而知新"을 인용하여 연설했다. 과거를 잘 살펴 앞으로의 새로운 일을 잘하자는 의미다. 우리가 온고지신이라고 부르는 이 성어는 원래 온고와 지신 사이에 '而'자가 하나 더 있는 말이었다. 오바마의 화법은 장구한 과거와 미래를 즐겨 말하는 중국인의 취향을 겨냥하고 있다.

오바마가 이 구절을 인용한 후 중국에서는 이 이야기가 시사적인 화제가 되었다. 강소성의 빙차 고등학교에서는 이 사례를 시험문제로 출제하기도 했다. 오바마가 환영만찬에서 〈관자〉의 한 구절을 인용했는데 그와 유사한 철학적 의미를 가진 문장은 어떤 것인지 선택하는 문제였다. 중국인들은 외국의 정상들이 중국의 문화와 사유방식을 학습하는 것을 흐뭇한 마음으로 지켜보며 높아진 중국의 위상을 실감하는 것이다. 오바마가 중국어로 이 말을 하지 않는 것이 아쉽다는 말이 신문에 나올 정도로 말이다.

역대 미국 대통령들의 한시외교

오바마가 인용하는 중국 고전은 대부분 철학 서적에서 나온 명구들이다. 아마도 대통령의 입장에서 보다 심도있는 내용을 전달하려니 참모들이 철학서를 뒤지는 모양이다. 이전의 미국 대통령들이 주로 연회에서 건배사로 한시를 읊었던 것에 비하면 한층 수준이 높아졌다. 역대 대통령들도 중국을 방문할 때는 한시 한 구절 준비해오는 것을 잊지 않았다.

1972년 2월 닉슨 대통령이 중국을 방문했을 때다. 저우언라이 총리가 주최한 만찬에서 닉슨은 마오쩌둥이 지은 사 〈만강홍滿江紅·화곽말약동지和郭沫若同志〉의 한 구절을 읊었다.

많은 일 예로부터 급했나니
천지는 돌고 세월은 바삐 흐른다
만 년은 너무나 오래,
시간을 다투어야 하리

多少事, 從來急. 天地轉, 光陰迫.
一萬年太久, 只爭朝夕.

아침저녁朝夕은 한시에서 매우 짧은 시간을 가리키는 말이다. 정세가 급박하니 분초를 다투어 투쟁해야 한다는 내용이었다. 원래 회담 도중에 하려고 준비된 말이었는데 닉슨이 갑자기 만찬에서 써버렸다. 원고에 없는 말이다 보니 중국 측 통역이 한참을 듣다가 마오쩌둥의 사라는 것을 알고 급하게 통역했다.

닉슨은 마지막 구절을 "seize the day, seize the hour."라고 끝냈
는데 통역이 끝나자 마지막 구절을 이어서 "지금이 그 때입니
다. 지금은 우리 양국 국민을 위한 날입니다.This is the hour. This
is the day for our two people."라고 말을 맺었다. 닉슨은 백악관 통역
이자 참모였던 프리먼C. Freeman의 제안으로 이 구절을 준비했
다. 함께 연합하여 소련을 견제하자는 의도를 전하고 싶었던
것이다. 미국과 중국이 연합하면 소련을 고립시킬 수 있고 냉전
국면에도 변화가 온다. 그리고 중국은 미국의 손을 잡고 국제무
대로 진출할 수 있다. 국제질서에 대한 미국의 구상이 담긴 메시
지였다.

1981년 8월 지미 카터 전 대통령이 북경을 방문했을 때다.
그는 임기 내에 중국을 방문하지 않다가 퇴임한 후에야 방문했
다. 재임 기간 자신은 방문을 피하면서 덩샤오핑의 방문만 종용
해서 중국에서는 카터를 고집쟁이라고 비꼬았다. 그는 비행기
에서 내리자마자 "세상 어수룩한 이가 무더위에 남의 집을 찾아
왔네今世褦襶子, 觸熱到人家"라는 시를 인용했다. 8월이라 폭염 속
에 방문했다는 말을 하려고 이 시를 고른 듯 한데 알려지지
않은 시라 외교부 직원들도 당황했다. 인터넷도 없을 때니 전체
시의 내용을 알려면 정부산하 문학연구소에 전화를 걸어 물어
보는 수밖에 없었다. 하지만 오후 늦은 시간이라 연구소에 사람
이 없었고 겨우 문학연구소에서 발간하는 학술지〈문학유산〉
의 편집실과 통화가 되었다. 알고 보니 이 시는 당시가 아니라
진나라 때 정효程曉가 쓴〈조열객嘲熱客〉의 일부였다. 시의 내용

도 더운 날 찾아온 손님을 조롱하는 가벼운 내용의 시였다. 카터의 유머감각도 조금 특별했고 생뚱맞은 유머에 당황한 외교부 직원들도 안쓰러웠던 해프닝이었다.

1984년 4월 로널드 레이건 대통령은 북경 방문 첫날, 환영만찬에서 당시를 인용했다.

세상 어딘가에 벗이 있다면
하늘 끝에 있어도 이웃과 같네

海內存知己, 天涯若比隣.

당나라 왕발王勃의 시 〈송두소부지임촉주送杜少府之任蜀州〉의 일부분이다. 왕발이 벼슬하러 가는 친구와 헤어지며 쓴 시의 일부분인데 특히 이 구절은 매우 유명하다. 원문에서 사용한 '지기知己'라는 말은 '나를 알아주는 사람'을 말한다. 친구와 같은 말이다. "선비는 자기를 알아주는 사람을 위해 목숨을 바치고 여인은 자기를 사랑해주는 이를 위해 용모를 가꾼다士爲知己者死, 女爲悅己者容"는 말이 〈전국책〉에 나온다. 여인에게 사랑이 생명의 가치라면 선비에게는 지기를 만나는 것이 생명의 가치다. 이 구절에는 시인이 그런 인생의 동지에게 전하는 아쉬움과 의연함이 동시에 느껴진다.

이 구절이 너무 가볍다고 생각했는지, 아니면 보수주의자인 자신에 대한 이미지를 바꾸고 싶었는지 레이건은 다음 날 〈주역〉의 한 구절을 인용했다. "두 사람이 마음을 합치면 그 날카로움이 금도 자른다二人同心, 其利斷金"는 말이었다. 〈주역〉은 〈역경〉이라고도 부르며 〈시경〉, 〈서경〉과 함께 중국의 삼경에 속한다. 사서삼경이라 부르는 그 삼경이다. 수준 높은 모습을 보이고 싶었다면 성공적인 선택이었다. 2006년 프랑스의 시라크 대통령도 중국을 방문했을 때 〈주역〉의 이 구절을 인용했었는데 그는 〈논어〉의 한 구절이라고 말했다. 시라크 대통령도 중국의 한시를 자주 인용하는 사람이지만 너무 공부를 열심히 하다보니 헷갈렸던 모양이다.

1998년 클린턴 대통령은 중국을 방문하며 바로 서안西安으로 갔다. 클린턴이 재집권한 다음 해였고 미국이 중국을 포용한다는 모습을 보여주려는 방문이었다. 서안은 진시황의 병마용이 있는 곳으로 중국의 고도이다. 북경이나 상해로 가지 않고 고도인 서안으로 간 것도 중국의 전통문화를 존경한다는 모습을 보이려는 전략이었다. 서안의 고성에서 전통방식으로 입성 의식을 거행하고 클린턴은 다소 무거운 내용의 이야기를 던졌다.

위대한 길을 걸어갈 때 하늘 아래 모든 이들은 평등해질 것입니다.

When the great way is followed, all under heaven will be equal.

이 말은 〈예기禮記〉에 나오는 "큰 도가 행해질 때 천하는 공공의 것이었다大道之行也, 天下爲公"를 영역한 것이다. 중국에서 국부로 존경받는 손문은 이 말을 평생의 신념으로 받들었다. 그가 이 구절을 쓴 글씨도 매우 유명하다. 〈예기〉에는 공자가 한 말로 기록되어 있는데 큰 도가 행해지던 시절에는 모두가 천하를 공적인 것으로 생각하여 남의 아이와 노인도 함께 돌보고 재물도 사적으로 취하지 않았다는 내용이다. 그런데 번역을 하다 보니 '대도大道'는 '위대한 길'이, '공公'은 '평등'이 되면서 내용도 약간 바뀌었다.

이틀 후, 클린턴은 북경에서 열린 만찬에서 "우리 모두는 각자의 방식으로 맹자의 사상을 받들고 있다"고 하며 〈맹자〉의 한 구절을 말했다.

> 한 마을의 뛰어난 선비는 그 마을의 뛰어난 선비와 벗하며 천하의 뛰어난 선비는 천하의 뛰어난 선비와 벗한다.
>
> ―鄕之善士斯友一鄕之善士, 天下之善士斯友天下之善士.

이 말은 일상적 언어라 번역에 어려운 부분이 없어 영어로도 의미전달이 무난했다. 원문에 반복구가 있으니 낭송할 때도 리듬감이 좋다. 인재끼리 친구가 된다는 말이다. 미국이 중국을 파트너로 받아들인다는 표현이며 친구 하자고 손 내미는 제스처다. 클린턴의 한시외교는 수준이 높다. 이 때부터 미국 대통령들은 중국과의 외교에 철학서에서 문구를 찾기 시작했다.

클린턴의 뒤를 이은 부시 대통령도 〈서경書經〉의 말을 인용한 적 있다. 2005년 11월 중국 방문길에 들른 일본에서 민주와 자유에 대한 연설을 할 때였다.

백성을 친근히 대하되
낮추어 대하면 안 된다.
백성은 나라의 근본이니
근본이 견고해야 나라가 평안하다.

民可近, 不可下. 民惟本邦, 本固邦寧.

〈서경〉은 〈상서〉라고도 부르며 〈시경〉, 〈주역〉과 함께 삼경의 하나이다. 민주에 대한 이야기라면 이 구절은 너무나 원론적이고 훌륭하다. 중국의 많은 민본주의 사상가들이 이 말을 섬겼다. 공자, 맹자, 사마천, 왕안석, 주희가 그렇다. 부시는 수준 높은 문구를 골랐지만 중국 시인의 말이라고 소개했다. 이건 틀렸다. 〈서경〉은 중국에서 가장 오래된 역사서이다. 편찬연대에 대한 학설도 분분한 책이다. 중국 고전에 대한 식견은 아들 부시가 아버지 부시만 못하다. 아버지 부시는 국무성 베이징 연락사무소 소장으로 근무한 경력이 있어 상황에 맞는 중국의 명문과 한시를 잘 구사했다. 1989년 중국 방문에서는 "옛사람들이 심은 나무에서 뒷사람들이 서늘함을 누린다前人栽樹, 後人乘凉"는 중국 속담을 인용하여 10년 전 중국 개혁개방의 결실을 지금 누리기 시작했다고 말했다. 장강삼협을 언급하면서 이백의 시 〈조발백제성早發白帝城〉을 인용하기도 했다.

아들 부시는 외교석상에서 언행이 가벼워 실수가 많았던 사람이다. 중국을 가볍게 대한 만큼 중국 고전을 인용하면서도 꼼꼼하지 못했다. 원쟈바오 총리가 환영사로 당나라 사공서司空曙 시의 한 구절 "강해에서 옛친구와 이별한 후, 산천 너머로 몇 해가 지났던가故人江海別, 幾度隔山川"를 읊을 때도 그는 별 대답이 없었다. 오히려 말이 너무 길어 점심 식사가 늦어진다며 빨리 끝내달라고 재촉했다. 이에 비하면 중국 고전을 인용하며 출처를 잘못 말한 정도는 애교로 봐줄만 하다.

전임 대통령들이 주로 인사말로 중국 고전을 인용했던 방식에 비하면 오바마 행정부의 한시외교는 대단히 심도있고 치밀하다. 그만큼 중국에 접근하려는 필요성이 절실하기 때문이다. 전통문화에 대한 자부심이 넘치고 고전 속에서 지혜를 얻는 중국인들의 특성을 파악한 것이다. 중국에는 좋은 건배사 문구를 모아놓은 책도 많다. 중국인들은 논리보다 진심을, 이성보다 감성을 중시한다. 하지만 그 진심과 감성을 잘 포장할 수 있는 반듯한 격식도 꼭 필요하다고 생각한다. 이런 책에서 소개하는 멋진 문구는 대부분 고전을 인용하면서 시작한다. 고전의 지혜가 현대 중국인들에겐 사유방식의 상당한 비중을 차지하기 때문이다. 오바마의 한시외교에 중국인들이 감동하는 이유도 여기에 있다.

육유陸游 〈유산서촌遊山西村〉

농가의 술이 걸다고 웃지 마오
풍년이라 손님 대접할 닭과 돼지 충분하다네
첩첩 산과 넘실거리는 물결에 길이 없는 줄 알았으나
버들가지 짙푸르고 꽃이 환한 곳에 또 하나의 마을
피리소리 북소리로 어울리니 봄 제사 가까운데
소박한 의관에 옛 풍습 남아있네
이제부터 한가로이 달맞이 노닌다면
지팡이 짚고 아무 때나 이웃집 두드리리

莫笑農家臘酒渾, 豊年留客足鷄豚. 山重水復疑無路, 柳暗花
明又一村. 蕭鼓追隨春社近, 衣冠簡朴古風存. 從今若許閑乘月,
拄杖無時夜叩門.

이 시는 남송의 유명한 애국시인 육유가 1167년 관직을 그만두고 지금의 절강성 소흥 일대에서 세월을 보낼 때 지은 작품이다. 제목의 산서촌도 이 지역에 있다. 육유는 산서촌을 노닐다 얻은 감회를 나그네의 시각으로 적었다. 가난하지만 손님맞이를 좋아하고 옛 풍습을 지키며 정겹게 사는 모습은 더없이 인간적이다. 궁벽한 시골에서 평화롭게 살아가는 사람들의 모습은 도연명의 〈도화원기〉에 묘사된 마을과 닮았다. 시의 풍격도 산서촌의 정경처럼 소박하고 담백하지만 철학적 깊이도 느껴진다. 3구와 4구에서 묘사한 것은 이 마을을 찾아가는 나그네의 시선이다. 속세에서 깊이 감춰진 마을의 신비감도 느껴진다. 그러나 이 구절에는 인생에 대한 시인의 깊은 사색이 담겨 있다. 첩첩의 산과 강이 막혀 있어 길이 없는 줄 알았지만 희미한 버들가지와 꽃을 따라가서 시인은 새로운 마을을 발견했다. 인생 역시 절망의 끝자락에서 희망의 빛이 이어지고 끊어진 길에서 새로운 길이 열린다. 이 시는 내용상 전원시에 속하지만 많은 사람들이 철학적 깨달음을 얻는 것은 이러한 이치가 담겨 있기 때문이다.

마오쩌둥 〈만강홍滿江紅·화곽말약동지和郭沫若同志〉

작고 작은 지구에
몇 마리의 파리 벽에 부딪힌다
웽웽 울며
비참하게 우는 소리
흐느끼는 소리
개미는 홰나무에 기대어 왕국을 만들고
왕개미는 나무를 흔들며 너무 쉽다 말하네
서풍에 낙엽은 장안에 떨어지니
울리는 화살을 날려라
많은 일 예로부터 급했나니
천지는 돌고 세월은 바삐 흐른다
만 년은 너무나 오래,
시간을 다투어야 하리
사해는 들끓어 구름과 강물처럼 진노하고
오주는 진동하여 우레와 바람처럼 격분한다
모든 해충을 섬멸해야 하나니
천하엔 적수가 없네

小小寰球, 有幾個蒼蠅碰壁. 嗡嗡叫, 幾聲凄厲, 幾聲抽泣. 螞蟻緣槐誇大國, 蚍蜉撼樹談何易. 正西風落葉下長安, 飛鳴鏑. 多少事, 從來急. 天地轉, 光陰迫. 一萬年太久, 只爭朝夕. 四海翻騰雲水怒, 五洲震蕩風雷激. 要掃除一切害人虫, 全無敵.

이 작품은 마오쩌둥이 1963년 궈모뤄가 〈광명일보〉에 쓴 사를 보고 감동을 받아 며칠 뒤 화답으로 쓴 사이다. 당시 중국은 소련과 사상 논쟁이 격렬하게 벌어지던 시점이었기 때문에 이 시도 소련의 수정주의 노선을 거세게 비판하고 있다. 파리가 벽에 부딪혔다는 말은 수정주의의 노선의 국가들이 한계에 부딪혀 좌절한다는 의미를 비유한다. 개미의 비유는 일장춘몽을 뜻하는 남가태수의 고사에서 차용했다. 한 사람이 홰나무 아래에서 잠이 들었다가 꿈속에서 대괴안국의 부마가 되어 부귀영화를 누렸는데 깨어보니 대괴안국은 홰나무 아래 개미굴이더라는 이야기다. 아무 것도 아닌 존재들이 가소롭게 큰 나라인 양 과시하는 것을 조롱한 비유이다. 후반부는 더 직접적으로 적극적인 군사적 행동을 취해야 한다는 것을 주장한다. 사태가 급박하니 반혁명 세력들을 시급히 섬멸해야 한다는 정치적 판단이 작품에 표현되어 있다.

왕발王勃 〈송두소부지임촉주送杜少府之任蜀州〉

장안의 성궐은 삼진 땅의 보좌를 받으며
자욱한 안개 속에 오진을 바라본다
그대와 이별하는 마음이여
피차 객지에서 벼슬하는 신세구나
세상 어딘가에 벗이 있다면
하늘 끝에 있어도 이웃과 같네
부디 이별의 기로에서
아녀자처럼 수건을 적시지 말게나

城闕輔三秦, 風煙望五津. 與君離別意, 同是宦遊人. 海內存知己, 天涯若比隣. 無爲在歧路, 兒女共霑巾.

이 시는 왕발의 시 중에서도 가장 대표작이다. 당나라 초기 걸출한 네 명의 시인을 "초당사걸"이라고 부르는데 왕발은 그 중에 한 사람이다. 제목에서 보이듯 촉주 지역으로 부임하는 친구 두소부를 전송하며 쓴 시다. 원문의 삼진三秦은 장안(지금의 섬서성 서안) 일대의 지역이고 오진五津은 다섯 나루터인데 촉주 지역을 가리킨다. 그러니까 장안에 서서 친구가 떠나갈 축주 지역을 바라본다는 말이다. 축주는 안개에 휩싸여 잘 보이지 않고 친구의 앞길도 막막하기 그지없다. 옛날에는 한번 헤어지면 다시 만날 기약도 없다보니 며칠씩, 몇 달씩 함께 따라가 전송했다. 그러다보니 헤어지는 마음도 더욱 애절하고 간절했다. 하지만 시인은 아녀자처럼 눈물 보이지 말자고 말한다. 가슴 속으로 울고 있는 모양이다. 만날 수는 없어도 서로를 생각하는 마음 간직한다면 하늘 끝에 있어도 함께 있는 것과 마찬가지라는 말은 시인의 의연함과 진실한 우정을 느끼게 한다.

6장

바다를 넘어 중일 한시 만찬

2006년 10월 일본의 아베 신조安倍晋三 총리가 중국을 방문했다. 1년 전 일본 역사교과서 검정 발표, 고이즈미 총리의 신사참배 강행으로 양국관계가 맞은 최악의 갈등상황을 푸는 차원의 방문이었다. 원자바오 총리는 2007년 봄 일본 답방을 앞둔 시점에서 NHK 기자의 질문에 〈관자管子〉의 한 구절을 인용해 대답했다.

멀리있는 이를 모시려면 가까운 곳을 먼저 정리하고,
화를 피하려면 먼저 원망을 없애야 한다.

召遠在修近, 避禍在除怨.

일본은 정리해야 할 자신의 문제가 있다는 것을 꼬집는 말이다. 신사참배, 역사교과서 등 과거사 문제가 선결되어야 한다는 입장을 표명했다.

얼음을 깨는 여행, 얼음을 녹이는 여행

아베 총리의 중국 방문을 중국 언론들은 '얼음을 깨는 여행破氷之旅'라고 표현했다. 2000년대 들어서 양국은 총리 및 고위급 인사들이 상호 방문하며 협력관계를 유지했는데 2005년 4월 침략전쟁을 미화하는 일본의 역사교과서가 공개되고 중국에서는 거센 반일감정이 일어났다. 한국도 마찬가지였지만 북경, 상해 등 중국의 주요 도시에서도 연일 반일시위가 발생했다.

그리고 10월 고이즈미 총리가 신사참배를 강행하자 일본을 비난하는 여론은 더욱 심해졌다. 아베 총리의 방문은 이러한 분위기를 해소하기 위한 것이었기 때문에 '얼음을 깨는 여행'이라 불린 것이다.

원쟈바오는 중국과 일본의 관계를 '일의대수—衣帶水의 이웃'이라는 말로 표현했다. 이 말은 옷에 달린 띠처럼 좁은 물길이 사이에 있다는 말이다. 그는 가까운 양국의 거리만큼 양국의 관계도 가까워야 한다고 말했다. 하지만 또 "양국관계에 영향을 주는 정치적 장애물"이라는 표현도 사용했다. 과거사에 대한 일본의 진실한 반성을 촉구하는 것이다. 이 문제가 양국관계에서는 얼음으로 비유되었다. 원쟈바오는 양국이 준수해야 할 기본원칙을 이렇게 표현했다.

역사로 거울을 삼아 미래를 맞는다.

以史爲鑒, 面向未來

'역사로 거울을 삼는다'는 말은 〈정관정요貞觀政要〉에 나오는 말이다. 정관은 당태종의 연호이다. 말 그대로 당태종이 신하들과 정치에 대해 토론한 내용을 기록한 책이다. 당태종의 신하 위증은 매우 강직한 인물이라 어떤 상황에서도 직언을 서슴치 않았다. 당태종이 화를 참지 못하고 그를 죽이려 한 적도 있었다. 그러나 그는 그 후에도 끊임없이 당태종을 위한 충언을 아끼지 않았고 당태종이 가장 신뢰하는 신하가 되었다. 위증이 죽었을 때 태종은 애석한 마음으로 눈물을 흘리며 말했다.

대저 구리로 거울을 삼으면 의관을 바로 할 수 있고
옛일로 거울을 삼으면 흥망성쇠를 알 수 있으며 사람
으로 거울을 삼으면 득실을 밝힐 수 있다. 짐은 항상
이 세 거울을 안고 나의 과실을 예방했는데 지금 위증
이 죽었으니 거울 하나를 잃은 것이다.

夫以銅爲鏡, 可以正衣冠, 以古爲鏡, 可以知興替, 以人
爲鏡, 可以明得失. 朕常保此三鏡, 以防己過. 今魏徵殂
逝, 遂亡一鏡矣.

〈정관정요〉의 '옛일로 거울을 삼는다以古爲鏡'는 말은 후에
'역사로 거울을 삼는다以史爲鑒'는 말로 바꾸어 성어가 되었다.
완곡하게 성어로 표현했지만 역시 과거사 문제를 지적했다.
일본이 침략전쟁으로 주변 국가들에게 남긴 고통과 상처를 반
성하는 것이 역사를 거울삼는 것이다. 이 반성을 기초로 미래를
맞아야 한다는 의미가 이 말에 담겨 있다. 그리고 자신의 답방이
'얼음을 녹이는 여행融氷之旅'이 되길 희망한다고 덧붙였다. 얼음
을 깼으니 다음 차례는 얼음을 녹이는 것이다.

봄비가 그치면 햇살이 나온다

2007년 4월 11일 원쟈바오 총리가 일본을 방문하여 아베 총리

를 만났다. 이번 일본 방문에서는 양국의 한시외교가 화려하게 펼쳐졌다. 양국 총리의 공식회담에서 원쟈바오가 먼저 당시의 한 구절을 변용하여 인사말을 시작했다.

봄비는 시절을 아네

春雨知時節

두보의 시 〈춘야희우春夜喜雨〉의 첫 구절 "좋은 비는 시절을 아네好雨知時節"를 변용했다. 원쟈바오가 도착한 그 날은 봄비가 내렸다. 봄비는 반가운 비다. 두보의 시에도 그 다음 구절엔 "봄에 내려 생명을 피우네當春乃發生"가 이어진다. 마침 이번 방문의 타이틀이 "얼음을 녹이는 여행"이었기 때문에 상황에 잘 맞는다. 아베 총리의 대답 역시 한시로 시작됐다.

한 가닥 햇살이 구름을 뚫고 나온다

一線陽光穿雲出

이 시는 중국의 영원한 인민의 총리 저우언라이가 1919년 일본유학 시절 아라시야마嵐山에 왔다가 쓴 시 〈우중람산雨中嵐山〉의 일부분이다. 지금도 교토 아라시야마 공원에는 저우언라이 시비에 이 시가 새겨져 있다. 비가 멈추고 햇살이 나온다는 말이니 원쟈바오가 말하는 봄비에 대한 답이 되고, 희망찬 미래를 기대하는 내용이니 회담의 성격과 맞는다. 게다가 저우언라이는 원쟈바오의 남개중학 선배이자 총리직의 모델인 인물이다. 이런 인물이 일본과 깊은 인연이 있음을 일깨우는 말이니 매우 치밀하게 준비된 구절이다.

아름다운 손님의 은덕의 말씀

그 날 저녁 아베는 환영만찬에서 다시 〈시경〉의 한 구절을 인용했다.

나에게 아름다운 손님이 계시니
은덕의 말씀 크게 빛나네

我有嘉賓, 德音孔昭.

이 시는 〈시경〉의 〈소아小雅〉에 수록된 〈녹명鹿鳴〉 중 두 번째 시의 한 구절이다. 〈시경〉은 출전을 말하려면 설명이 길다. 〈풍風〉, 〈아雅〉, 〈송頌〉으로 나뉘고 〈아〉는 다시 〈대아〉와 〈소아〉로 나눠지는데 이 시는 〈녹명〉이란 제목으로 〈소아〉에 들어있다. 〈녹명〉은 3수의 시로 되어 있는데 위에서 인용한 구절은 그 중의 두 번째다. 〈녹명〉도 사실은 제목이 아니다. 원래 〈시경〉의 시는 제목이 없어서 그저 시의 첫 구 두 글자를 제목처럼 말한다.

원쟈바오가 "멀리있는 이를 모시려면 가까운 곳을 먼저 정리"하라는 구절을 먼저 건넸기 때문에 아름다운 손님을 맞는다는 시를 골랐다. 고전의 메시지를 고전으로 받은 것이다. 더구나 이 구절의 다음에는 이런 내용이 이어진다.

백성들에게 근엄함을 보여주니
군자가 이를 본받도다

視民不恌, 君子是則是傚.

당신이 해 준 귀한 말씀을 일본 국민들에게 들려주겠다는 말이다. 뒷구절을 인용하지는 않았지만 원쟈바오는 충분히 알고 있을 것이다. 극도로 자신을 낮추며 상대를 높인 말이다. 아베는 양국이 호혜관계를 구축하기로 합의했다고 말하며 계속적인 발전을 희망한다고 덧붙였다. 화려한 시의 만찬이다.

원쟈바오의 하이쿠

12일 일본 의회에서 연설하며 원쟈바오는 "바람이 불어도 산은 움직이지 않는다"는 일본 속담을 인용했다. 그간 중국과 일본의 관계에 많은 비바람과 우여곡절이 있었지만 양국민의 우정은 산처럼 움직이지 않았다는 말이었다. 특히 그는 "태산과 후지산처럼 움직이지 않았다"는 부분을 힘주어 말해 많은 박수를 받았다. 태산은 중국의 상징이고 후지산은 일본의 상징이다. 물론 일본의 과거사, 경제협력, 대만 등 다방면의 현안에 대해서도 언급했지만 일본 의원들의 마음을 움직인 것은 일본 속담으로 시작된 태산과 후지산 이야기였다. 양국 언론은 이 날의 연설을 역사적인 연설로 평가했다. 이 날 연설에는 또 다른 에피소드가 있다. 원자바오는 연설을 마치고 천진에 있는 노모에게 전화를 걸었는데 TV중계로 연설을 들은 노모가 "아들아, 정말 말 잘했다. 너는 정성을 다해 말했어."라며 칭찬했다고 한다. 그는 일본의 화교 단체가 주최한 환영식에서 이 이야기를 웃으며 전했고 언론의 보도로 많은 일본인들이 감동했다.

원자바오는 직접 시를 짓는 시인이기도 하다. 그는 일본 경제계 인사들과 함께한 오찬에서 자신이 지은 하이쿠俳句를 소개했다.

부드러운 바람은 가는 비가 되고
벚꽃은 아름다움을 뿜으며 벗을 맞으니
겨울은 가고 봄이 일찍 오리라

和風化細雨, 櫻花吐艶迎朋友, 冬去春來早.

하이쿠는 일본의 독특한 시 형식이다. 5음절, 7음절, 5음절의 형식으로 되어 있고 내용은 계절과 자연에 대한 감상을 담는다. 물론 일본어로 읽었을 때 5, 7, 5음절이다. 이 시를 일본어로 읽으면 17음절이 넘지만 중국어로 읽으면 격식이 맞다. 계절과 자연을 묘사해야 하는 제약도 맞추었다. 내용도 '얼음을 녹이는 여행'의 주제에 어울린다. 벚꽃 만개한 4월, 봄비 속에 찾아온 자신의 방문이 양국 관계의 따뜻한 봄날을 가져올 것이라는 마음을 담았다. 원래 하이쿠는 중국 한시의 영향으로 만들어진 일본의 문학

장르지만 중국이 일본의 하이쿠를 번역하여 소개하면서 한자 하이쿠가 만들어졌다. 대략 1980년대 초반부터 시작되었다. 중국에서는 한자로 지은 하이쿠를 한파이漢俳라 부른다. 중국 한시가 변용되어 만들어진 일본의 하이쿠가 다시 중국에 건너와 중국식으로 변용되었으니 한파이는 중일 교류사의 산물이다.

원쟈바오의 하이쿠를 본 일본 중국문화교류협회장 쯔지이 타카시辻井喬가 다시 하이쿠를 지어 원쟈바오에 화답했다.

> 햇살은 거리에 가득하고
> 평화의 위대한 벗이 춘풍을 데려왔네
> 정과 신의와 사랑을 누가 막으리
>
> 陽光滿街路, 和平偉友來春風, 誰阻情信愛.

본인에게는 일본어 하이쿠가 더 편안했겠지만 중국 시객의 하이쿠에 응대하느라 자신도 한자 하이쿠로 지었다. 원쟈바오를 평화의 위대한 벗으로 묘사했다. 이 하이쿠도 햇살, 춘풍 등 '얼음을 녹이는 여행'을 주제로 썼다. 쯔이시 타카시의 하이쿠는 인터넷에서 육성으로 들을 수 있다.*)

다시 한 번 하이쿠

2007년 12월 일본의 신임 총리 후쿠다 야스오福田康夫가 북경

---

* 동영상은 리북출판사 홈페이지(www.leebook.com)에서 볼 수 있다.

에 왔다. 아베 총리가 9월 갑자기 사임하는 바람에 새로운 총리가 되어 중국을 처음 방문한 것이다. 이 방문을 중국 언론들은 '봄맞이 여행迎春之旅'로 표현했다. 얼음이 다 녹았으니 봄을 맞는다는 스토리다.

양국의 총리는 댜오위타이釣魚臺 국빈관 테니스 코트에서 야구연습을 했다. 야구 유니폼까지 입고 나왔다. 이 유니폼은 원쟈바오의 4월 일본 방문 때 리쓰메이칸立命館대학이 중일 수교 35주년을 기념해 선물한 것이다. 그래서 원쟈바오가 입은 유니폼의 번호도 35번이었다. 원쟈바오는 솜씨 좋은 드라마 작가처럼 새로운 이야기를 자꾸 만들어내는 능력이 있다. 투구와 배팅을 하는 두 노인의 사진은 중일관계사의 한 페이지에 기록될 것이다.

이번 후쿠다 총리의 중국방문에서 원쟈바오는 새로운 하이쿠 한 편을 선물했다.

얼음을 녹이는 여행 항상 기억하네
매화 위로 내린 눈은 새해의 길조니
내년의 봄은 더 좋을테지

常憶融氷旅, 梅花瑞雪兆新歲, 明年春更好.

역시 글자 수와 계절에 대한 형식적 제약을 모두 맞추었다. 이 시도 얼음이 녹고 새봄이 오는 중일관계의 스토리 라인을 따라가고 있다. 여기서 원쟈바오가 내년을 특별히 언급한 것은 다음 해 봄 후진타오 주석의 일본방문이 예정되어 있기 때문이다. 우정을 담은 증답시지만 의도가 담긴 정치시이기도 하다. 후진타오는 2008년 5월 예정대로 일본을 방문했다. 요코하마 야마테 화교학교를 방문해 어린이들과 당시를 읽은 것이 이때다. 이 방문을 중국 언론은 '따뜻한 봄날의 여행暖春之旅'이라고 표현했다. 얼음을 깨고(파빙) 얼음을 녹이고 봄을 맞은 후 결국 따뜻한 봄이 왔다는 스토리다.

정례화된 하이쿠 증답

2010년 2월 중일우호21세기위원회가 북경에서 열렸을 때다. 이 위원회는 1984년 처음 성립되었고 이번이 제5기 위원회였다. 양측 위원들이 모인 자리에서 다시 하이쿠 경연이 벌어졌다. 중국 측 대표 탕쟈쉔唐家璇이 원쟈바오의 친필 하이쿠를 일본 측에 전달했다.

상서로운 눈이 봄을 맞더니
빈객이 바다를 건너와 한자리에 모여
세대를 이어 우정을 전하네

春到瑞雪迎, 賓朋齊聚自東瀛。 世代傳友情.

원쟈바오가 일본에 건넨 세 번째 하이쿠다. 겨울을 지나 봄을 맞는다는 스토리 라인이 계속 이어지고 있다. 하지만 이 시는 좀 식상하고 평범하다. 상투적이고 형식적인 말들로 채워져 있다. 짧은 문구에 함축적이고 섬세한 의미를 담는 하이쿠의 맛이 덜하다. 그래도 대단한 정성이고 성의다. 일본 측 대표 니시무로 타이조西室泰三는 거듭 감사의 인사를 하며 자신이 지은 답시를 전했다.

> 얼음을 녹여 큰 길을 내니
> 봄날 천둥은 몇 번이나 하늘을 울리고
> 거문고 가락은 신묘하게 퍼지네
>
> 融氷開大道, 幾聲春雷震雲宵, 琴齊共弦妙.

어차피 외교적인 수사라 인생의 깊은 지혜나 사색은 기대하기 어렵지만 원쟈바오의 시보다 함축성이나 문학성은 더 낫다. 국가간 친선단체가 아니라 문학동호회 같은 분위기가 되었다.

그리고 그 해 10월 제5기 중일우호21세기위원회의 2차 회의가 일본 니가타新潟현에서 열렸다. 탕자쒼 대표를 비롯한 중국 방문단은 나리타공항에 도착한 후 니가타현을 거쳐 사도섬에 도착했다. 당일 만찬에서 양측은 서로에게 다시 하이쿠를 건넸다. 이제 하이쿠 증답은 중일우호21세기위원회의 정례화된 행사가 된 것이다. 중국측 대표 탕자쒼이 자신의 하이쿠를 읊었다.

> 석양은 더없이 좋고
> 벗들과 즐거이 모인 사도섬

따오기가 먼저 인연을 맺었다네

晚霞無限好, 友朋歡聚佐渡島, 朱鷺結緣早.

일본측 대표 니시무로 타이조도 답사로 하이쿠를 낭송했다.

북경에서 모인 인재들
하늘 넘고 땅을 지나 사도섬에 찾아오니
우정은 더없이 깊어라

俊秀聚北京, 翔空踏陸到佐渡, 友好至上好.

사도섬은 일본 니가타현의 서쪽에 있는 섬이다. 일본에서는 한때 따오기가 멸종 상태였는데 1999년 중국이 선물한 따오기 두 마리를 사도섬에서 사육하여 번식에 성공했다. 현재 세계적으로도 따오기는 중국과 일본의 사도섬 두 군데에서만 확인된다. 일본측이 중국 위원들을 사도섬으로 안내한 것도 이런 인연을 되새기는 의미였다. 중국 방문단은 이날 사도 따오기 복원센터도 관람했다. 탕자쉔의 하이쿠에 "따오기가 먼저 인연을 맺었다"는 구절이 있는 것은 이런 배경에서 나온 말이다. 니시무로 타이조의 하이쿠는 하기 싫은 숙제를 억지로 한 느낌이다. 계절과 자연을 노래하는 하이쿠의 규칙에도 맞지 않고 내용도 평범하다. 미담을 만들어가던 한시외교가 다소 느슨해졌다.

원쟈바오의 일본 방문을 전후로 펼쳐진 양국의 한시외교를 보면 마치 드라마 대본을 쓰듯 양국의 외교진이 스토리를 만들어간 느낌이다. 새로운 인물과 사건이 등장하여 드라마가 재미있어지듯 차곡차곡 새로운 이야기를 덧붙여가며 이야기를 진행했다. 양국 지도자들의 방문을 얼음을 깨고 녹이고, 봄을 맞고 따뜻한 봄이 온 스토리로 전개한 점도 그렇다. 수많은 양국의 시청자들이 주목하는 가운데 이 드라마의 주인공들이 벌인 말의 잔치는 화려했다. 한시의 향연이었다.

두보杜甫 〈춘야희우春夜喜雨〉

좋은 비는 시절을 알아
봄에 내려 생명을 피우네
바람따라 살며시 어둠 속에 젖어들어
가는 비로 살며시 만물을 윤택하게 하네
들길은 구름과 나란히 어둡기만 한데
강 위 고깃배의 등불이 저 홀로 밝다
새벽녘 붉게 젖은 곳을 보니
금관성에 만발한 꽃 무거워졌구나

好雨知時節, 當春乃發生. 隨風潛入夜, 潤物細無聲.
野徑雲俱黑, 江船火獨明. 曉看紅濕處, 花重錦官城.

시성 두보의 널리 알려진 시다. 봄비는 내릴 때를 알아서 잘 내리고
그칠 때를 알아서 잘 그쳤다. 조물주처럼 만물을 풍성하고 윤택하게
하지만 야단스럽게 호들갑떨지 않고 어둠 속에서 조용히 가늘게 내린
다. 비는 저 혼자 조용히 내렸을 뿐이지만 만물을 생장하게 하는 이
밤비에 감사하는 마음이 행간에 가득하다. 자연을 경외하고 만물을
사랑하는 두보의 인격이 느껴진다. 두보를 왜 시성이라 부르는지 알
만하다. 평범한 시인은 두 글자, 세 글자에 의미를 담지만 두보는 정교
하게 한 글자마다 섬세한 의미를 심었다. 5구는 '俱'자가 있어 들길이
구름처럼 광활하다는 의미가 표현되었고 6구는 '獨'자가 있어 사방이
질흙처럼 어둡다는 의미가 드러났다. 7구의 '紅'은 꽃을 가리키지만
8구의 '花'와 중복을 피하려고 사용한 글자다. 꽃이 젖었다고 말하지
않고 붉은 빛이 젖었다고 표현하니 빗물에 붉은 색이 번진 듯한 시각적
효과를 만들어냈다. 특히나 마지막 구의 '重'자는 비에 젖어 꽃잎이
무거워졌다는 말로 정적인 장면 속에 움직임의 효과를 심었다. 눈에
보인 풍경만 묘사한 것이 아니라 빗방울의 무게와 꽃잎의 견디는 힘의
팽팽한 균형도 느껴진다. 역시 두보는 두보다.

저우언라이周恩來 〈우중람산雨中嵐山〉

비를 맞으며 두 차례 아라시야마를 노닐었네
양 편엔 푸른 소나무 벚꽃 몇 그루를 끼고 있네
끝에는 우뚝 솟은 산이 하나 보이더니
푸른 샘물 용솟음쳐
바위를 끼고 돌며 나를 비추네
보슬비에 안개 짙더니
한 가닥 햇살 구름을 뚫고 나오니
볼수록 아름다워
세상 만물의 진리는
구할수록 아득해라

雨中二次遊嵐山, 兩岸蒼松, 夾着幾株櫻. 到盡處突見一山高,
流出泉水綠如許, 繞石照人. 瀟瀟雨, 霧蒙濃. 一線陽光穿雲出, 愈
見嬌娟. 人間的萬象眞理, 愈求愈模糊.

　　이 시는 중국의 초대 총리 저우언라이가 1919년 일본에서 유학할
당시 교토에 있는 아라시야마를 유람한 감회를 적은 작품이다. 아라시
야마는 교토 근교에 있는 산의 이름이다. 1970년대 말 일본은 중일
양국의 우호를 기념하는 의미로 아라시야마에 주은래 시비를 제작하
여 설치했다. 이 시비는 산중턱에 위치하고 있고 있으며 황갈색의 바위
에 저우언라이의 이 시가 새겨져 있다. 많은 중국 지도자들은 일본을
방문할 때마다 이곳에 들러 중국 인민의 영원한 총리 저우언라이를
기념한다.

〈시경〉〈소아小雅〉〈녹명鹿鳴〉

　　　화목한 소리로 사슴이 울며
　　　들판의 쑥을 먹는다
　　　나에게 아름다운 손님이 계시니
　　　비파를 타고 생황을 부네
　　　생황을 불며
　　　광주리를 받들어 폐백을 올린다
　　　손님이 나를 좋아하시니
　　　나에게 큰 길을 보여주신다

　　　화목한 소리로 사슴이 울며
　　　들판의 쑥을 먹는다
　　　나에게 아름다운 손님이 계시니
　　　은덕의 말씀 크게 빛나네
　　　백성들에게 근엄함을 보여주니
　　　군자가 이를 본받도다
　　　나에게 좋은 술이 있어
　　　아름다운 손님과 잔치를 벌여 즐긴다

　　　화목한 소리로 사슴이 울며
　　　들판의 풀을 먹는다
　　　나에게 아름다운 손님이 계시니
　　　비파를 타고 거문고를 타네
　　　비파를 타고 거문고를 타니
　　　유쾌하고도 즐겁도다
　　　나에게 좋은 술이 있어
　　　잔치를 열어 아름다운 손님의 마음을 즐겁게 한다

呦呦鹿鳴, 食野之苹. 我有嘉賓, 鼓瑟吹笙.

吹笙鼓簧, 承筐是將. 人之好我, 示我周行.

呦呦鹿鳴, 食野之蒿. 我有嘉賓, 德音孔昭.

視民不恌, 君子是則是傚. 我有旨酒, 嘉賓式燕以敖.

呦呦鹿鳴, 食野之芩. 我有嘉賓, 鼓瑟鼓琴.

鼓瑟鼓琴, 和樂且湛. 我有旨酒, 以燕樂嘉賓之心.

〈시경〉은 시의 성격에 따라 〈국풍〉, 〈소아〉, 〈대아〉, 〈송〉으로 분류
되는데 이 시가 속해 있는 〈소아〉는 연회에 사용되는 음악에 시를
붙인 것이다. 그래서 이 시도 귀한 손님을 맞이하여 연회를 베푸는
내용으로 구성되어 있다. 4언 위주로 되어 있고 모두 3수의 시가 있는
데 매 수마다 같은 구절들이 후렴처럼 반복된다. 음악에 맞추어 만들어
진 시이기 때문이다. 이 시는 사슴이 들판에서 울며 풀을 먹는 내용으
로 시작된다. 사슴은 온순한 초식동물이며 울음소리도 흉폭하지 않아
군자들의 회합을 상징하는 의미로 차용되었다. 사슴소리가 부드럽고
온유한 것처럼 공손하게 귀한 손님을 맞이한다는 비유이다. 후에 조조
도 〈단가행短歌行〉에서 "화목한 소리로 사슴이 울며/ 들판의 쑥을 먹는
다/ 나에게 아름다운 손님이 계시니/ 비파를 타고 생황을 부네" 구절
을 인용하여 인재를 얻어 천하의 통치하고 싶다는 마음을 표현한 바
있다.

7장

시인이 된 대만의 정객

대륙의 정치 지도자들 못지않게 대만 정치인들도 고전과 한시를 인용하는 화법을 잘 구사한다. 대만의 전통문화 교육은 중국보다 더하면 더하지 못하지 않다. 그래서 양국의 정치인이 만나면 대화 속에 고전과 한시가 자주 등장한다. 가장 극적이고 주목을 받았던 만남은 2005년 4월 26일 대만 국민당 주석 롄잔 連戰의 중국방문이다. 언론은 60년 만에 이루어진 '제3차 국공합작'이라고 표현했다. 우리나라로 치면 2000년의 남북정상회담과 비슷한 수준의 사건이라고 할 수 있다. 중국 정부와 언론이 롄잔을 맞으며 구상한 기획은 집 떠난 큰형이 고향으로 돌아오는 스토리였다.

롄잔 대륙방문의 정치적 의미

롄잔은 1936년 중국 서안 출생으로 대만 정치계에서 거물 중의 거물이다. 미국 유학 후 정치에 입문하여 대만의 외교부장, 부통령을 역임했고 오랫동안 대만의 국민당 주석을 지냈다. 2005년 국민당 주석에서 물러난 후부터는 명예주석으로 있으면서 막강한 영향력을 발휘했다.

중국 정부가 롄잔 국민당 주석을 초청한 것은 대만정책에 있어 유화책을 구사하는 의미였다. 후진타오는 이전 쟝쩌민 정부의 강경일변도 정책이 대만 문제에 역효과를 가져왔다고 판단하고 강온 양면책을 구사했다. 강경책은 그 해 3월의 〈반분열국가법〉 통과였다. 대만에 즉각적인 군사적 공격을 감행할 수 있다는 법률적 근거를 만들며 대만해협을 초긴장 상태로 몰아넣었다. 그래서 완화책으로 대만 국민당 주석의 방문을 요청한 것이다.

롄잔은 대륙과 대만의 화합을 유도할 수 있는 대표적 인물이었다. 그의 집안은 명말청초 시기에 대륙의 복건성에서 대만으로 건너갔다. 조부인 롄헝連橫은 〈대만통사〉를 쓴 유명한 학자였고 부친 롄전동連震東은 다시 대륙으로 건너와 국민당 요직에서 활동했다. 그래서 롄잔은 대륙에서 태어나 장졔스의 패망 후 아버지를 따라 대만으로 건너갔다. 어린 시절 서안, 중경, 상해에서 소학교를 다니기도 했다. 이름인 잔戰은 민족을 위해 일본에 항전하라는 의미로 조부가 지은 것이다. 롄잔은 자신의 이름이 화약 냄새가 나는 이름라고 표현했다.

롄잔은 대만 총통 선거에 두 번 출마했다가 모두 낙선했고 그 때마다 민진당의 천수이볜에게 패했다. 천수이볜은 대만의 독립을 주장했고 롄잔은 대륙과의 화합을 주장했다. 그래서 후진타오 정부도 롄잔을 초청하면 천수이볜과 민진당을 고립시키면서 국민당의 대륙 친화적 정책에 힘을 실을 수 있다고 판단했다. 또 중국이 포용력 있다는 이미지를 국제사회에 홍보할 수도 있다. 롄잔과 국민당 역시 천수이볜 총통을 제치고 양안관계의 주도권을 쥘 수 있는 기회인데다 연말 지방선거에도 도움이 될 만한 카드였다.

국민당 주석이 대륙을 공식 방문한 것은 중화인민공화국이 성립된 1949년 이후 처음이다. 후진타오는 국가 주석이지만 공산당 총서기이기도 하다. 국민당과 공산당의 최고 지도자가 만났다. 양 진영이 내전을 치르고 대륙과 대만이 분리된 이후 처음이니 60년 만의 국공합작이라 불릴 만하다. 렌잔은 아내 팡위方瑀를 비롯, 당내 인사로 구성된 70여 명의 대규모 방문단과 동행했다. 대만을 떠날 때는 대만 독립을 지지하는 단체로부터 격렬한 항의를 받기도 했다. 말 그대로 국공합작인 이 방문은 당연히 양측 언론에 화제가 되었고 큰 주목을 받았다.

늦기 전에 투숙하고 닭이 울면 하늘을 보라

렌잔은 대만을 출발하던 날, 집을 나서면서 대륙의 민간성어를 하나 이야기했다.

늦기 전에 투숙하고 닭이 울면 하늘을 보라

未晚先投宿, 鷄鳴早看天

이 구절은 사실 사천성의 여관에 자주 붙어있는 문구이다. 늦기 전에 미리 여관에서 투숙하고 닭이 우는 아침에 일찌감치 길을 나서라는 말이다. 그러니 인생의 지혜가 담긴 성어나 속담도 아니고 문학적인 시구도 아니다. 그런데 렌잔이 문득 이 말을 떠올린 것은 그 해가 닭띠 해였기 때문이고 자신의 이번 대륙 방문이 더 늦기 전에 처리해야 할 중대한 일이라 생각했기 때문이다. 모든 일은 그 일이 성사될 결정적인 시점이 있고 양안관계도 그렇다. 그는 지금이 양안관계의 진전을 위한 바로 그 시점이라 생각한 것이다.

중산릉 휘호의 숨겨진 의미

렌잔 일행은 4월 26일 남경에 도착하여 27일 중산릉을 방문했다. 대륙 방문의 첫 일정을 남경 중산릉으로 잡은 것이다. 남경은 1912년 중국의 혁명정부가 처음 건립된 곳이며 국민당이나 공산당이나 국부國父로 추앙하는 손문의 무덤이 있다. 중산은 손문이 일본에서 사용한 이름인데 중국인들에게는 특별한 의미가 담긴 고유명사가 되었다.

중국은 대부분의 도시에 중산이라는 이름의 거리와 공원이 있을 정도로 손문을 각별하게 기념한다. 그의 고향도 중산시라는 이름으로 바뀌었다. 정치인들은 국가적인 큰 행사에서 중산복이라고 부르는 옷을 입고 나온다. 손문이 입었던 옷으로 혁명과 애국애족 정신의 상징이다. 대만은 손문에 대한 각별함이 더하다. 1912년 손문이 세운 중화민국을 계속 국명으로 사용하고 그 해부터 시작하는 역법을 따로 쓴다. 1912년을 민국 1년, 2012년을 민국 101년이라 하는 식이다. 게다가 손문은 국민당을 만든 사람이다. 한마디로 손문은 중국과 대만 양측에 모두 국가적 원류가 되는 인물인 것이다. 마침 이 때가 손문의 80주기가 되는 해라 렌잔이 첫 일정을 중산릉 참배로 잡은 것은 중국과 대만 양측에 모두 거부감없는 일정이었다.

그런데 렌잔이 중산릉에서 손문을 참배하고 나오며 쓴 휘호가 중국 언론에서 화제가 되었다. 글씨가 이상하다는 것이다. 그가 쓴 글씨는 다음과 같다.

中山美陵(중산미릉) 連战(렌잔) 2005. 4月 27日

일단 중산릉이면 중산릉이지, 중산미릉이라고 적은 것이 이상하다. 수많은 사람이 중산릉을 방문하고 참배했지만 중산미릉이란 호칭을 쓴 사람은 아무도 없는데 렌잔이 이렇게 호칭한 것이다. 또 글자도 틀리게 적었다. '아름다울 미'의 가로획은 모두 네 개인데 렌잔은 세 개를 썼다. '큰 언덕 릉'의 우하단에는 '칠 복夊'이 있어야 하는데 '또 우夊'로 적었다. 렌잔 자신의 이름 두 글자도 하나는 번체자로, 하나는 간체자로 적었다. 왜 그랬을까?

이 휘호를 놓고 중국의 언론과 학자들은 분분한 해석을 펼쳤다. 일단 60년 만의 회동이라 아름다운 자리이니 '미美'가 들어갔는데 '아름다울 미'자에서 하나 빠진 것은 '한 일一'이다. '일一'은 하나이고 통일이라 할 때 이 글자를 쓴다. 정치적 의미의 통일을 말한 것은 아니겠지만 대륙과 대만이 하나가 되지 못한 상황이 아쉽다는 느낌을 준다. 중국 성어에 "미중부족美中不足"이란 말이 있다. 전체적으로 아름답지만 약간 부족하다는 말이다. '아름다울 미'자에 통일이 빠져 있다. 통일이 되어야 아름다움이 완성

될 것이라는 심중을 담았다. '칠 복攵' 대신 '또 우又'를 적은 것은 그가 어린 시절 떠난 고향 대륙을 다시 찾아 왔다는 의미가 담겨 있다. 원래 '攵'자는 '文'과 통하는 글자지만 '攴'과도 통하는 글자다. 친다, 때린다는 뜻이다. 그래서 자신의 방문은 평화적인 것이라 싸움을 뜻하는 글자를 피한 것이다.

자신의 이름 하나를 간체자로 적은 것도 마찬가지다. 번체자는 대만에서만 사용하는 글자이고 간체자는 대륙에서만 사용하는 글자이다. 공평하게 한 글자씩 번체자와 간체자로 적어서 한 이름에 대륙과 대만이 공존하고 있다. 또 그의 이름인 잔戰은 싸움과 전쟁을 의미하는 글자다. 애국심으로 지어진 이름이지만 피하고 싶었던 것이다. 게다가 이 글자는 왼쪽에 '홀로 단單'이 있고 오른쪽에 '창 과戈'가 있다. 홀로 선다는 것은 독립과 분리를 뜻하기 때문에 대만의 독립이 연상된다. '창'도 무기이니 전쟁의 상징이다. 그래서 간체자로 적으면서 '戈'의 우상단 점을 보이지 않게 작게 찍었다. 창에 머리가 없으니 전쟁이 쉽지 않아 보인다. 대만의 공식 역법인 '민국' 연호를 사용하지 않은 것도 화합과 우호를 전하는 마음이었을 것이다. 참 깊은 생각으로 치밀하게도 준비했다. 렌잔이 쓴 '중산미릉' 휘호는 현재 남경의 중산서원에 보관되어 있다.[*]

북경에서 보낸 3일

렌잔 일행은 북경에서 3일을 보냈다. 후일 중국 방문의 소감

---

[*] 동영상은 리북출판사 홈페이지(www.leebook.com)에서 볼 수 있다.

을 그의 아내 팡위는 대만의 〈중국시보中國時報〉에 기고하면서 식사마다 오리 요리가 올라왔고 가는 곳마다 한시를 주고받았다고 적었다. 롄잔이나 중국의 지도자들이나 한시와 고전에 조예가 깊은 사람들이었다. 말하자면 선수끼리 만난 것이다.

4월 28일 롄잔은 북경 인민대회당에서 공산당 중앙정치국 상무위원 쟈칭린賈慶林을 만났다. 쟈칭린은 형제라는 말이 담긴 노신의 시를 언급했다. 일전 쟝빙쿤江丙坤 국민당 부주석과 만날 때도 인용했던 시다. 공산당과 국민당, 대륙과 대만을 형제에 비유한 것이다.

거센 고난을 넘어 살아남은 형제
웃음 속에 만나 은혜와 원한 날려보낸다

渡盡劫波兄弟在, 相逢一笑泯恩仇.

이 시는 노신이 1933년에 지은 〈제삼의탑題三義塔〉의 한 구절이다. 원래는 노신이 한 일본 생물학자에게 받은 편지에 감동하여 이 시를 지었다. 그래서 시에서 말하는 형제는 일본인과 중국인이다. 서로 싸우는 전쟁을 겪었지만 그래도 양국 인민끼리 주고받은 우정이 있다는 내용이다. 하지만 중국 지도자들은 이 말을 대만 지도자들에게 자주 건넸다. 쟝쩌민이 그랬고 원쟈바오도 그랬다. 우리는 형제라는 말을 건네기 위해 말이다.

대륙의 패권을 차지하기 위해 공산당과 국민당이 서로 피흘리는 전쟁을 했지만 다시 만나고 보니 역시 형제였고 한 민족이었다. 해묵은 감정은 지나간 세월 속에 날려 보내고 남자답게 호탕하게 웃으며 다시 형제의 정을 되새기자. 중국의 지도자들은 이런 말을 하고 싶어 이 시를 인용한다. 롄잔은 대만과 대륙의 거리가 멀지 않지만 여기까지 오는데 거의 60년이 걸렸다는 말로 받았다. 2000년 한국과 북한의 정상이 만났을 때도 이와 비슷한 말을 했었다. 사연이 비슷하니 표현도 비슷하다.

북경대학 강연에서 인용한 장재의 사

후진타오와 회동하기로 한 29일 오전에는 롄잔의 북경대학 강연이 예정되어 있었다. 롄잔은 북경대학과 약간 인연이 있다. 그의 어머니가 북경대학의 전신인 옌징대학 종교학부를 졸업했기 때문이다. 그래서 롄잔은 북경대학이 자신의 모교라고 했다가 모친의 학교라는 조크를 던지기도 했다. 북경대학은 70년 전 롄잔 모친의 학적부를 아직 보관하고 있었고 사진도 남아있었다. 롄잔은 학적부 사본을 선물받고 모친이 기거하던 기숙사도 둘러보았다.

롄잔의 강연 제목은 〈평화를 견지하고 원원을 향해 가자堅持和平, 走向雙贏〉였는데 말 그대로 동서고금의 명언을 모두 인용했다. 아무래도 양안관계에 대한 이야기가 주제라 협력과 통일에 대한 언급이 많았다. 덩샤오핑, 쟝징궈, 처칠, 레이건 등 동서양 정치가들의 명언이 인용되었고 당시 한국 노무현 대통령의 말도 인용되었다.

렌잔은 강연을 마무리하며 청년들이 가져야 할 역사적 책임감과 용기를 다음과 같은 말로 정의했다.

민족을 위해 생명을 세우고
만세의 후손을 위해 태평성대를 연다

爲民族立生命, 爲萬世開太平.

이 말은 북송의 유학자 장재張載의 명구를 약간 변용한 것이다. 장재의 원문은 다음과 같다.

천지를 위해 마음을 세우고
백성을 위해 사명을 세우며
과거의 성현을 위해 끊어진 학문을 계승하고
만세의 후손을 위해 태평성대를 연다

爲天地立心, 爲生民立命, 爲往聖繼絶學, 爲萬世開太平.

이 네 구절은 모두 '위爲'자로 시작하기 때문에 '사위구四爲句'라고도 한다. 장재는 큰 벼슬을 하지는 못했지만 유학자로서 평생 학문을 연마하고 세상의 이치를 탐구했다. 이 말은 장재가 추구한 정신적 경지를 대표하는 말로 평가받는다. 원쟈바오 총리도 여러 번 이 말을 인용한 적 있으며 섬서성에 있는 장재의 사당에는 국민당 원로 위여우런于友任이 쓴 글씨가 걸려 있다.

렌장은 이 말을 여덟 자로 줄이면 "평화를 견지하고 윈윈을 향해 간다堅持和平, 走向雙贏"라고 했다. 이 강연의 주제다. '贏'은 이긴다는 뜻이니 '雙贏'은 양쪽이 모두 이긴다는 말이고, 우리가 말하는 '윈윈win-win'의 중국식 표현이다. 대륙과 대만이 평화를 통해 윈윈하자는 의미이다.

드디어 '후롄회'

4월 29일 후진타오와 렌장의 회담이 열렸다. 이 회담은 두 사람의 성을 따 '후롄회胡連會'라 불렸다. 한국의 남북정상회담만큼이나 긴장되고 극적인 자리였을 것이다. 양 측의 첫 대면은 인민대회당 1층 로비에서 이루어졌다. 후진타오와 렌장은 기자들의 카메라 세례를 받으며 악수를 했는데 이 악수도 좀 특별했다. 보통의 악수 시간보다 훨씬 길었다. 보통의 경우라면 그만 할 때가 지났는데도 두 사람은 계속 손을 잡고 있었다. 이 악수는 "역사적 악수"라는 이름으로 유명해져서 기념주화로도 만들어졌다.*

후진타오는 환영사에서 〈논어〉의 한 구절을 인용했다.

벗이 멀리서 찾아오니 또한 즐겁지 않겠는가.

有朋自遠方來, 不亦樂乎.

이 구절은 한국에서도 유명한 구절이라 과실주 CF에도 등장

---

* 동영상은 리북출판사 홈페이지(www.leebook.com)에서 볼 수 있다.

했고 중국의 유명인이 방문했을 때 한국 측 환영사로 자주 등장
했다. 2011년 10월 리커챵 국무원 상무부총리가 방한했을 때
당시 박희태 국회의장도 이 구절로 인사말을 했다. 2008년 베이
징올림픽 개막식도 이 구절이 전광판에 떠오르며 시작되었다.
〈논어〉의 첫 구절은 "배우고 때때로 익히는學而時習之" 즐거움
이야기고 그 다음이 바로 이 친구가 찾아오는 즐거움 이야기다.
첫 번째 즐거움은 혼자서도 누릴 수 있지만 두 번째는 혼자
하기 어렵다. 후진타오는 롄잔 일행의 방문이 공산당과 국민당
의 그리고 대륙과 대만 관계의 역사적인 사건이라고 말했다.

롄잔은 답사에서 고문을 거의 인용하지 않고 일상적인 말투
를 썼는데 단 한 번 이런 구절을 인용했다.

지난 일은 어쩔 수 없으나
다가올 일은 이룰 수 있다

逝者已矣, 來者可追.

이 구절은 〈논어論語 · 미자微子〉에 나오는 "지나간 일은 간할
수 없지만 다가올 일은 이룰 수 있다往者不可諫, 來者猶可追"는 말
이 변용되어 성어로 사용되는 말이다. 초나라 미치광이 접여接
輿가 공자에게 던진 말이다. 롄잔은 북경대학 강연에서도 이
말을 인용했었다. 이 말이 자신의 가장 간절한 기대이자 대륙방
문의 이유라고 했다. 대륙과 대만의 관계는 과거에 연연하지
말고 새로운 미래를 지향하자는 의미였다. 새로운 미래에 대한

기대와 노력. 롄잔은 이 말을 이번 방문의 컨셉으로 잡은 듯하다. 자금성에 방문하여 남겼던 대련 휘호도 유사한 내용이었다.

> 지난날의 자금성, 오랜 세월의 풍상으로 옛모습 사라졌으나
> 지금의 자금성, 아름답게 거듭나 앞날을 맞이하네
>
> 昔日禁城百年滄桑難回首, 今日故宮幾番風華齊向前

대련은 방문이나 출입구 양쪽에 한 줄 씩 세로로 쓰는 글이다. 글자 수는 물론이고 대구가 맞아야 한다. 앞에 적은 글은 과거를, 뒤에 적은 글은 미래를 이야기했다. 역시 대륙과 대만이 과거의 대립을 극복하고 미래를 지향하자는 메시지다. 대련 위에는 가로로 쓴 한 줄의 횡서가 들어간다. 그가 쓴 횡서는 "과거를 계승하여 미래를 열자繼往開來"였다. 과거와 미래를 대비시킨 대련의 메시지를 네 자로 압축시킨 말이다.

사투리도 바뀌고 귀밑머리도 다 셌다

북경을 떠난 롄잔 일행의 다음 일정은 섬서성 서안이었다. 왜냐하면 서안은 롄잔의 출생지이자 그가 소학교까지 다녔던 곳이기 때문이었다. 그가 다녔던 베이신제 소학교는 지금 허우자이먼 소학교로 이름이 바뀌어 있었고 롄잔의 방문에 맞추어 허우자이먼 소학교에서 성대한 환영식을 준비했다.

렌잔 일행이 학교에 막 도착했을 때 어린이들의 목소리로 당시가 낭송되었다. 환영식의 첫 번째 프로그램이 시낭송이었는데 하지장賀知章의 〈회향우서回鄕偶書〉였다.

어려서 떠난 고향 다늙어 돌아오니
고향의 사투리는 그대론데 귀밑머리 다 셌네
아이들은 보면서도 누구인지 몰라
웃으며 묻네. "손님은 어디서 오셨나요?"

少小離鄕老大回, 鄕音無改鬢毛衰.
兒童相見不相識, 笑問客從何處來.

렌잔의 서안 방문에 너무 적합한 시다. 어려서 떠난 고향으로 돌아온 노년의 정객. 고향 사투리는 안 바뀌었지만 머리는 벌써 백발이다. 동네 아이들은 그가 이 마을 출신인지 알지도 못하고는 손님이라 부른다. 유머러스하고 친근하지만 깊은 페이소스가 있다. 모르긴 몰라도 렌잔의 마음이 담담하진 않았을 것이다. 당시 소학교에서의 환영식도 생중계되었는데 렌잔은 연신 안경을 만졌다. 감정이 격했던 모양이었다.* 렌잔의 부인 팡위는 귀국 후 신문사에 기고한 대륙 방문기에서 60년 만에 고향에 돌아온 렌잔이 "고향 사투리도 바뀌고 귀밑머리도 다 셌다鄕音已改, 鬢毛已衰"고 적었다. 시와 다르게 사투리까지 바뀌었던 것이다. 팡위는 또 자신도 너무 감격스러워 장호張祜의 시 〈궁사宮詞〉가 생각났다고 적었다.

* 동영상은 리북출판사 홈페이지(www.leebook.com)에서 볼 수 있다.

내 고향 삼천리
구중궁궐에서 이십 년
하만자 한 곡조에
뜨거운 눈물 임금 앞에 떨구네

故國三千里, 深宮二十年. 一聲何滿子, 雙淚落君前.

여성이라 그런지 연상한 시도 궁녀의 애수가 담긴 작품이다.
이 작품에서 궁녀의 신세를 표현한 말은 딱 10자인데 울림이
크고 깊다. 집 떠나 삼천리, 궁궐 생활 이십 년이다. 애닯은 사연
에 할 말이 없다. 〈하만자〉는 원래 사람이름이었는데 나중에
악곡의 제목이 되었다. 〈하만자〉의 슬픈 멜로디에 자신의 기구
한 신세가 처량했는지 한 가락 듣자마자 눈물을 쏟는다. 그것도
임금 앞에서. 자세한 사연이야 모르겠지만 고향 떠나 삼천리,
궁궐에서 이십 년, 이 말에서 대강 그 심사를 알 것도 같다.
렌잔도 그 마음이었을테고 그의 아내도 마찬가지다.

상해에서 벌인 한시 송별회

상해도 렌잔이 어린 시절을 보낸 곳이다. 그는 아버지를 따라
대만으로 가기 전 약 1년 정도 상해에서 살았었다. 렌잔 일행은
상해에 도착한 다음 날 중국공산당 상해시위원회 부서기 한정韓
正과 만났다. 환영 만찬에서 그는 "비바람 속에 벗이 오더니,
봄빛이 귀빈을 맞이한다風雨故人來, 春光迎貴賓"는 말로 인사하고

다음 날 대만으로 돌아가는 롄잔 일행의 무사귀환을 빌었다. 환영식이자 송별식이다. 한정은 당시 한 구절을 인용하여 이별의 말을 대신했다.

청산에 길은 하나, 비바람 함께 하나니
밝은 달 함께 보면 어찌 다른 곳에 있다하랴

青山一道同風雨, 明月何曾是兩鄕.

왕창령王昌齡의 시 〈송시시어送柴侍御〉의 한 구절이다. 청산은 실제로 있는 산이 아니라 '강호'라는 개념처럼 관념 속의 공간이다. 청산으로 통하는 길은 하나라 비록 떨어져 있다고 해도 결국은 같은 길 위에 있는 셈이다. 함께 비바람을 맞으며 같은 길을 가는 것이다. 밝은 달도 마찬가지다. 서로 같은 시간에 밝은 달을 바라보면 그건 함께 있는 것과 마찬가지다. 그래서 헤어지면서도 이별이라 생각하지 않겠다고 말한다. 이 시의 앞 구절도 "그대를 보내지만 이별의 아픔은 느끼지 않네送君不覺有離傷"이다. 한정은 상해시에 시속 430㎞의 자기부상 열차가 있다고 말하며 이런 고속의 시대가 양안의 거리를 축소시킬 것이라 덧붙였다.

중국공산당 대만사무판공실 주임 천윈린陳雲林은 이번 롄잔의 대륙방문이 양안관계에서 역사적인 사건이 될 것이라며 송시를 한 수 읊었다.

첩첩의 산은 냇물 하나 흘려보내지 않아서
물소리 낮밤으로 울리도록 막지만
산자락 다하는 평지에 이르면
냇물은 당당하게 마을로 나간다

萬山不許一溪奔, 攔得溪聲日夜喧.
到得前頭山脚盡, 堂堂溪水出前村.

이 시는 남송시인 양만리楊萬里의 칠언절구 〈계원포桂源舖〉이
다. 산수시지만 사회와 인생의 이치를 시에 담았다. 당시는 감
성적이고 송시는 이성적이라고 보통 말한다. 이 시도 그렇다.
시인의 깊은 철학적 사색이 산수 묘사에 담겨 표현되었다. 산은
냇물이 흘러나가지 못하게 막지만 물의 흐름을 막을 수는 없다.
산세가 험한 곳에서 물길은 숨어 흐르고 굽이쳐 흐른다. 그러나
평원에 이르면 당당하고 힘차게 흘러나간다. 물의 흐름은 산이
어쩌지 못하는 것이기 때문이다. 후스胡適는 이 시를 인용하며
중국의 민주화도 막을 수 없는 역사적 추세라고 말한 적 있다.
천원린이 이 시를 인용한 것도 대륙과 대만의 통합이 거스를
수 없는 시대적 추세라는 메시지를 전하려는 것이다. 흐르는
물을 막을 수 없는 것처럼 언젠가 난관과 장애를 넘어 양안이
통일의 역사적 조류를 맞을 것이라는 암시이다.

렌잔이 마지막 인사의 말을 건넸다. 만사는 시작이 어려운
법이라 당장의 큰 진전은 없어도 앞으로 양안관계가 꽃 피우고
열매 맺을 날이 있으리라고 말했다.

오랜 벗들 모두 만나지는 못했으나

훗날 서로의 발전을 기약하네

相逢不盡曾相識, 後會有期創雙贏.

　　북경대학 강연에서 했던 '윈윈雙贏'이란 표현을 또 썼다. 한시를 번역하며 영어식 표현을 적자니 어색하다. 그래서 여기서는 서로의 발전이란 말로 번역한다. 하지만 렌잔의 의미는 윈윈이다. 감격스러운 상황이지만 덥석 통일하자고 말을 받을 수는 없다. 그래서 렌잔은 처음부터 끝까지 대륙과 대만이 윈윈하는 사이가 되자고 말한다. 이 구절도 앞구는 과거에 대한 이야기고 뒷구는 미래에 대한 이야기다. 자금성에서 남긴 휘호와 유사한 패턴이다. 양안관계에서 렌잔 자신의 성격이 과거이자 미래이기 때문이기도 하다.

방문은 끝나고 시집이 남아

　　렌잔의 방문은 양측 언론의 대단한 주목을 받으며 진행되었고 온라인상에서도 네티즌들의 엄청난 관심을 받았다. 그가 가는 곳마다 한시 인용과 대련 휘호가 이어졌고 온라인에서도 네티즌들이 많은 시를 남겼다. 중국의 포털사이트 시나왕新浪網, http://www.sina.com.cn에서는 렌잔의 대륙방문에 대한 평론 코너를 따로 설치하여 네티즌의 의견을 받았는데 이 코너를 통해 많은 네티즌들이 시를 남겼다. 그 때 가장 히트친 시가 〈엄마,

큰형이 돌아왔어요娘. 大哥他回來了〉였다. 제목 그대로 롄잔의 중국방문을 집 떠난 큰형이 집에 돌아온 것으로 비유한 내용인데 후에 작곡가 우송진吳頌今의 작곡으로 노래로도 만들어졌다.

팡위 여사도 남경에서 한 청년이 티셔츠를 입고 있는 것을 봤는데 롄잔의 이름으로 문구를 만들어 적었더라는 이야기를 했다. 그가 본 티셔츠의 문구는 이렇다.

연합하면 둘 다 이기고
싸우면 둘 다 패한다

連則兩利, 戰則兩敗

롄잔의 이름을 따 두 줄의 문구로 만들었다. 우리로 치면 이름으로 지은 2행시다. 대륙과 대만이 합쳐야 한다는 메시지도 강렬하게 전달하고 있다.

시나왕의 발표로는 롄잔의 대륙방문 평론 코너에 약 5만 3천 건의 글이 기록되고 그 중 시가 약 80수였다고 한다. 자유로운 현대시도 있고 정형화된 한시도 있었다. 시나왕은 그 중 18수의 시와 20편의 글을 선별, 시집으로 만들어 롄잔에게 증정했다. 롄잔이 대만으로 떠나기 전에 전달해야 했기 때문에 간단하게 제본했지만 롄잔은 상당히 놀랐다고 한다. 팡위 여사도 대륙 사람들의 고전에 대한 소양에 호기심이 생겼다고 훗날 방문기에서 말했다.

이백의 시로 은퇴의 소감을

대륙 방문에서 돌아오고 나서 롄잔은 5년 반 동안 맡았던 국민당 주석을 사임했다. 쟝쩌민이 자주 시로 은퇴를 암시하더니 롄잔도 은퇴의 소감을 시로 전했다. 8월 17일 주석으로서 주재한 마지막 회의였다.

어찌하여 푸른 산에 사느냐고 나에게 묻지만
웃으며 대답하지 않아도 마음은 절로 한가해라
물결 위에 복사꽃 아련히 흘러가고
다른 세상, 인간 세상이 아닌 듯 해라

問余何事棲碧山, 笑而不答心自閑.
桃花流水杳然去, 別有天地非人間.

이백의 〈산중문답山中問答〉이다. 이백을 왜 시선이라 부르며 신선의 이미지로 연상하는지 보여주는 시다. 인간의 세계에서는 묻고 대답해야 서로의 마음을 안다. 그러나 시인이 사는 푸른 산은 초월의 세계이며 탈속의 세계이다. 마음은 절로 한가하고 굳이 묻고 대답할 일도 없다. 복사꽃이 물 위에 떠가는 이 신비한 곳은 도연명이 그려낸 도화원이다. 세상과 떨어져 있어 억지로 찾으면 찾아지지 않는 곳이다. 이백의 푸른 산도 이런 곳이다. 시의 내용이 저절로 그림으로 연상된다. 욕심이 없으니 바쁠 일도, 급할 일도 없다. 평생을 정치에서 살아온 롄잔의 은퇴 소감이다. 무슨 뜻이냐고 물어보지 않아도 그 마음을 알 듯하다.

그런데 렌잔은 은퇴 후 완전히 도화원에 갇혀 살지는 않았다. 그 후로 여러 번 대륙을 왕래했다. 대륙의 중국 정부도 렌잔을 끌어안으려고 계속 노력한다. 중국 정부는 2010년 제1회 공자평화상의 수상자로 렌잔을 선정하기도 했다. 그런데 이 일은 렌잔이 모르는 일이라고 부인하여 한바탕 해프닝으로 끝났다. 중국의 반체제 인사인 류샤오보劉曉波가 노벨평화상에 선정된 일에 반발하여 중국 문화부에서 제정했던 공자평화상도 논란 끝에 다음 해 폐지되었다.

또 그즈음 홍콩 언론에서는 중국 정부가 그를 부주석으로 영입하려 한다는 보도기사를 냈다. 이런 일련의 움직임들은 중국 정부가 렌잔을 끌어안기 위해 얼마나 정성을 쏟았는지 보여준다. 실제로 그가 중국 정계로 진출할 가능성은 희박하지만 양안관계에서 그가 차지하는 위상을 보여준다. 또 대륙의 중국인들이 렌잔에게 갖고 있는 정서적 친밀감이 그만큼 크기 때문이다. 같은 민족으로서의 문화적 동질성을 보여준 2005년의 대륙방문은 그들에게 매우 뿌듯하고 흐뭇한 사건이었다.

왕창령王昌齡 〈송시시어送柴侍御〉

흐르는 물은 파도와 이어져 무강에 닿나니
그대를 보내도 이별은 아프지 않다네
청산에 길은 하나, 비바람 함께 하나니
밝은 달 함께 보면 어찌 다른 곳에 있다 하랴

流水通波接武岡, 送君不覺有離傷. 靑山一道同風雨, 明月何
曾是兩鄕.

당대 시인 왕창령이 지은 이 시는 친구 시시어를 전송하며 쓴 7언절
구 송별시다. 시어는 이름이 아니라 관직명이다. 이 친구의 성이 시씨
이기 때문에 시시어라고 한 것이다. 왕창령은 감정이 두텁고 우정을
중요하게 생각하는 사람이라 송별시, 전송시, 우정시가 많다. 원문의
무강은 시시어가 떠나가는 지역의 이름이다. 물가에서 전송을 하다
보니 저 물결이 무강에 닿을 것이라는 생각에 우리가 영원히 헤어지는
것은 아니라는 생각이 미친 것이다. 감정이 깊다 보니 두 사람의 공간
을 잇는 상상이 생겨나고 먼 곳도 가까운 곳이 되었다. 강물과 청산,
명월은 이별의 아픔을 느끼지 못한다. 함께 명월을 바라보고 함께 비바
람 맞으며 청산 강호에 머무는 우리는 헤어져 있는 것이 아니라는
우정의 맹세가 진실하다.

8장

한중 외교에 등장한 소동파

천안함 외교와 소동파

　중국과 한국은 1992년 수교를 맺었다. 그 후 많은 외교적 접촉이 있었고 수차례 정상회담도 있었지만 크게 주목할 만한 한시외교의 일화는 많지 않다. 한국도 한문으로 이룩한 문화전통이 있어 한시외교의 상대로 그리 답답한 처지는 아니지만 아무래도 양측에 현란한 한시외교가 펼쳐질 만한 상황이 없었던 것 같다. 왜냐하면 그간 중국의 지도자들은 주로 자신의 심중을 포장하거나 대립과 화해가 거듭하는 극적인 상황에서 고전의 한 구절로 메시지를 전달했는데 한국과는 그럴만한 일이 많지 않았기 때문이다. 그래서 그간 한국과 중국의 지도자들이 만났을 때는 주로 인사말이나 덕담으로 고전 문구가 한 구절씩 오가는 정도였다. 그런데 최근 한국에서 한시외교라는 중국의 독특한 외교적 화법이 주목받는 일화가 생겼다. 2010년 천안함 사건과 관련된 만남이었다.

천안함의 침몰

2010년 3월 26일 서해 백령도 근처에서 대한민국 해군 초계함인 천안함이 침몰했다. 이 사건으로 46명의 병사가 사망하고 구조과정에서 UDT 대원이 또 사망했다. 천안함 침몰의 원인을 둘러싸고 한국 사회는 들끓었다. 북한의 격침설과 자체결함, 또는 좌초에 의한 사고설 등 다양한 의견이 제시되었다. 5월 20일 군, 민간 전문기관, 외국 4개국 전문가 등으로 구성된 민군합동조사단은 이 사건을 북한에서 제조한 감응어뢰의 수중폭발에 의해 선체가 절단되어 침몰했다는 발표를 했다. 한국 정부는 이 사건의 공식 명칭을 천안함 피격사건으로 명명했다. 그러나 일부 조사 내용은 그 후 국방부의 실험에 의해 번복되기도 했고 언론 보도 역시 보수진영과 진보진영의 시각 차이가 컸다. 한마디로 북한의 소행인지 아닌지를 둘러싸고 이념 논쟁으로 번지는 양상이었다. 두 동강나 인양된 천안함처럼 한국의 여론이 갈라진 것이다. 북한은 직접 검열단을 파견해 조사하겠다는 반응을 보이며 이번 사건이 북한과 전혀 무관한 것이라고 강력하게 항의했다.

한국 정부는 천안함 사건을 UN 안보리에 회부하려고 국제사회에 지지를 요청했다. 하지만 주변 국가들의 입장은 미묘한 차이가 있었다. 미국, 일본, 독일 등은 한국 정부의 발표를 지지했으나 북한과 국경을 접하고 있는 중국과 러시아는 신중한 입장을 취했다. 러시아는 6월 1일 조사팀을 한국에 파견하여 천안함 사건을 조사했다. 그런데 수중폭발이라는 결과에만 동의했을 뿐 어뢰에 의한 것인지는 명확한 입장을 밝히지 않았다.

중국의 입장은 러시아보다 더욱 미온적이었다. 천안함 사건 초기에도 중국은 "불행한 돌발사건"으로 호칭하며 중립적인 자세를 취하는 모습을 보였다. 그 후에도 객관적이고 과학적인 조사 자료가 필요하다는 말을 되풀이했다. 5월 28일 한국을 방문한 원쟈바오 총리는 이명박 대통령과의 회담에서도 "중국은 누구도 편들지 않겠다"는 입장을 명확하게 밝혔다. 중국은 한반도의 정세가 위험한 상황으로 확산되길 원하지 않았고 동맹국인 북한으로 인해 자국이 난처한 상황이 되는 것도 바라지 않았던 것이다. 중국은 천안함 사건이 6자회담에 영향을 주지 않기를 바란다는 공식 입장을 발표했다. 그래서 한국 정부는 미국을 통해 중국이 한국 정부의 발표를 지지하도록 유도하는 동시에 외교적 접촉으로 중국을 설득하려는 노력을 진행했다.

소동파의 문장을 선물받은 외교부

6월 16일 천안함 사건에 대한 협력을 요청하기 위해 중국을 방문한 천영우 당시 외교통상부 2차관이 중국 외교부 추이톈카이崔天凱 부부장에게 받은 선물이 언론을 장식했다. 선물은 특이하게도 송대의 대문호 소동파의 문장을 적은 액자였고 글씨는 추이톈카이의 친필이었다.

천하의 크게 용기있는 자는 갑자기 큰일을 당해도 놀

라지 않으며 이유없이 당해도 노하지 않는다. 이는 그
품은 바가 심히 크고 그 뜻이 심히 원대하기 때문이다.

天下有大勇者, 猝然臨之而不驚, 無故加之而不怒. 此其
所挾持者甚大, 而其志甚遠也.

이 문장은 소동파가 1061년 어시에서 쓴 책문策問 〈유후론留
侯論〉의 일부분이다. 어시는 황궁에서 치르는 과거시험이며 책
문은 주어진 시제에 따라 정치적 견해를 적는 논설문이다. 〈유
후론〉의 유후는 유방을 도와 한나라를 세운 장량張良을 가리킨
다. 유방이 천하를 통일한 후 장량을 유 지역의 제후로 봉했기
때문에 유후라고 부르는 것이다. 장량에 대한 이야기는 〈사기
유후세가〉에 소설처럼 흥미진진하게 소개되어 있고 소동파도
〈사기〉의 이야기에 근거하여 이 글을 적었다.

장량의 일생은 매우 드라마틱하다. 그가 유방의 참모로서 천
하를 통일할 수 있었던 원인에는 뛰어난 재능의 발휘도 있지만
인격적, 정신적 소양도 크게 작용했다. 소동파의 〈유후론〉은
장량의 인격적 측면, 즉 그의 인내하고 준비하는 정신에 대해
날카로운 평론을 가했기 때문에 천하의 명문이 되었다. 소동파
는 이 책문으로 과거에 급제하여 관직을 시작했다.

인내하는 자가 대업을 이루었다

그런데 왜 추이텐카이는 이 미묘한 시점에서 한국 외교부의

요청에 이 구절을 선물한 것일까. 중국인에게 이 구절은 어떤 의미를 가진 글일까.

책문이라는 문체는 반드시 필자의 논점이 있어야 하며 그에 대한 근거가 이어져야 한다. 글솜씨도 좋아야 하지만 논점이 타당해야 하고 합리적인 논거로 치밀하게 논증해야 한다. 추이 톈카이가 쓴 구절은 〈유후론〉의 도입부이자 논점의 일부분이다. 논점의 전체 부분은 다음과 같다.

> 이전에 호걸지사라 하는 사람들은 반드시 남들보다 뛰어난 절조가 있었다. 인정으로 인내하지 못하는 일이 있으니 필부는 모욕을 받으면 검을 뽑고 일어나며 몸을 일으켜 싸운다. 천하의 크게 용기있는 자는 갑자기 큰일을 당해도 놀라지 않으며 이유없이 당해도 노하지 않는다. 이는 그 품은 바가 심히 크고 그 뜻이 심히 원대하기 때문이다.
>
> 古之所謂豪傑之士者, 必有過人之節. 人情有所不能忍者, 匹夫見辱, 拔劍而起, 挺身而鬪, 此不足爲勇也. 天下有大勇者, 猝然臨之而不驚, 無故加之而不怒. 此其所挾持者甚大, 而其志甚遠也.

소동파는 이 단락을 논점으로 제시한 후, 장량이 인내하고 준비하며 대업을 이룰 수 있었다는 근거를 제시했다. 장량은 한나라 명문가의 후손으로, 한나라가 진시황에게 멸망하자 진시황 암살을 기도하다 실패한 뒤 하비로 도망쳤다. 그 곳에서 황석공이라는 노인에게 병법서를 전수받아 독파하고 뛰어난 지략가로 거듭난다. 그런데 이 황석공이라는 노인이 장량에게 병법서를 전수하는 과정이 매우 흥미롭다. 노인은 허름한 행색 이었지만 거만했다. 일부러 신발을 냇물에 떨어뜨려 줍게 했고 약속시간을 일방적으로 몇 번이나 바꾸었다. 모욕에 가까운 조롱과 장난으로 장량의 인격을 시험한 것이다. 그러나 장량은 그 때마다 묵묵히 인내하며 노인의 뜻을 따랐다. 소동파는 모욕을 당해도 분노하지 않는 장량의 인격을 높이 평가했다. 이를 대업을 이룰 수 있었던 품성의 기초로 분석했다.

항우의 세력에 비해 열세였던 한군을 이끌고 장량은 많은 시련을 겪었다. 하지만 결국 유방이 역사의 승리자가 된 것은 항우에게 천하를 양보하고 오지인 파촉 지역에서 세력을 키웠기 때문이다. 묵묵히 인내하며 다음 단계를 위해 준비하는 것은 유방의 스타일이 아니라 장량의 스타일이다. 소동파 역시 유방과 항우의 성패는 인내로 인해 갈렸다고 평했다. 그리고 이 인내는 장량이 유방에게 가르친 것이라고 적었다.

알고 보면 추이톈카이가 선물한 소동파의 이 구절은 용기에 대한 이야기가 아니라 인내에 대한 교훈이다. 소동파의 〈유후론〉은 장량의 의지와 기개를 분석한 글이다. 작은 화를 참고 큰일을 도모하는 것은 마음에 큰 의지와 기개가 있는 자만 가능하다. 장량이 장량이 될 수 있었던 이유가 여기에 있다고 문장은 결론을 내렸다.

한국 언론의 반응과 중국의 딜레마

한국 언론은 이 일을 비중있게 다루었다. 액자를 선물받은 천영우 2차관은 추이텐카이가 평소 좋아하는 글귀라 개인적인 선물로 준 것일 뿐이라고 확대해석을 경계했지만 대부분의 언론은 이 글귀 속에 중국 정부의 의중이 담겼다고 보도했다. 한국 정부에게 인내와 절제의 메시지를 전했다는 해석이다. 한국의 네티즌들도 의견이 분분했다. 중국이 두루뭉술한 말로 넘어가려 한다는 의견도 있었고, 중국 외교에 한 방 먹었다는 의견도 있었으며, 중국도 북한의 공격이라고 생각한다는 해석도 있었다.

두 사람의 인연은 1992년 수교 직후부터라고 알려졌으니 상당히 오래된 친구다. 그래서 말 그대로 개인적인 취향이 담긴 선물이라고 할 수도 있을 것이다. 하지만 추이텐카이는 중국 외교부의 부부장이고 한국으로 치면 외교부 차관이다. 이 방문 역시 개인적 방문이 아니라 천안함 사건의 사후조치를 위한 중국의 협력을 요청하는 방문이었고 양국 외교부의 만남이었다. 그런데 하필이면 인내와 절제를 강조하는 글귀를 적어 선물한 것은 중국 외교부의 입장이 담겨 있다고 봐야 할 것이다. 격정적으로 흘려 쓴 초서도 아니었고 반듯하게 균형 잡힌 해서체였다. 인내와 절제의 미덕이 글씨체에도 묻어난다.

중국 정부는 중립적인 입장을 유지한다는 원칙을 발표했지만 내심 미묘하고 난처한 상황이었을 것이다. 상하이 엑스포와 광저우 아시안게임이라는 국제적 행사를 앞두고 있었고 국제 사회의 책임감있는 대국이라는 이미지도 구축해야 한다. 북한이 강력하게 부인하는 상황에서 한국 정부를 지지하는 것은 동맹국인 북한을 고립시키는 결과를 낳게 된다. 북한을 움직여 6자회담을 이끄는 입장에서 북한에 직접적인 제재를 가하기도 어려웠다. 6자회담 참가국 간의 힘의 균형이 무너지는 문제도 고려했을 것이다. 그렇다고 천안함 사건으로 한미일 삼국의 안보 공조가 더욱 튼튼해져서 아시아에서 미국의 영향력이 강화되는 것도 받아들이기 어렵다. 이는 대만 문제에도 직접적인 영향을 주기 때문이다. 중국은 한반도에 급격한 변화가 발생하는 것을 원치 않은 것이다.

김정일의 〈홍루몽〉외교

2010년 5월 3일 북한의 김정일 국방위원장은 중국을 방문하여 후진타오 주석을 비롯하여 원쟈바오 총리 등 중국의 지도자들을 만났다. 중국 언론은 후진타오의 요청으로 방문했다고 보도했지만 한국 언론은 국면전환 겸 경제원조 요청을 위한 방문이라고 보도했다.

한국 정부는 곧바로 주한 중국 대사를 초치하여 김정일의 방문 허용에 대해 항의했다. 3일 전 한중 정상회담에서도 이런 사실을 알려주지 않았던 것에 대한 불만도 담겨 있었다. 북한의 책임을 UN 안보리로 회부하기 위해 중국을 설득하는 과정이었기 때문에 중국이 며칠 간격으로 남북의 정상과 만나는 것이

불쾌했던 것이다. 중국 외교부 역시 천안함 사건과 6자회담 재개 문제는 별개라고 반박하면서 어떤 국가 지도자의 방문을 받아들이는 지는 중국의 주권 범위에 있는 일이라고 못 박았다. 그 과정에서 쟝위姜瑜 외교부 대변인은 천안함 사건의 원인을 북한으로 몰고 가는 시각은 언론의 보도이자 추측이라고 단정했다. 중국 언론도 한국이 중국의 외교정책에 간섭한다는 비판적 기사를 보도했다.

그런데 김정일은 그냥 가지 않았다. 북한 피바다 가극단의 〈홍루몽紅樓夢〉 중국 순회공연과 동시에 갔다. 북한의 가극 〈홍루몽〉이 중국에서 처음 순회공연을 하기로 예정된 날짜에 북경에 나타난 것이다. 〈홍루몽〉은 청대의 장편소설로 모든 중국인들이 자랑스러워하는 작품이다. 북한의 〈홍루몽〉 제작은 1961년 김일성 국가주석이 중국을 방문하여 〈홍루몽〉을 관람한 것이 계기가 되었다. 북한으로 돌아온 김일성은 〈홍루몽〉 제작을 지시했다. 다음 해 북한은 가극 〈홍루몽〉을 제작하여 초연을 했고 덩샤오핑, 류샤오치 등 중국 1세대 혁명원로들도 북한 방문길에 관람했다. 2009년 북중 수교 60주년 기념으로 방북한 원쟈바오 총리도 김정일과 함께 북한의 〈홍루몽〉을 관람했다. 양측 지도자가 북한의 〈홍루몽〉을 함께 관람하는 것을 외교적 이벤트로 만든 것이다. 198명의 배우가 등장하는 대형 가극이다. 그리고 이 〈홍루몽〉은 김정일이 직접 기술지도에 참여했다고 알려졌다.

그 〈홍루몽〉이 중국 순회공연을 하는 것이다. 그것도 김정일의 중국방문과 때를 맞춰서 말이다. 중국 언론은 몇 달 전부터 이 공연을 대대적으로 홍보했다. 양국 정상이 함께 이 공연을 관람할 가능성이 크다는 중국 언론의 보도도 있었다. 첫 이틀간의 공연은 일반인들에게 표를 팔지 않았다는 것이 근거였다. 그러나 양측 정상은 〈홍루몽〉을 함께 보지 않았다. 구체적인 이유는 알 수 없고 김정일의 건강이나 일정상의 문제가 아니었을까 추측될 뿐이다. 한국의 유력 일간지는 북한의 경제원조 제안을 중국이 거절했기 때문이라는 기사도 보도했다.

김정일의 중국 방문을 한국이 항의했을 때 한 중국학자는 한국이 중국과 북한의 관계를 너무 쉽게 생각하고 있다고 지적한 적 있다. 그럴지도 모른다는 생각이 든다. 2009년 원자바오가 북한을 방문했을 때 공항에서 김정일과 포옹하는 장면을 뉴스에서 보고 깜짝 놀란 적이 있다.* 두 사람은 왼쪽 가슴으로 한 번, 오른 쪽 가슴으로 한 번, 깊고 진한 포옹을 했다. 원자바오가 먼저 끌어당긴 포옹이었다. 물론 이 때가 북중 수교 60주년에 중국 총리로서는 18년만의 방문이기 때문일 수도 있다. 60년 동안 북한은 중국의 많은 것을 보고 배웠지만 외교문화의 코드도 통한다는 느낌이다. 북한은 〈홍루몽〉을 북중 관계의 상징으로 만들었다. 그리고 〈홍루몽〉으로 더 많은 스토리를 이어가려고 한다.

---

* 동영상은 리북출판사 홈페이지(www.leebook.com)에서 볼 수 있다.

소동파 문장에 담긴 두루뭉수리 한시외교

확실히 중국의 한시외교는 두루뭉술한 효과가 있다. 글씨를 액자에 담아 선물했으니 이걸 중국 정부의 공식 입장이라고 보기도 그렇고 아니라고 하기도 그렇다. 그러니 이 내용을 공론화하여 반박하기도 우습다. 혹 반박을 받더라도 그저 평소 좋아하는 구절이며 인생의 지혜를 알려준 것이라면 더 할 말이 없다. 한국에게 큰 용기를 가진 자가 되라는 메시지로 해석한다고 해도 중국이 천안함 사건을 북한의 소행으로 보는지 여부를 유추할 만한 단서도 없다.

원문은 "갑자기 임해도猝然臨之", "이유없이 가해져도無故加之" 라고만 되어있지 어떤 상황에 임하고 무엇이 가해지는지 목적어가 분명하지 않다. 그저 그것이라는 의미의 '갈 지之'가 있을 뿐이다. 모욕을 받는다, 혹은 공격을 받는다는 해석은 문맥을 보며 그렇게 풀이하는 것이지 원문에는 그런 말이 없다. 소동파는 조선의 선비들에게도 문장의 최고봉으로 추앙받던 대문호다. 문장의 내용에 대해서는 옳고 그름을 따질 수도 없다.

그러나 중국 외교부가 아무런 메시지를 전달하지 않은 것도 아니다. 이 글의 내용은 중국 정부가 천안함 사건에 대해 냉정하고 절제된 대응, 자제력을 강조하는 공식적 입장과 정확하게 일치한다. 한국의 요청은 분명했지만 중국의 대답은 애매했다. 모호한 대답 속에 누구의 편도 아니라는 중국의 입장도 분명해졌다. 옛 글귀지만 어쨌거나 남의 말이다. 남의 말을 전하며 본인은 한 걸음 뒤로 물러서는 것이다. 소동파가 등장하는 순간 중국 정부가 소동파의 거대한 그늘로 사라진 느낌이다. 기분이 썩 유쾌하지는 않다. 훈계는 어른이 아이에게, 윗사람이 아랫사람에게 하는 것이라 그렇다. 며칠 사이에 남한과 북한 양측의 정상을 한 명씩 만나서 점잖은 소리를 들려주었다. 아랫사람이 된 기분이다.

성어를 애용하는 한국 정치인

한국도 한문을 오랫동안 사용한 나라이고 학식과 문화적 소양을 중시하는 국민적 정서가 있다. 그래서 한국의 명사들도 한시로 자신의 회포나 견해를 드러내는 경우가 많다. 또 국가적 이익을 협상하는 현장에서 한시가 등장한 사례도 있고 연말연시가 되면 한 해를 정리하는 한자성어를 정하고 한 해의 소망과 의지를 담은 한자성어를 발표하기도 한다.

을지문덕이 등장한 한미FTA 협상

2007년 3월 한미FTA 협상이었다. 당시의 언론보도에 따르면 한미 양측은 약 14개월간 FTA 협상을 진행하면서 첨예하게 대립하고 설전과 심리전을 벌였다고 한다. 한국은 국민적인 관심사인 쌀, 쇠고기, 개성공단 등의 문제에 대한 입장을 관철해야 했다. 그 때 협상 막바지에서 당시 배종하 농림부 국제농업국장이 고구려 을지문덕 장군의 시 〈여수장우중문시與隋將于仲文詩〉의 원문과 영역본을 미국 협상단에 건넸다.

> 신기한 책략은 하늘의 이치를 다했고
> 오묘한 계획은 땅의 이치를 다했다
> 전쟁에 이겨 공이 이미 높으니
> 만족함을 알고 그치길 원하네
>
> 神策究天文, 妙算窮地理. 戰勝功旣高, 知足願云止.

흥미롭다. 을지문덕이 수나라의 전쟁에서 이 시를 지었을 때도 전술의 일환이었는데 전쟁과 다름없는 협상 테이블에서 이 시가 다시 전술로 활용되었으니 말이다. 배종하 국장은 농산물 분야에서의 공격에 맞서 이 시를 카드로 썼다. 협상단은 수많은 시간동안 작전 수립에 고심하며 예행연습과 준비를 거듭했을 터이니 즉흥적으로 나온 발상은 아닐 것이다.

을지문덕의 시는 상대에게 대단히 훌륭하다고 칭찬하지만 항복의 말은 아니었다. 결판을 내자고 벌인 싸움인데 승부도 나기 전에 칭찬의 말을 던졌으니 이건 조롱이고 희롱이다. 적의 총칼이 보이지 않는 곳에서 노래는 적의 심장을 꿰뚫는다는 말이 있다. 한신이 해하에서 항우를 패퇴시킨 초나라의 노래가 그랬다. 마지막 두 구 역시 제안과 협상 같지만 놀리는 말이다. 적을 흥분시켜 이성적인 판단을 흐리게 하는 심리전이다. 그리고 을지문덕은 전쟁에서 이겼다. 한국측 협상단이 이 시를 협상의 카드로 활용했던 것도 을지문덕의 승리를 재현하고 싶은 마음이었을 것이다.

한문 구절로 심경을 고백하는 정치인

한국 신문에서 정치면에 한시가 등장하는 경우가 왕왕 있다. 하필 정치면에 자주 등장한다는 점이 눈길을 끈다. 김종필 전 자민련 총재처럼 고전에 조예가 깊어 많은 일화를 남긴 인물도 있지만 정치적으로 민감한 상황에서 한시로 심중을 대신하는 사례는 지금도 많다.

2010년 7월 대통령실장으로 취임하던 임태희 고용노동부 장관이 기자들에게 심경을 밝히며 불교의 게송 한 편을 인용했다.

> 태어남은 한 조각 뜬구름이 일어난 것이요
> 죽음은 한 조각 뜬구름이 사라진 것이라
> 뜬구름 자체는 본래 실체가 없으니
> 생사와 오고 감도 이와 같도다
>
> 生也一片浮雲起, 死也一片浮雲滅.
> 浮雲自體本無實, 生死去來亦如然.

게송은 불교적인 진리와 이치를 시의 형식에 담는 장르이다. 한시에도 선시禪詩라는 장르가 있어서 불교적 깨달음을 표현하는 운문이 있다. 그런데 게송은 평측이나 압운 같은 한시의 외형적 규칙에 크게 구애받지 않는다. 내용이 우선이다. 선시는 한시의 형식 위에 불교적인 내용을 담는 시이다. 이런 점에서 게송과 선시는 비슷하면서도 약간은 다른 개념이다.

임태희 장관은 어느 자리에서든 자신의 소임을 다하겠다는 심경을 함께 설명했다. 그는 고용노동부 장관과 동시에 국회의원을 겸직하고 있었다. 대통령실장으로 취임하며 국회의원직도 사퇴하게 되자 기자들의 질문이 '자리'에 집중되었다. 그래서 이 시를 인용한 것이다. 이 게송은 불교에서 천도재 의식에도 사용한다. 인생을 구름에 비유했다. 유하 시인의 표현처럼 구름은 실체와 허상이 한 몸이다. 인생의 자리도 마찬가지다. 실체이기도 하지만 집착할 필요가 없는 허상이다. 그는 이런 의미로 이 시를 인용한 것이다.

임태희 장관이 인용한 게송은 의원직 사임과 대통령실장 취임에 대한 심경을 함께 전달한 말인데 한국 언론의 정치면에서 주로 등장하는 한시는 사퇴의 심경을 대변하는 경우가 많다. 2010년 8월 29일 국무총리 후보에서 사퇴한 김태호 후보자가 트위터에 중국의 글귀 하나를 남겼다.

하늘은 비를 내리려 하고
어머니는 시집을 가려한다

天要下雨, 娘要嫁人.

중국의 속담이라 전고를 모르면 이해하기 어려울 것이다. 옛날 주요종이란 서생이 있었는데 홀어머니의 뒷바라지로 장원급제하고 황제의 부마가 되었다. 황제는 평생을 수절한 부마의 모친에게 열녀문을 세워주기로 약속했다. 그러나 아들의 말을 들은 모친은 아들의 스승 장문거에게 개가하겠다고 선언했다. 아들이 장성했으니 자신의 행복을 찾겠다는 것이다. 모친은 반대하는 아들에게 오늘 치마를 빨아 내일 마른다면 아들의 말을 듣겠다고 약속했다. 그러나 밤에 내린 비로 치마는 마르지 않았고 아들은 하늘의 뜻이니 어쩔 수 없다고 탄식했다. 그래서 하늘은 비를 내리고 어머니는 시집을 간다고 말했다.

마오쩌둥도 이 구절을 말한 일화가 있다. 마오쩌둥을 암살하려 했던 린뱌오林彪가 비행기를 타고 소련으로 도망갈 때 비행기가 몽고 국경 즈음에서 발견되었다는 보고가 들어왔다. 공격 여부를 고민하던 마오쩌둥이 "하늘이 비를 내리고 어머니가 시집간다면 막을 수가 없다. 가라고 해"라고 했다 한다. 하지만 린뱌오는 이 비행기가 추락해서 사망했다. 김태호 후보자가 이 구절을 인용한 것은 총리직이 자신의 정치인생과 빗나가는 상황을 맞으며 하늘의 뜻이니 집착하지 않겠다는 의미로 보인다.

2011년 1월 12일 당시 감사원장 후보자였던 정동기 후보자도 사퇴를 발표하는 기자회견에서 인용한 구절도 비슷한 맥락이다.

고니는 날마다 멱을 감지 않아도 희고
까마귀는 날마다 먹칠하지 않아도 검다.

鵠不日浴而白, 烏不日黔而黑.

〈장자莊子〉에 나오는 구절이다. 정동기 후보자는 감사원장 후보자로 지명되었는데 재산 증식, 총리실의 민간인 불법사찰 연루, BBK 수사 등의 문제로 사퇴압박을 받았고 결국 자진 사퇴했다. 고니의 흰 빛이나 까마귀의 검은 빛은 자연의 이치대로 부여받은 것이라 억지로 그렇게 된 것이 아니니, 좋고 나쁨을 따질 일이 아니라는 내용이다. 뒷 구절에는 명예도 자랑할 일이 아니라는 말이 이어진다. 순리대로 따르겠다는 마음을 표현한 것으로 보인다.

2011년 12월 12일 이상득 의원이 총선 불출마 선언을 하면서 인용한 〈노자〉의 한 구절은 위의 사례와는 다소 뉘앙스가 다르다.

하늘의 그물은 크고 넓어
성근 듯하나 놓치지 않는다.

天網恢恢, 疏而不失.

이상득 의원은 이명박 대통령의 형으로 권력형 비리와 관련해 보좌관이 구속되었다. 자신의 책임을 인정하고 국민들에게 사과하는 기자회견이었다. 노자의 이 구절은 상당히 문학적이다. 큰 그물망이 있는데 그물코가 촘촘하지 못하고 듬성듬성하다. 코가 촘촘해야 작은 고기도 놓치지 않는다. 그러나 하늘의 그물망은 성글면서도 무엇 하나 놓치는 법이 없다. 하늘의 이치가 세상의 모든 일에 적용된다는 말이다. 그런데 이 말은 하늘이 내리는 벌은 아주 작은 죄 하나도 놓치지 않는다는 말로 사용된다. 이상득 의원은 자신이 죄를 지어 하늘이 주는 벌에 걸렸다는 말을 하는 것일까. 아니면 그의 정적들도 언젠가 벌을 받을 것이라는 경고를 하는 것일까. 둘 다 가능성이 있지만 분명하지는 않다.

정치인들의 정치적인 행보가 여론의 반대에 부딪혀 무산될 때, 또 정쟁 중에 자신이 비난을 받으며 의지를 꺾을 때 그 마음은 착잡하고 괴로울 것이다. 그러나 또 정치인들은 그에 대한 자신의 심경을 국민들에게 말하게 된다. 이런 상황에서 고전의 문구가 등장하는 것은 한문이 갖고 있는 힘과 깊이에 의존하는 것이다. 고전의 문구는 사람들의 일상생활에서 멀리 떨어져 있다. 경박한 처세와 세속적 욕망을 추구하는 글은 고전으로 남지 못하고 사라진다. 대의와 이상을 담은 말들이 살아남아 고전이 된다. 우리가 고전을 숭고한 가치의 근원으로 생각하는 이유도 여기에 있다. 정치인들은 고전의 한 구절을 인용하며 자신의 의지가 이 숭고한 가치로 포장되기를 바라는 것이다. 또 다양하게 해석될 수 있는 여지를 열어두어 자신의 속마음을 감추는 효과도 있다. 한문이 본래 다의적인 것인데다 인용의 방식과 상황에 따라 다르게 해석될 수 있기 때문이다.

하지만 어쨌든 한국에서는 고전이 후인을 잘못 만나 고전하는 경우가 많은 것 같다.

266

연말연시에 등장하는 한자성어

한국은 연말연시가 되면 평소 사용하지 않던 생경한 성어들이 갑자기 등장한다. 성어로 한 해를 정리하고 성어로 한 해의 소망과 의지를 전달하는 일이 더 많다. 최근 몇 년간 신년 화두로 선정된 성어는 다음과 같다.

> 2008년: 시화연풍時和年豊, 나라가 태평하고 풍년이 들다
> 2009년: 부위정경扶危定傾, 위태로움을 붙잡고 기울어진 것을 바르게 한다
> 2010년: 일로영일一勞永逸, 한 번의 노고로 오랫동안 편안함을 누린다
> 2011년: 일기가성一氣呵成, 한 번의 기세로 일을 이룬다
> 2012년: 임사이구臨事而懼, 일에 임하여 두려움을 느낀다

이 성어들은 신년의 계획과 의지를 담아 청와대에서 발표한다. 각계 인사들의 추천을 받은 성어들 중에서 선정된다. 새로운 한 해를 어떤 자세로 이끌 것인지 알리는 것이다.

이에 반해 지나간 한 해를 정리하고 평가하는 내용으로 선정되는 성어들이 있다. 가장 대표적인 것이 〈교수신문〉에서 선정하는 성어다.

> 2008년: 호질기의護疾忌醫, 병을 감싸고 의원을 피한다
> 2009년: 방기곡경旁岐曲逕, 샛길과 굽은 길
> 2010년: 장두노미藏頭露尾, 머리를 감추고 꼬리는 드러낸다
> 2011년: 엄이도종掩耳盜鐘, 귀를 막고 종을 훔친다

〈교수신문〉의 한자성어는 2001년부터 시작됐다. 전국 교수들의 의견을 받아 〈교수신문〉에서 선정한다. 지성계를 대표하는 발표라 각 방송과 신문은 이 성어를 비중있게 보도하며 한 해를 평가하는 화두로 삼는다. 그런데 청와대의 한자성어는 글자만 해석하면 무슨 의미인지 알만 한데 〈교수신문〉의 한자성어는 그렇지 않다. 이 성어가 만들어진 전고를 알아야 이해할 수 있다.

혹자는 〈교수신문〉의 한자성어가 너무 어렵고 해가 갈수록 더 어려워진다고 말한다. 지식인들이 자기들만의 언어유희를 즐긴다는 비판도 있다. 그런 측면도 있다. 너무 어렵다. 한문은 어려울수록 지적 권위가 강해지는 특성이 있다. 옛 사람들도 지적 허영과 과시를 즐기는 사람일수록 어려운 글자, 어려운 표현을 굳이 사용하는 경우가 많았다. 중국의 첫 문예비평인 육기의 〈문부文賦〉에도 있는 이야기다. 그런데 또 〈교수신문〉의 한자성어는 풍자라는 특징을 갖고 있다. 한 해를 압축하여 정리할 뿐 아니라 시사적인 풍자성을 점점 강화하고 있다. 풍자는 비난과 다르기 때문에 화자의 의미가 직설적으로 드러나지 않아야 한다. 풍자의 '풍諷'은 말과 바람이 합쳐진 글자이다. 바람은 형체와 소리가 없어 나무가 흔들리고 깃발이 펄럭이는 현상을 보아야 알 수 있다. 풍자는 메시지를 전달하되 감추어 전달하는 것이다. 풍자가 컨셉이기 때문에 〈교수신문〉의 한자성어는 이야기의 제목과 같은 역할을 한다. 이 한자성어를 화두로 감춰진 이야기에 접근해야 한다. 문을 열기 위해 문고리를 잡듯 말이다. 그러다 보니 자꾸만 어려운 성어들이 등장한다.

9장

중국의 시와 정치

중국 시의 탄생

고대 중국의 시와 문장을 우리는 문학으로 생각한다. 문학은 예술이다. 작가 내면의 사상과 감정을 표현하는 글이며 독자에게 미적 쾌감을 제공한다. 이 명제는 문학에 대한 보편적인 정의이므로 어떤 지역에서 어떤 시기에 발생한 문학도 이 명제로 설명될 것이다. 그러나 중국의 지도자들이 시를 통해 정치적인 메시지를 전달하는 것은 문학의 아름다움을 공유하고자 하는 의도가 아니다. 그들이 시를 읊는 것은 일종의 정치적 행위이다. 한시외교의 화법은 오랫동안 중국의 전통 속에서 축적되었다. 중국에서 시는 탄생도 정치적이었으며 활용도 정치적이었다. 중국의 역사와 문화 속에서 시가 차지했던 역할을 이해한다면 한시외교의 화법이 중국인들에게 얼마나 자연스러운 것인지 알 수 있을 것이다.

청동기 시대의 구전가요

중국에서 처음 등장한 시는 매우 순박하고 친근한 노래였지만 후대로 갈수록 점차 정치와 친해지기 시작했다. 정치적인 요구가 시에 담기기 시작했다. 시가 발생한 순간에 대한 사람들의 인식도 마찬가지다. 시는 정치와 가까운 곳에서 정치가 요구하는 역할을 담당했다.

중국 최초의 시집은 〈시경詩經〉으로 주나라 때의 노래를 모은 책이다. 대략 기원전 6세기에 책으로 편집되었다고 추정된다. 주나라에는 시를 관리하는 부서가 있어서 민심을 파악하기 위해 민간에 유행하는 시를 수집했다. 또 제후나 대부들이 천자에게 시를 바치기도 했는데 이런 작품들을 모아 〈시경〉을 엮었다는 것이 가장 일반적인 학설이다. 본래는 3천 편이었는데 공자가 가려 모아 305편으로 정리했다는 학설도 있다. 기원전 6세기 이전이면 청동기 시대인데, 까마득한 시대의 청동기인들이 고상하게 시를 만들어 즐겼다니 참 흥미롭다. 〈시경〉에는 그야말로 산과 들에서 나무하고 나물캐던 민중들의 구전가요가 많다.

'구구' 울어대는 물수리들은
물가 모래톱에서 노닌다
어여쁜 숙녀는
군자의 좋은 짝이로다

關關雎鳩, 在河之洲. 窈窕淑女, 君子好逑.

이 시는 〈시경〉의 첫 번째 작품 중에서도 첫 장이다. 보다시피 매우 소박하고 단순해서 첫눈에도 전문적인 문인이 쓴 시가 아니라는 것을 알 수 있다. 4자씩 4구로 되어 있고 이 시의 2장과 3장인 나물 캐는 이야기는 각각 4자씩 8구로 구성되어 있다. 주변에서 쉽게 보이는 물새를 화두로 삼아 사람들의 사랑이야기로 넘어간다. '요조숙녀', '군자호구'라는 성어가 이 시에서 나왔다. 〈시경〉의 내용은 민간에서 구두로 전해지는 것이니만큼 생생한 생활의 이야기들이 주류를 이룬다. 남녀의 사랑, 고향에 대한 그리움, 민중들의 생활고 등의 내용들이 대부분이다.

공자는 〈시경〉의 시들을 높이 평가했다. 그는 예와 도덕을 중시했고 시를 통해 인격을 도야할 수 있다고 믿었다. 다음은 공자가 시에 대해 한 말이다.

> 시경의 삼백 수를 한 마디로 표현하면 생각에 사악함이 없는 것이다
>
> 詩三百, 一言以蔽之, 曰思無邪.

공자는 시를 통해 두터운 심지와 온유한 품성을 배양할 수 있다고도 했다. 바로 공자의 이상인 군자의 인격에 다가가는 것이다. 그런데 〈시경〉은 한대에 와서 〈서경〉, 〈주역〉과 함께 유가의 경전이 되었다. 경전은 진리가 담긴 성인의 기록인데 청동기인들의 노래가 경전이 되었다니 놀랍다. 한나라 왕조의 입장에서는 국가와 군주에게 충성하고 사회질서와 개인의 조화를 중시하

는 유가사상이 필요했다. 그래서 유가사상을 국가의 중심사상으로 삼고 공자를 숭상했으며 〈시경〉을 높이 평가했다.

〈시경〉의 시들은 경전이 되면서 성정을 다스리고 윤리도덕을 강조하는 내용으로 재단되기도 했다. 통치 이데올로기의 도구가 되다보니 원래의 성격이 변질된 것이다. 예를 들어 위에서 인용한 물새 이야기는 누가 봐도 젊은 남자가 이성을 그리워하는 내용이다. 그러나 〈모시毛詩〉의 작가와 정현鄭玄같은 한대의 학자들은 이 시를 '후비의 덕'을 읊은 시로 보았다. 후비가 남편인 문왕의 첩을 구하려고 노심초사한 마음을 표현했다고 설명한다. 아내가 남편에게 다른 여자를 구해주려고 노심초사하다가 시까지 지었다니 지금의 시각으로는 상식에서 벗어난 해석이다. 하지만 오랫동안 이 해석은 정설로 전해졌다. 시가 정치적인 영역으로 편입되었기 때문이다.

시와 제사

시가 구전되면서 사람들은 시의 본질에 대해 생각하고 그 생각을 기록으로 남겼다. 중국의 문헌에서 시에 대한 정의가 처음 등장하는 곳은 〈서경書經〉이다. 이 책은 중국에서 가장 오래된 역사서인데 시를 다음과 같이 정의하고 있다.

시는 마음의 뜻을 말한 것이다.

詩言志

이 말은 시가 어떤 것인지 명확하게 정의하고 있어 중국 문학 이론의 효시로 평가받는다. 그래서 이 '시언지'론은 중국문학이론사의 첫 페이지에 등장한다. 그런데 이 내용은 제사와 관련된 이야기다. 순임금이 백이에게 제사를 주관하라고 명하자 백이가 기夔라는 인물에게 사양했다. 그래서 순임금이 기에게 제사에 대해 말했다.

> 기夔여! 그대가 음악을 장관하여 맏이를 가르치길 명하노라. 곧으면서도 따뜻하게, 너그러우면서도 엄격하게, 강하면서도 아프게 하지 않게, 간략하면서도 오만하지 않게 하라. 시詩는 마음의 뜻을 말하는 것이며 노래歌는 말을 길게 하는 것이며 소리聲는 길어진 말에 의지하며 음률律은 소리에 조화를 이루는 것이니 팔음이 모두 어울려 서로 순서를 빼앗지 않아야 신과 사람이 화합하게 된다.
>
> 夔, 命汝典樂, 敎胄子, 直而溫, 寬而栗, 剛而無虐, 簡而無傲, 詩言志, 歌永言, 聲依永, 律和聲, 八音克諧, 無相奪倫, 神人以和.

지금 순임금이 기에게 말하는 내용은 제사에 사용되는 음악과 관계된 것들이다. 음악의 풍격은 어떠해야 하는지, 음악의 형식과 구성요소는 어떤 것이 있는지, 또 그 효과는 어떤지, 이런 문제들에 대한 당시 사람들의 생각이 모두 담겨 있다. 제사에서 제사장이 하는 말과 부르는 노래의 가사에 해당하는 부분, 그 것이 시였던 것이다. 시는 민중들 사이에서 자연발생적으로 만들어지기도 했지만 제사에서 사용하기 위해서도 만들어졌다.

문자학적인 관점에도 시를 제사의 언어로 해석하는 학설이 있다. 중국에서 가장 오래된 자전인 〈설문해자說文解字〉에는 시의 자의를 이렇게 설명했다.

> 시는 뜻志이다. 언言에서 뜻을 따르고 사寺에서 소리를 취했다.
>
> 詩, 志也, 從言, 寺聲.

'뜻 지志'와 '절 사寺'가 고대 중국에는 같은 음이었음을 알 수 있다. 그런데 '寺'자는 또 '갈 지止'와 '손 수手'가 결합된 형태인데 위에 있는 '止'는 갑골문에서 제사의 이름이다. 제사에서 손을 사용하는 사람, 그러니까 '寺'는 제사의 주재자를 가리키는 글자이다. 그리고 '말씀 언言'과 다시 결합하여 '詩'는 제사장이 제사 중에 읊는 말이 된다. 고대의 제사는 〈서경〉의 기록처럼 신과 사람이 화합하는 의식이다. 그리고 그 내용은 비, 가뭄 같은 천문 현상이나 전쟁, 수렵 같은 국가의 중대사였다. 제사를 지내며 이러한 내용을 제사장이 말로 구술하는 것, 사람들은 이것을 시라고 불렀다. 그래서 시는 발생과 동시에 국가적인 일과 깊은 관계가 있었다.

시는 내부에서 나오는가, 외부에서 들어오는가

"시는 마음의 뜻을 말한 것이다詩言志"는 〈서경〉의 말은 시의 발생경로가 시인의 내부에서 외부세계로 진행된다는 중국인들의 의식을 표현한다. 중국문학사를 보면 이런 인식이 계속 후대에도 발전한다.

시로 뜻을 말한다.
詩以言志 -〈좌전〉 양공 27년

시가 말하는 것은 그 사람의 뜻이다.
詩言是其志也 -〈순자〉

여기서의 '지志'를 그대로 '뜻'이라고 번역을 하자니 다소 뻣뻣한 느낌도 들지만, 이 '志'라는 개념은 마음, 생각 등의 의미를 모두 포함하고 있다. 그러니까 시를 결국 마음, 생각, 정신, 감정과 같이 내 머리와 가슴 속에 있는 무언가를 끄집어내는 행위로 생각한 것이다. 이러한 생각이 중국의 시를 서정의 방향으로 이끌었다. 서양의 문학관념과 조금 다르다.

시학을 공부하다보면 '시인추방론'이란 용어가 있다. 이 용어의 주인공은 플라톤이고 그가 시인추방론을 말하는 근거는 크게 두 가지이다. 하나는 현상세계의 바깥에 궁극적이고 영원한 '이데아'가 있어, 세상의 모든 사물과 현상은 이 이데아의 그림자이자 모방이라는 생각이다. 예술(시)이란 또 이 현상세계를 재모방한 것이기 때문에 존재 자체가 저열하고 거짓된 것이라고 그는 생각했다. 다른 하나는 시 자체가 광적인 영감의 산물인데 이러한 영감은 신에게서 온 것이라는 생각이다. 신에게 바치는 제사가 중요한 정치적 행위였던 시절을 상상해 보면 이해하기 쉬울 것이다. 수많은 군중 앞에서 광기에 사로잡혀 일상의 언어와는 다른 말들을 하는 사람, 이게 바로 고대 그리스의 시인이었으며 시인들의 시적인 행위들은 뮤즈 여신의 영험에 감염된 상태에서 나온다는 것이 플라톤의 생각이다. 어떻게 생각하더라도 시는 이성적이지 못하며, 국가와 사회를 위해 이상을 실현해야 할 청년들에게 격정을 불러일으켜 그들의 영혼을 타락시키는 백해무익한 존재라는 것이다. 이런 이유로 그는 '시인 추방론'을 이야기했다.

동서양의 시학을 비교하며 동서양 시학의 우열을 가릴 필요는 없다. 플라톤의 시학도 다음 세대인 아리스토텔레스에 의해 수정되었고 동서양 두 세계의 미학도 결국 인간의 상상력과 서정성을 중시하는 방향으로 합치하게 되었기 때문이다. 다만 말하고 싶은 것은 중국의 '시언지'론은 플라톤의 '모방론'과 다르게 시를 '내면의 의식을 끄집어내는 행위'로 보고 있다는 점이며 후대로 갈수록 이런 관념이 강해지고 발전했다는 점이다.

예를 들면, 조조의 아들 조비가 황제가 되어 직접 쓴 〈전론典論 · 논문論文〉에는 이런 글이 있다.

문장은 기氣를 위주로 한다. 기의 맑고 탁함에는 각각

의 체식이 있어서 강제로 얻을 수 없다. 음악에 비유하면, 곡조와 박자가 고르고 절주하는 법이 같다 하더라도 기를 끌어들임이 사람마다 다른 것은, 능숙함과 서투름에 타고난 바가 있기 때문이며 부형이라고 하더라도 자제에게 옮겨 줄 수 없다.

文以氣爲主, 氣之淸濁有體, 不可力强而致. 譬諸音樂, 曲度雖均, 節奏同檢, 至於引氣不齊, 巧拙有素, 雖在父兄, 不能以移子弟.

이 글은 조비가 "문장은 나라를 경영하는 큰 사업이다文章, 經國之大業"는 말을 했던 그 글이다. 문장은 기를 위주로 한다는 조비의 이론을 '문기론'이라 부른다. 조비의 문기론도 '시언지' 론과 유사한 면이 있다. 조비가 말하는 기는 인간의 천부적인 기질, 즉 선천적으로 부여받은 개성이다. 문학창작은 작가의 고유한 내면을 토로하는 활동이기 때문에 부형이라고 하더라도 자제에게 그 요점을 전할 수 없다. 당시 문인들은 내면세계의 어떤 정신적 기질이 표현된 것을 문학이라고 생각했고 조비는 이를 기라는 개념으로 구체화한 것이다. 중국의 시인들은 격정적으로 자신의 감정과 이상을 작품에 담았고 시에 인간의 정신과 의지가 담겼다는 인식은 중국문학의 전통이 되었다.

시는 민심을 관찰하고 움직이는 매개

공자에게 시는 미감을 경험하는 예술장르가 아니라 정치, 도덕, 문화 등의 소양을 키우는데 필요한 학습대상이었다. 말하자면 시를 문학으로 보는 인식이 아직 형성되지 않은 것이다. 〈논어〉에는 이런 말이 있다.

시에서 감흥이 생겨 예에서 서고 음악에서 완성된다.

興於詩, 立於禮, 成於樂.

인간도 시, 예, 음악을 갖춰야 인격이 완성되고 사회도 이렇게 인격이 완성된 사람들로 구성되어야 올바르게 선다는 말이다. 이처럼 공자에게 시는 감상이나 미적 체험의 대상이 아니다. 인문적 소양을 키워 왕도와 인정이 펼쳐지는 사회를 만들기 위한 그리고 그 사회의 인재로 성장하기 위한 학습의 대상이었다. 〈좌전〉 희공 27년의 기록에 조최趙衰가 "〈시경〉과 〈서경〉은 의의 보고이며, 〈예기〉와 〈악기〉는 덕의 준칙입니다.詩書, 義之府也. 禮樂, 德之則也."라고 말한 내용은 시에 대한 춘추 시기의 인식을 보여준다.

춘추 시기 시의 또 다른 중요한 역할은 천자가 민심을 관찰하는 것이었다. 당시의 문헌을 보면 다음과 같은 기록이 있다.

천자가 정치에 대한 반응을 듣고자 공경부터 열사에 이르는 사람들에게 시를 올리게 했다. 소경은 악곡을 올리고, 태사는 사전을 올렸다. 소사는 잠을 바쳤고, 눈동자 없는 맹인은 낭송하고, 눈동자 있는 맹인은 읊고, 백공은 간언을 올리며 백성들은 말로 올렸다. 근신들은 권면을 다했으며 왕실의 친척들은 빠진 것을 잘 살펴 보좌했다. 악관과 사관은 가르침을 펼쳤고 원로들은 잘못된 바를 고쳤으며 후에 왕은 그를 깊이 헤아렸다. 이런 까닭에 일이 행하여져도 어긋남이 없었다.

故天子聽政, 使公卿至於列士獻詩, 瞽獻曲, 史獻書, 師箴, 瞍賦, 矇誦, 百工諫, 庶人傳語, 近臣盡規, 親戚補察, 瞽・史敎誨, 耆・艾修之, 而後王斟酌焉, 是以事行而不悖.

〈국어國語〉의 기록이다. 천자는 민심을 관찰하여 정치에 활용하려고 민간의 시를 살폈다. 민간의 시가 천자에게 전달될 때까지의 경로도 매우 체계적이다. 지금 전하는 대부분의 〈시경〉 작품들은 이러한 방식으로 기록되고 전수되었다. 이 당시 시는 음악과 결합된 형태였기 때문에 노래의 가사로 존재했지, 지금처럼 멜로디가 빠진 문자 기록이 아니었다. 민중들이 만든 시는 사실 노래였고 삶의 재미를 위해 만든 오락거리였다. 하지만 이렇게 채집된 시가 관리들에 의해 권력층으로 전달된 이후에는 실용적이고 정치적인 목적을 위해 사용되었다. 한나라 때에도 시를 채집하는 기관인 '악부樂府'가 설치되었다. 〈한서〉의 기록에 의하면 이 때 수집의 의도가 "풍속을 관찰하여 민심의 야박함과 돈독함"을 알고자 함이었다고 한다.

악부는 정부의 필요성에 의해 축소되기도 했고 폐지되기도 했다. 하지만 시는 그 후에도 여전히 국가의 문화정책에 중요한 비중을 차지했다. 시는 여론을 움직일 수 있는 힘이 있었기 때문이다. 예를 들어 서진 왕조를 세운 사마씨의 집안은 원래 위나라에서 벼슬을 하던 신하였는데 쿠데타를 통해 새로운 왕조를 세웠다. 신하가 주군을 몰아내고 권력을 잡은 것이다. 사마의는 조조부터 조비, 조예, 조방까지 4대에 걸쳐 위나라 황실에 충성을 바친 사람이었는데 그의 아들 사마사와 사마소는 강제로 황제를 교체하고 조모를 즉위시켰다가 결국 조모까지 살해한다. 그리고 사마소의 아들 사마염이 강압적으로 제위를 선양받아 황제에 오른 것이다.

왕조교체 과정이 패륜적이고 부도덕하니 진나라 황실의 입장에서는 정권교체를 정당화하는 여론을 조성하고 싶었다. 그래서 출신은 한미하지만 문학에 뛰어난 인재들을 대거 발탁하여 시를 짓게 했다. 물론 황실의 덕을 찬미하고 진나라의 건국이 천명을 받은 것이라는 내용 일색이었다. 쿠데타로 정권을 잡았다는 도덕적인 약점을 상쇄하고 싶었던 것이다. 그들은 악부를 폐지하고 민간에 떠도는 시를 금지시켰다. 시인들도 대중성이 강한 5언시를 의식적으로 기피하고 황실에서 장려하는 4언시를 선호하게 되었다. 황실을 칭송하는 이들의 시는 제사와 연회에 사용되었다. 민간의 시들이 갖고 있는 생기와 현실감은 사라지고 엄숙하고 보수적인 시풍이 이 시대를 풍미했다. 우리나라가 유신 시절, 조회시간마다 대통령 작사 작곡의 노래를 부르고 길고 긴 국민교육헌장을 들으며 정신감화교육을 받던 그 일을 이 당시에는 시로 했던 것이다. 시는 민심을 살피는 매개이기도 했지만 민심을 움직이는 도구이기도 했다.

시로 관료를 뽑는 나라

중국 역사에서 시는 또 관리를 선발하는 시험과목이기도 했다. 과거는 수나라 때 만들어져 당나라 때 본격적으로 시행되었다. 당나라 때는 명경과와 진사과가 비중있는 시험이었는데 명경과는 유학 중심이었고 진사과는 문학 중심이었다. 그래서 시재가 뛰어난 선비들은 진사과에 응시했다. 다른 시대보다 유독 당시가 발전한 것도 과거제도의 영향이다. 과거에 급제해야 관직에 나갈 수 있는데 진사과는 문학을 중시하니 지식인들은 문학 훈련에 매진할 수밖에 없었다. 그래서 청년 시절에 다양한 인생의 체험을 위해 천하를 주유하는 것도 유행했다. 또 자신의 작품을 미리 조정의 고관에게 올려 자신을 알리는 일도 많았다. 이런 방식으로 많은 명작이 등장했다.

그런데 다른 한편으로 생각해 보면 국가 행정을 담당할 관료를 뽑으면서 시의 재능을 시험 보는 것은 좀 생뚱맞게 느껴진다. 왜 공무원을 채용하면서 시인을 뽑으려 한 걸까. 만약 지금 대한민국에서 행정고시에 문예창작 과목이 있다면 반대 여론이 없을까. 아마 대부분의 사람들은 납득하지 못했을 것이다.

시로 관료를 선발하는 방식에 대해 당시 사람들도 반대 여론이 많았다. 반대론자들은 문학이 화려한 형식미를 추구하는 문자유희일 뿐 실용성이 없기 때문에 시부 창작을 제외해야 한다고 주장했다. 또 시로 뽑힌 관료들은 정치나 실무에는 관심이 없고 시만 열심히 쓸 뿐이라 비난했다. 이런 주장은 진사과가 시행되는 내내 끊이지 않았지만 조정은 약간의 절차를 조정했을 뿐 끝까지 이 과목을 철폐하지 않았다. 그래서 시로 관료를 뽑는 제도는 당나라의 두드러진 문화적 특징이 되었다.

그러나 시는 기타 학문 분야와 구분되는 고유한 장점도 분명히 갖고 있다. 우선 시는 창조적인 사유 활동의 산물이다. 시를 통해 그 사람의 개성과 사고방식, 상상력을 판단할 수 있다. 또 시를 보면 시인이 사회와 인생에 대해 어떤 경험과 태도를 갖고 있는지, 품성과 도덕성은 어떤지 그 인간의 다양한 정신적 면모를 알 수 있다. 비록 모든 시가 철학적 내용을 다루는 것은 아니지만 시 속에는 철학의 정신이 담겨 있고 사회에 대한 비판 정신이 담겨 있기 때문이다. 그리고 무엇보다 정부의 입장에서는 파벌을 방지할 수 있다는 장점이 있었다. 문학 수업은 유학처럼 스승의 문하에서 학파를 이루며 학습하는 것이 아니라 개인적인 사색과 연습이 중요하기 때문에 파벌 형성의 가능성도 적다. 그렇다보니 다양한 계층에서 인재를 뽑을 수 있는 효과도 있다. 게다가 젊은 나이에 두각을 나타내기도 쉬운 분야라 젊고 신선한 인재를 선발할 수 있다는 장점도 있다.

그러나 시로 관리를 뽑는 제도가 유지될 수 있었던 가장 큰 이유는 무엇보다 당시 사회의 모든 지식인들이 시를 썼다는 사실이다. 시는 글공부와 더불어 자연스럽게 익히는 기능이었고 지식인의 기본적인 소양이었다. 과거제도의 과목에 포함되지 않았을 때도 사람들은 시를 잘 쓰기 위해 매진했었다. 훌륭한 시는 금방 소문이 났고 시를 잘 쓰는 사람은 명성을 얻었다. 시인을 존경하고 시를 추앙하는 사회적 분위기가 있었기 때문에 이런 과거제도가 시행될 수 있었던 것이다.

시가 관직으로 진출할 수 있는 공식적 통로가 되면서 중국의 지식인들에게 시는 성공, 출세와 관계되는 일이 되었다. 황제와 신하가 서로 시를 건네고, 신하와 신하가 시로 의견을 교환하며, 편지 대신 시를 써서 안부를 전하는 문화가 생겼다. 그러면서 더욱 다양한 주제의 시들도 생산되었다. 제도를 비판하고 민생을 염려하는 정치적인 문제들도 시에 담아 표현했고 학문을 권장하거나 백성을 계몽하는 사업도 시를 지어 보급했다. 정말 당나라는 말 그대로 시의 나라였다. 시는 현실을 벗어나 음풍농월하는 귀족들의 오락거리이기도 했지만 중국의 전통사회에서 정치와 끈끈하게 결합된 문화 매체이기도 했다.

춘추 시대의 한시외교

중국인들의 한시외교 전통은 아주 오래되었다. 춘추 시기에 〈시경〉의 시들은 외교, 연회, 제사 등 정치적인 회합에서 의사 전달의 도구로 사용되었다. 공자가 시를 익히라고 누차 강조한 것도 시가 당시 지식인들에게는 필수적인 교양이었기 때문이다.

시를 공부하지 않으면 할 말이 없다.

不學詩, 無以言.

사람이 〈주남〉, 〈소남〉의 시를 익히지 않으면 담벼락을 마주하고 서있는 것 같다.

人而不爲周南召南, 其猶正牆面而立也與.

이 말은 둘 다 〈논어〉의 구절이다. 시는 도덕적인 교화에도 큰 역할을 하지만 감정을 표현하고 의사를 전달하는 사회적인 기능도 컸다. 시를 모르면 할 말이 없다는 것은 〈시경〉의 시를 인용하여 의사를 교환하는 당시의 외교방식을 따라가지 못한다는 말이다.

시는 외교를 위한 언어

춘추 시기 외교 석상에서 시로 의견을 교환하던 방식을 학술 용어로 "부시언지賦詩言志"라고 한다. '시를 건네 마음의 뜻을 말한다'는 의미이다. 〈한서 예문지〉에 이러한 외교관례에 대한 상세한 묘사가 있다.

> 옛날 제후와 경대부가 이웃 나라들과 만날 때 짧은 말로 서로 생각을 주고받았다. 읍하며 예를 올릴 때 반드시 시로 뜻을 비유하여 상대가 현명한지 아닌지 구별하고 상대국의 성쇠를 살폈다. 그래서 공자가 '시를 배우지 않으면 할 말이 없다'고 했다.
>
> 古者諸侯卿大夫交接鄰國, 以微言相感, 當揖讓之時, 必稱詩以論其志, 蓋以別賢不肖而觀盛衰焉. 故孔子曰: '不學詩, 無以言'也.

'읍揖'이란 TV 사극에서 자주 보이는 동작으로 두 손을 마주하고 크게 허리 숙여 인사하는 것이다. 양국의 대표가 만나면 상견례를 하면서 먼저 시를 건네 탐색전을 한다. 한 편이 먼저 적절한 싯구로 외교적인 문제를 꺼내면 상대방은 그 의미를 짐작해 다시 적당한 싯구로 대답한다. 영문을 모르는 사람이라면 옆에서 어리둥절하겠지만 학식이 있고 눈치 빠른 사람이라면 이런 선문답처럼 오가는 대화를 통해 회담의 결과를 예측할 수 있다. 고대에 관리를 선발하는 주요 항목을 신언서판身言書判이라 했다. 신체, 언변, 학식과 함께 판단력을 꼽는 이유도 이러한 문화 속에서 형성된 것이다.

전쟁을 막은 아낙네의 사랑 노래

춘추시대의 역사자료인 〈좌전左傳〉에는 생생한 '부시언지'의 사례가 많이 기록되어 있다. 약 70회 정도 된다. 이 시기에 시로 의사를 전달하는 외교방식이 상당히 보편적이었다는 말이다. 시를 인용하는 상황도 다양하다. 시를 읊어 자신의 군주에게 완곡하게 의견을 올리는 경우도 있고 상대방을 풍자하는 경우도 있다. 또 다른 나라에게 군사지원을 요청하거나 오해를 해명할 때도 시를 인용했다. 즉흥적으로 새로운 시를 지어 읊는 경우도 없는 것은 아니지만 극소수였다. 대부분은 〈시경〉의 시를 인용했다.

〈좌전〉에 소공昭公 16년으로 기록되었으니 기원전 526년의 일이다. 진나라의 한선자韓宣子가 정나라를 방문했다. 강대국인 진나라의 사신을 맞으며 정나라는 긴장했다. 한선자는 정나라를 공격하기 위해 정탐하러 온 것이 틀림없고 그를 잘못 접대했다가는 공격의 빌미를 제공하기 때문이다. 4월, 한선자가 돌아가는 길에 정나라의 여섯 대부가 전송하러 왔다가 송별연이 벌어졌다. 여섯 명의 정나라 대부는 돌아가며 〈시경〉의 작품을 하나씩 인용했다. 대부분이 상대방을 찬미하거나 좋은 사이가 되자는 내용의 시라 한선자에게는 듣기 좋은 내용이었다. 그런데 단 한 사람 자대숙子大叔의 시가 의미심장했다.

> 그대 정말로 나를 사랑한다면
> 치마를 걷고 진수를 건너가리
> 그대 나를 사랑하지 않는다면
> 어찌 다른 사람이 없을까
> 미친 놈의 미친 짓
>
> 子惠思我, 褰裳涉溱. 子不我思, 豈無他人. 狂童之狂也且.

〈시경〉의 체제는 시의 성격에 따라 풍風, 아雅, 송頌으로 나누어지는데, 풍에는 15개 국풍이 있다. 풍은 각 지역의 민가이니 15개 지역의 민가가 모여 있는 것이다. 그 중에도 정나라의 민가인 정풍鄭風은 진솔하고 꾸밈없는 애정시가 많다. 이 여섯 명의 대부는 모두 자신들의 나라 노래인 정풍의 시를 읊었다. 그래서 대부분 님을 그리워하고 님을 찬양하는 내용이었다. 그런데 자대숙이 읊은 위의 인용시는 자아의식이 상당히 강한 여성의 시다. 말도 거침없고 내용도 화끈하다. 당신이 원한다면 나도 적극적으로 그대를 따르겠지만 만약 그렇지 않다면 나도 다른 남자를 선택하겠다는 내용이다. 〈시경〉의 시들 중에서도 꽤 시원시원하고 화끈한 여성의 목소리다. 송대의 주희가 이 시를 음탕한 여자가 사사로이 하는 말이라고 평가했을 정도다.

그런데 진나라의 한선자에게는 의외의 내용이었을 것이다. 약소국인 정나라가 강대국인 진나라에게 나를 사랑하지 않으면 다른 사람을 따르겠다고 말하는 것이니 도전이라면 도전인 셈이다. 당시 중국의 판세는 진나라와 초나라의 양강구도였고 정나라는 두 강대국 사이에 끼어있었다. 그러니까 자대숙이 읊은 내용은 정나라가 초나라를 선택할 수도 있다는 메시지다. 진나라가 우리 정나라를 잘 살펴준다면 우리도 진나라를 섬기겠지만 만약 정나라를 공격한다면 가차없이 초나라와 연합하겠다는 말이다. 한선자가 자대숙의 의중을 읽고 정나라의 의도를 파악했다. 그래서 자신도 〈시경〉을 인용했다.

나는 밤낮으로
하늘의 위엄을 경외하여
이에 천명을 길이 보전하리

我其夙夜, 畏天之威, 于時保之.

모두가 천자의 제후이니 서로 공격하는 일은 없으리라는 의미다. 진나라는 정나라를 공격하려는 생각을 접었다.

〈여씨춘추呂氏春秋〉에도 이 시를 둘러싼 외교 공방전 일화가 있는데 등장인물이 다르다.

진나라 사람들이 정나라를 공격하려고 숙향에게 그 곳에 가서 인재가 있는지 살펴보게 했다. 정나라의 자산이 시를 읊어 말하길 "그대 정말로 나를 사랑한다면/ 치마를 걷고 진수를 건너가리/ 그대 나를 사랑하지 않는다면/ 어찌 다른 사람이 없을까"라고 했다. 숙향은 돌아와 말하길 "정나라에 인재가 있습니다. 자산이 그 곳에 있으니 공격할 수 없습니다. 진나라와 초나라가 가까운데 그 시에는 다른 마음이 있으니 공격하면 안 됩니다." 진나라 사람들은 정나라를 공격할 생각을 접었다. 공자가 말하길 "〈시경〉에 이르되 '오직 인재를 얻는 것보다 강한 것이 없다'더니 자산의 한 마디로 정나라가 위험을 면했다"고 했다.

晉人欲攻鄭, 令叔嚮聘焉, 視其有人與無人. 子産爲之詩曰, "子惠思我, 褰裳涉洧. 子不我思, 豈無他士." 叔嚮歸曰, "鄭有人, 子産在焉, 不可攻也. 秦,荊近, 其詩有異心, 不可攻也." 晉人乃輟攻鄭. 孔子曰, "詩云'無競維人', 子産一稱而鄭國免."

이 기록에는 진나라의 숙향이 정탐하러 정나라에 왔는데 정나라의 자산이 이 시를 읊은 것으로 되어 있다. 하지만 내용과 결과는 같다. 아마 이 시로 진나라를 압박한 것이 여러 번이었던 것 같다. 사랑을 갈구하는 여성의 욕망이 한 나라의 운명을 움직였다. 음탕하다고 손가락질 받은 아낙네의 노래가 전쟁을 막은 것이다. 공자는 자산의 외교가 정나라를 살렸다고 평가한다. 시로 외교를 하는 관행이 일반적이었기 때문에 이런 평가도 가능하다.

공자가 시를 많이 공부해야 한다고 강조했던 것도 이런 상황 때문이었다. 공자는 "시 삼백 편을 암송해도 정치를 맡겼을 때 제대로 하지 못하고 다른 곳에 사신을 나가 독대하지 못한다면 또한 어디에 쓰겠는가.誦詩三百, 授之以政, 不達. 使於四方, 不能專對; 雖多, 亦奚以爲"라고 했다. 시는 오직 정치를 위해, 외교를 위해 익히는 것이라는 공자의 생각이다. 공자에게 시는 예술보다도 정치의 영역에 더 가까운 것이었다.

청탁을 위한 한시 공방전

〈시경〉의 시로 이웃나라의 실제적인 협력을 끌어낸 사례도 있다. 노문공魯文公 13년의 기록이니 기원전 614년이다. 노문공이 진나라에 갔다가 귀국하는 도중에 정나라의 정백鄭伯을 만났다. 정백은 진나라가 침공할까봐 전전긍긍하고 있던 터라 노문공에게 연회를 베풀며 막아달라고 청탁을 한다. 연회에서 양국의 입장이 오가는 장면을 〈좌전〉은 이렇게 기록했다.

정백이 비에서 노문공에게 연회를 베풀었는데 정나라

대부 자가가 〈홍안〉을 읊었다. 노나라의 대부 계문자가 "우리 군왕께서도 이를 면치 못하십니다."라고 했다. 계문자가 〈4월〉을 읊었다. 자가가 〈재치〉의 4장을 읊었다. 계문자가 〈채미〉의 4장을 읊었다. 정백이 절했다. 노문공도 답례로 절했다.

鄭伯與公宴于棐, 子家賦〈鴻雁〉. 季文子曰, "寡君未免於此." 文子賦〈四月〉. 子家賦〈載馳〉之四章. 文子賦〈采薇〉之四章. 鄭伯拜. 公答拜.

위 글의 상황을 다시 정리하면 이렇다. 연회를 베풀며 정나라 측에서 시를 읊으니 노나라 측에서 사양하며 다시 시를 읊었다. 그러자 정나라가 시를 읊고 노나라가 다시 시를 읊으니 정나라에서 절을 하고 노나라에서 답절을 했다. 시를 모르는 사람이라면 답답하기 그지없는 상황이지만 양측은 이것으로 의사전달이 다 끝났다.

행간을 살펴보면 진나라가 침공하지 않도록 정나라가 노나라에게 중재를 부탁하는 내용이 숨어있다. 정나라 입장에서는 노나라가 진나라에게 잘 부탁을 해서 평화가 계속 유지되도록 하고 싶다. 하지만 노나라는 남의 일에 끼고 싶지도 않을뿐더러 다시 진나라로 돌아가려면 길이 멀어서 거절하고 싶다. 양측의 의사는 어떻게 오고 갔는지 다시 한 번 짚어보자.

정나라 측에서 읊은 〈홍안〉에는 이런 구절이 있다.

우리들 길 떠나니
들에서 몹시 수고롭도다
이에 불쌍한 사람에게 미치니
늙어 홀아비 과부된 자들을 가엾게 여기시네

之子于征, 劬勞于野. 爰及矜人, 哀此鰥寡.

긴 여정에 지친 노문공 일행을 위로하는 동시에 자신의 정나라가 약소국이라는 사실을 상기시키고 있다. 정나라의 불쌍한 백성들을 생각해서 진나라에게 화친을 중재해 달라는 부탁이다. 노나라 측에서 이 부탁을 거절하며 읊은 시 〈사월〉에는 이런 구절이 있다.

사월에 여름이 되니
유월에 더위가 물러간다
선조는 사람이 아닌가
어찌 나에게 차마 이러시는가

四月維夏, 六月徂暑. 先祖匪人, 胡寧忍予.

이 시는 사람들이 난리를 피해 길을 떠나서 고생하며 원망하는 내용이다. 노나라 측에서는 이 시를 통해 노나라도 당신네처럼 힘없는 나라라고 암시한다. 게다가 길 떠난지 오래인데 다시 진나라로 돌아갈 엄두가 안 난다는 의미도 전달한다. 그러자 정나라에서 다시 떼를 쓴다. 정나라가 읊은 〈재치〉에는 이런 구절이 있다.

> 큰 나라에 하소연하고 싶지만
> 누구를 통하며 또 누가 도와주리
>
> 控于大邦, 誰因誰極.

여기서 말하는 큰 나라는 당연히 진나라다. 정나라는 진나라가 침공할까봐 걱정인데 직접 진나라를 찾아가고 싶어도 진나라와 협상할 매개가 없다. 누구를 통해 진나라의 실권자에게 의견을 건네며 또 진나라의 누가 자신들을 도와주겠느냐는 푸념이다. 누군가 중재자의 역할을 해줘야 하는데 노나라 밖에 없다고 사정하는 모양새다. 간절한 애원에 노나라가 마지못해 승낙한다. 노나라가 읊은 〈채미〉에는 이런 구절이 있다.

> 저 환한 꽃은 무엇인가
> 산앵도나무 꽃이로다
> 저 큰 수레는 무엇인고
> 장수가 타는 수레로다
> 병거에 이미 멍에를 씌웠으니
> 네 필의 말은 건장도 하다
> 어찌 감히 편안히 거하리
> 한 달에 세 번 승리하리로다
>
> 彼爾維何, 維常之華. 彼路斯何, 君子之車. 戎車旣駕,
> 四牡業業. 豈敢定居, 一月三捷.

정나라의 간절한 부탁에 노나라는 할 수없이 승낙한다. 승낙의 의미로 이 시를 인용한 것은 병거에 이미 멍에를 씌웠다는 구절 때문이다. 멍에가 이미 씌워져 있으니 곧바로 진나라로 출발하겠다는 뜻이다. 또 편안히 거하지 못하겠다는 구절은 피곤하지만 다시 먼 길을 다녀오겠다는 말을 대신한다. 이런 정황을 알아차린 정백이 감사의 인사를 드리고 노문공도 답례로 절을 했다.

부시언지는 권력의 확인

춘추 시대의 사례를 보면 〈시경〉의 시들을 암기했다가 적재적소에서 끄집어내는 능력이 있어야 외교가 가능하다. 공자가 왜 시를 공부하지 않으면 할 말이 없다고 말했는지 알 만하다. 많은 시를 암송해야 할 뿐만 아니라 다른 사람이 인용하는 시를 듣고 감춰진 의미를 파악할 수 있어야 한다. 많은 훈련이 필요하지만 타고난 센스도 있어야 할 것이다. 말로 하기엔 체면이 상하고, 이해를 따지자니 점잖치 못한 상황을 포장할 수 있어야 한다. 범상치 않은 수준도 느껴지고 진중하고 고매한 인격도 표현해야 한다. 아름다우면서도 부드럽고, 무게있고 심오한 한 마디로 핵심을 찔러야 한다. 부시언지는 수준 높은 언어의 경지를 추구한다.

시를 자유자재로 구사하는 것은 탁월한 능력이다. 귀족이 아니라면 이런 방식의 의사전달을 엄두도 내지 못할 것이다. 그렇다. 부시언지는 귀족들만의 언어유희이자 귀족들만이 공유하는 문화권력의 한 부분이다. 서로 시로 의사를 교환하면서 누가 더 학식과 소양이 높은지 겨루는 문화다. 만나자마자 시로 탐색 전을 하니 학식이 부족하면 사교도 할 수 없다. 게다가 아무 때나 맘대로 시를 읊는 것도 아니다. 상황과 격식에 맞아야 한다. 이 격식을 당시 사람들은 예의라고 했다.

예의는 신분에 맞게 행동해야 하는 구체적인 규정이다. 대부 끼리 만날 때와 제후끼리 만날 때는 사용하는 음악과 시가 다르다. 이 규정을 어기면 예의에 벗어나는 행동이 된다. 예의에 맞게 시를 인용해야 한다. 그래야 자신의 행동 속에서 군자의 이미지를 구현할 수 있다. 춘추 시기가 지나면서 부시언지의 유행이 한풀 꺾이는 것도 예의 체계의 붕괴와 관계가 있다. 〈예기〉에 "예는 서인에게 미치지 않고 형벌은 사대부에게 미치지 않는다"는 말이 있다. 예는 춘추 시기의 신분질서를 지탱하는 시스템이었으며 귀족들은 그 시스템을 더 공고히 하기 위해 자신들만의 문화를 더욱 강화했다. 〈시경〉으로 의사를 전달하는 방식도 그 일부분이었다.

수준 높은 언어를 추구하는 전통

짐작컨대, 시로 메시지를 전하는 의사전달 방식이 모든 상황에서 위의 사례들처럼 손발이 잘 맞지는 않았을 것이다. 서로 겉돌거나 각자 엉뚱한 이야기를 전개하는 실패 사례도 틀림없이 적지 않았을 것이다. 미숙한 부시언지의 실패사례는 기록되지 않았으니 상세한 상황은 알 수 없지만 메시지를 전달함에 있어 형식의 화려함을 내용보다 더 중시했던 풍조는 후대에도 계속 반복되어 왔다. 위진 시기의 청담 풍조가 그 예다. 위진 시기에는 귀족들끼리 공허한 고담준론을 주고받는 것이 유행이었다. 누가 멋지고 화려하게 말하는지 경쟁했다. 다음은 〈세설신어世說新語〉에 나오는 이야기다.

> 순명학과 육사룡 두 사람이 아직 서로 알지 못했을 때, 장화가 마련한 자리에서 함께 만났다. 장화는 함께 얘기를 나누어 재능을 겨누어 보도록 했는데 평범한 말은 쓰지 못하게 했다. 육사룡이 손을 들며 말했다. "구름 사이雲間의 육사룡士龍이요." 순명학이 답했다. "태양 아래日下의 순명학鳴鶴이요." 육사룡이 말하길 "이미 푸른 구름이 걷히고 흰 꿩이 보이는데도 어찌하여 활을 당겨 화살을 겨누지 않는 것이오?"라고 하자 순명학이 답하길 "본래는 구름 사이의 굳센 용인 줄 알았는데 알고 보니 산야의 사슴입니다. 약한 짐승에 강한 활이라 발사를 늦춘 것이오."라고 했다. 장화는 손뼉을 치며 크게 웃었다.

> 荀鳴鶴、陸士龍二人未相識, 俱會張茂先坐. 張令共語. 以其幷有大才, 可勿作常語. 陸擧手曰, "雲間陸士龍." 荀答曰, "日下荀鳴鶴." 陸曰, "旣開靑雲睹白雉, 何不張爾弓, 布爾矢?" 荀答曰, "本謂雲龍駮駮, 定是山鹿野麋. 獸弱弩强, 是以發遲." 張乃撫掌大笑.

순명학과 육사룡은 초면이었는데 말로 서로의 재능을 겨룬다. 두 사람 모두 지식과 언변이 뛰어나기 때문에 팽팽하면서도 긴장된 말들이 오간다. 먼저 육사룡이 말한 운간雲間은 육사룡의 고향인 화정의 별칭이다. 그런데 이름의 '룡龍'자와 결부되면서 매우 멋진 표현이 되었다. 자신이 비범한 사람이라고 넌지시 알려주는 것은 물론이다. 순명학은 의도적으로 육사룡의 말에 대를 맞추어 응수한다. 일하日下는 서진의 수도 낙양을 말하는데 이름의 마지막 글자 '학鶴'과 잘 어울린다. 다시 육사룡이 당신은 학이 아니라 꿩이라고 비하하는 농을 던지자 순명학이 당신도 용이 아니라 사슴이라고 받아친다. 승패를 떠나서 이 정도면 난도가 상당히 높은 문답이다.

당시 사람들이 나누던 이런 대화를 청담이라 불렀다. 주로 추상적이고 공허한 내용이 많았는데 말의 메시지는 화려한 수사 속에 감춰졌다. 청담도 부시언지와 마찬가지로 문화적으로 보자면 매우 수준높고 우수한 문화지만 실질적인 면에서 보자면 내용보다 형식을 중시하는 허식이다. 후에 역사가들은 청담 때문에 서진이 멸망했다고 평가했다. 하지만 중국인들의 사유구조가 언어의 경지에 대한 추구와 그에 대한 반성을 거듭하며 형성된 것도 사실이다. 형식과 표현에 대한 집요한 추구가 없었다면 그들이 자랑하는 당시도, 송사도 없었을 것이다. 직선적인 것보다는 우회적인 것을 좋아하고, 직접적인 표현보다는 상징과 비유를 좋아하는 취향도 이러한 전통 속에서 형성되었다.

중국의 한시 교육

중국 초등학교의 고전 시문 교육

현재 중국 초등학생들은 국가적 교육정책에 따라 6년간 160편의 우수문학 작품을 외워야 한다. 그중 현대 작품은 제외하고 한시와 고문 작품만 70편이다. 중국 교육부의 〈전일제 의무교육 어문과정 표준全日制義務敎育語文課程標準〉 규정에 따른 정책이다. 그리고 어떤 작품을 외워야 하는지 추천작품 목록도 함께 제시한다. 중학교 3년 동안에는 80편의 작품을 외워야 하는데 그 중 고전문학 작품은 50편이다.

그래서 의무교육 9년 동안 외워야 하는 문학작품 수는 모두 240편인데 현대 작품과 외국작품을 제외하고 고전문학 작품 편수는 총 120편이다. 작품도 선진 시대의 〈시경〉, 〈초사〉부터 당시, 송사를 거쳐 명청 작품들까지 적지 않은 분량이고 쉽지 않은 내용이다. 문화대혁명 시기 침체되어 있던 고전문학 교육이 개혁개방의 진행과 더불어 조금씩 부활하다가 2000년대 이후 더욱 중요한 분야로 부각된 것이다.

중국은 초등학교 1학년 어문 교과서부터 당시가 나오기 시작한다. 교사가 뜻을 설명해 주긴 하지만 모든 아이들이 전부 이해하지는 못할 것이다. 그러나 아이들의 이해도는 중요한 문제가 아니다. 이해를 못하더라도 기억력이 좋을 때 하나라도 더 외워 두게 하는 것이 이 교육정책의 목표다. 우리나라로 치면 구구단 암기와 비슷할 것이다. 이해와 응용은 나중 문제고 일단 외워야 한다. 아동기에 외운 한시는 평생 그들에게 기억될 것이다.

중국의 학부모는 한시를 암송하는 교육방식을 너무 당연하게 받아들인다. 아무도 이의를 제기하지 않는다. 오히려 누구네 아이가 더 많이 암송하는지 경쟁이다. 2010년 중국 신문에는 당시를 못 외운다고 엄마에게 맞아 죽은 5세 아이 이야기가 신문에 났다. 극단적인 예지만 한시 암송은 중국의 어문 교육에서 매우 중점적인 분야다.

2008년 강서성 남창南昌 시는 〈초등학교 고전문학 작품 교학 모델 및 교학책략의 연구와 실험〉 프로젝트를 2년간 실시한 바 있다. 중국 교육부의 지원으로 800여 명의 초등학교 교사들이 참가한 대형 프로젝트다. 이 연구의 결과물인 논문집에는 초등학교 고전문학 교육 관련 정책의 방향이 제시되었고 그간 연구된 다양한 학습법도 소개되었다.

이 외에도 전국적으로 초등학생 고전문학 학습법에 대해 발표되는 논문이 상당히 많다. 어떤 교사는 시를 생활의 내용으로 각색하여 가르치는 자신의 방식을 소개하기도 했다.

　　봄잠에 빠져 샤워를 안했더니
　　곳곳에서 모기가 물어댄다
　　간밤에 손뼉소리 들려오더니
　　얼마나 죽었는지 알 수 없네

　　春眠不洗澡, 處處蚊子蛟, 夜來巴掌聲, 不知死多少.

　　이 시는 초등학교 1학년 어문 교과서에 실린 맹호연孟浩然의
〈춘효春曉〉를 패러디한 것이다. 원래 내용은 아래와 같다.

　　봄잠에 빠져 새벽인줄 몰랐더니
　　곳곳에서 새소리 들려온다
　　간밤에 비바람 소리 들려오더니
　　꽃잎은 얼마나 떨어졌을까

　　春眠不覺曉, 處處聞啼鳥, 夜來風雨聲, 花落知多少.

　　한국어 한자 발음으로 읽으면 시가 많이 달라진 것 같지만
중국어로 읽으면 중국어 성조의 선율이 흡사해서 아주 재미있
는 패러디 작품이 된다. 어떻게든 어린이에게 시를 외우게 하려
는 현장 교사의 절실함이 느껴진다.

대학 입시와 한시

중국의 대입 시험은 '가오카오高考'라 부른다. 신학기가 9월에 시작하기 때문에 대입 시험은 6월에 치른다. 중국 대학의 신입생 모집은 정부의 인구정책과도 관련이 있어서 각 대학의 지역별 모집인원이 해마다 다르게 배정된다. 대학마다 올해는 북경 몇 명, 상해 몇 명, 산동성 몇 명, 이런 식으로 해마다 발표한다. 점수가 커트라인이 아니고 지역별로 등수가 커트라인이다. 그러다 보니 같은 점수를 받아도 집이 북경이면 불합격이고 다른 지역이면 합격하는 경우가 많았다. 보통 시험도 아니고 대학입시인지라 불공정하다는 국민적 여론이 빗발쳤고 그래서 지금은 지역별로 시험문제를 다르게 출제한다. 중국에서는 국어 과목을 어문이라 부르는데 어문 과목의 경우 자체적으로 출제하는 지역은 북경, 상해 등 11곳이고, 나머지 지역은 교육부에서 제작된 4종류의 시험지 중에서 하나를 선택하여 사용한다.

대학 입시에서도 고전문학에 대한 소양은 만만치 않은 비중을 차지한다. 중국의 대학입시는 총 750점 만점으로 과목별 배점은 다음과 같다.

문과 : 어문(150), 수학(150), 영어(150), 정치(100), 역사(100), 지리(100)

이과 : 어문(150), 수학(150), 영어(150), 물리(120), 화학(100), 생물(80)

어문 과목의 배점은 문과나 이과나 150점이다. 150점 중에서 가장 배점이 높은 문제는 60점짜리 논술이다. 그리고 나머지 90점 중 고전문학이 차지하는 비중은 절반이 넘는다. 2011년 북경에서 출제된 어문 시험문제를 예로 들면, 고전문학 관련 문항에 배정된 30점이 있고 기타 어문학 지식 분야에도 12점짜리 고전문학 지문이 출제되어 모두 42점이다. 출전도 〈논어〉, 〈장자〉, 〈회남자〉, 제갈공명, 육유, 범중엄 등 다양한 시와 산문이 망라되어 있고 출제방식도 표점, 작품 분석, 해석 등 여러 방식이 섞여 있다. 그 중 8점은 빈 칸에 한시나 고문의 원문을 적는 주관식 6문항이다. 어문 시험에서 고전문학의 비중이 상당히 높다. 그래서 수험생들은 입시를 준비하며 그 해 국가 지도자가 외교석상에서 어떤 유명한 구절을 인용했는지 주의 깊게 본다. 그만큼 출제 가능성이 높기 때문이다. 예를 들어 쟝쩌민 주석이 1999년 마카오 반환 경축기념식에서 읊은 왕유의 〈구월구일억산동형제〉나 2011년 1월 중미 정상회담 때 오바마 대통령이 인용한 〈관자〉의 구절은 출제 가능성이 높은 문제로 거론되었다.

60점짜리 논술을 작성할 때도 고전문학에 대한 소양은 중요하게 작용한다. 2011년 북경의 논술문제는 중국이 세계 탁구를 장기간 제패하는 현상에 대해 800자 이상으로 논하는 내용이었다. 그런데 후에 논술 만점자들의 답안을 보면 대부분의 학생들이 〈맹자〉, 〈장자〉, 〈한비자〉 등 고전의 한 구절을 인용하면서 논지를 전개했고, 시의 형식으로 답안을 쓴 학생도 있었다. 소재는 현대적이었지만 이런 문제도 고전에서 논거를 찾는 훈련이 되어 있었던 것이다. 2003년에는 〈한비자〉에 나오는 "지자의린 智者疑隣"이라는 우화에 대해 "감정의 친소親疎와 사물에 대한 인식"이라는 주제로 논술하는 문제가 출제되었다. 그 때 한 학생이 209자의 시로 이 문제에 대한 자신의 논리를 전개하여 화제가 되었다. 이 학생은 논술 만점을 받았고 여러 대학에서 특례입학의 제의를 받았다.

이 학생은 답안의 논지가 너무 뛰어나 화제가 된 특별한 경우다. 물론 이 정도는 아니지만 중국 학생들에게 고전문학은 상당히 중요한 학습대상이다. 대학 입시에서도 이정도 비중을 차지하니 공부하지 않을 수 없다. 시를 짓는 일도 마찬가지다. 마치 당나라 때 과거시험 같다. 좋은 대학에 가서 사회적으로 성공하고 싶으면 논어, 맹자, 당시를 열심히 외워야 한다. 중국인들이 고전문학과 친한 것은 예술적 조예가 특별해서라기보다 이런 교육환경의 영향이 크다. 그리고 이 세대들이 사회의 주역이 되는 20년, 30년 후에는 이런 성향이 지금보다 훨씬 심해질 것이다.

중국 외교관의 한시 공부

중국에서 외교관이 되려면 외교부 공무원 공채에 합격해야 한다. 외교부에 가장 많은 합격생을 배출하는 대학은 북경외국어대학과 외교학원이다. 그도 그럴 것이 외교부 공무원 공채는 행정기술 부문, 외교업무 부문 그리고 불어, 러시아어, 일본어, 한국어 등 비통용 외국어 부문으로 나누어져 있기 때문에 북경

외국어대학 출신들이 외국어 부문에서 유리하고, 외교학원은
외교 전문인력을 배출하는 대학이기 때문이다.

여기서 말하는 외교학원은 정식 4년제 대학이다. 특성화된
단과대학이라 학원이라는 명칭을 사용한다. 1955년 저우언라이
총리의 지시로 설립되었고 북경에 위치한다. 소속도 교육부 소
속이 아니라 외교부 직속이다. 외교관이 되는 지름길이기 때문
에 입학도 대단히 어렵다. 우리나라의 경찰대학과 비슷한 성격
의 대학이라 할 수 있다. 외교학원에서 학생을 모집하는 경로는
두 가지다. 하나는 전국적으로 실시되는 대학입시를 통해 합격
점수를 받는 학생을 모집하는 방식인데 합격선이 북경대, 청화
대와 비슷한 정도다. 또 하나는 지정된 전국 외국어고등학교의
학생들을 추천받아 자체적으로 시험을 보는 방식이다. 말하자
면 추천생 본고사인 셈이다. 2012학년도의 경우 이 방식으로
전국 17개 고교에서 40명의 학생을 선발했다.

그런데 예전에는 추천생 본고사의 과목이 영어 하나뿐이라
영어 필기시험와 면접을 통해 합격 여부가 가려졌는데 2009년
부터는 어문 과목이 추가되었다. 외교관 양성에 어문 분야의
소양이 중요하다는 인식이 형성된 것이다. 어문 시험은 영어
필기시험과 같은 배점이고, 형식은 대학입시의 어문 시험과 비
슷하다. 150점 만점에 60점짜리 논술이 있고 나머지는 중국어
기초지식, 고전문학, 현대문학과 관련된 문제다. 여기서도 고전
문학의 비중이 상당히 높다. 가장 관건이 되는 부분은 한시의
원문을 외워 쓰는 문제다. 대학입시의 한시 원문 외워 쓰기 문제

보다 훨씬 어려운 작품이 출제되기 때문에 교과서 수준 이상으로 한시를 외우고 있어야 한다. 어려운 한자가 등장하는 문제도 많고 채점도 상당히 세밀하다. 일례로 평소에 잘 사용하지 않는 '가파를 참巉'자가 출제되어 수험생들의 입에 오르내린 적이 있다. 이 시험에 참가하는 수험생들은 모두 외국어고등학교의 성적 우수자들이라 영어실력은 비슷하기 때문에 작문과 한시 암기가 당락의 관건이라 할 수 있다.

외교관을 양성하는 대학에서 고전문학에 대한 소양을 강조하는 것은 세심한 변별력을 갖추기 위한 방안이기도 하지만 외교학원에 통역 전공이 설립된 것과 관계가 있다. 통역 전공은 영어과 안에 설치된 학과였는데 외교 분야에서 통역 업무의 중요성이 부각되면서 통역연구소와 대학원이 별도로 설치되었다. 지금 중국 외교부의 상당수 통역 인력이 이 외교학원의 통역전공자들이다. 게다가 중국의 국제적 위상이 높아지면서 외교석상에서 한시가 등장하는 일이 많아지다 보니 통역자의 한시 실력도 외국어 실력 못지않게 중요해졌다. 특히 원쟈바오 총리처럼 고전의 문구가 중요한 맥락에서 인용된다면 통역자 역시 그 구절의 출전과 전후맥락, 함의를 이해하고 있어야 한다.

일례로 2010년 3월 전국인민대표대회가 끝나고 한 통역원이 전국적인 주목을 받은 적이 있다. 이름은 장루張璐인 여성 통역원은 당시 각종 사이트에서 검색어 상위랭킹에 올랐다. 중국의 육상스타 류샹이 도하 실내육상대회에서 7위를 했던 소식도 제쳤다. 장루가 유명해진 것은 원쟈바오 총리가 외국 기자의 질문에 대답하면서 인용했던 어려운 고전 문구들을 유창하면서도 안정적으로 통역했기 때문이었다. 회의가 끝나고 수많은 언론과 네티즌들이 그녀의 고전 통역 실력에 찬사를 보냈다. 그녀의 통역 어록도 인터넷에 회자되었는데 대표적인 것으로 〈이소離騷〉의 한 구절이 있다.

또한 내가 마음으로 좋아하는 바이니 비록 아홉 번 죽을 지라도 후회하지 않으리라

亦余心之所善兮, 雖九死猶未其悔.

〈이소〉는 전국시대 초나라의 문인이자 정치가 굴원의 장편 시이다. 굴원은 사심없이 국가에 충성했으나 간신의 모함으로 군주에게 버림받은 인물이다. 조국이 망했다는 소식을 듣고 멱라강에 투신한 그의 최후는 단오절의 기원이 되었다. 원쟈바오가 이 구절을 읊은 것은 향후에도 총리직을 수행하면서 한결같은 애국심으로 임하겠다는 말을 할 때였다. 그런데 장루는 이 구절의 아홉 번을 'nine times'이라 하지 않고 '천 번thousand times'으로 통역했다. 고전 시문에서 '九'는 실제 숫자 아홉을 의미하는 것이 아니라 무수히 많음을 의미한다. 아홉은 숫자의 끝이기 때문이다. 실시간으로 통역을 하다보면 섬세한 의미를 고려하지 못하고 말을 날 것 그대로 옮기기 쉬운데 장루는 원문의 깊은 뜻이 살아나는 통역을 했다. 만약 그대로 아홉 번이라고 통역했다면 외신 기자들에게 생뚱맞은 말이 되었을 것이다. 장

루는 외교학원 출신이었다. 그녀는 통역 뿐 아니라 전반적인 외교 업무의 실무자들에게 고전에 대한 소양이 필요하다는 사례로 자주 거론된다.

■ 찾아보기

한시, 마음을 움직이다
– 중국의 한시외교

초판1쇄 발행일 • 2012년 6월 10일
초판2쇄 발행일 • 2018년 3월 20일

지은이 • 이규일
펴낸이 • 이재호
펴낸곳 • 리북
등   록 • 1995년 12월 21일 제406-1995-000144호
주 소 • 경기도 파주시 광인사길 68, 2층
전   화 • 031-955-6435
팩   스 • 031-955-6437
홈페이지 • www.leebook.com

정   가 • 13,000원

ISBN 978-89-97496-04-4

이 도서의 국립중앙도서관 출판시도서목록(CIP)은 e-CIP홈페이지(http://www.nl.go.kr/ecip)와
국가자료공동목록시스템(http://www.nl.go.kr/kolisnet)에서 이용하실 수 있습니다.
(CIP제어번호: CIP2012002533)